T.S.NIGHTSOUL

HEARTBEATING
DARKNESS

Die Autorin:

T.S. Nightsoul, geboren 1994 in Berlin, heute zuhause an der rauen, ehrlichen Nordsee.

Ob Romance, Fantasy oder Thriller: Ihre Geschichten sind intensiv, tiefgründig und oft schonungslos – so wie das Leben selbst. Keine oberflächlichen Happy Ends, sondern echte Emotionen, gebrochene Seelen und die Suche nach Wahrheit und Liebe in all ihren Facetten.

T.S. Nightsoul schreibt für jene, die zwischen den Zeilen lesen und sich nicht scheuen, zu fühlen.

T.S.NIGHTSOUL

HEARTBEATING
DARKNESS

Impressum:

Bibliografische Information der Deutschen Nationalbibliothek:
Die Deutsche Nationalbibliothek verzeichnet diese Publikation in
der Deutschen Nationalbibliografie;
detaillierte bibliografische Daten sind im Internet über
http://dnb.dnb.de abrufbar.

Die automatisierte Analyse des Werkes, um daraus Informationen
insbesondere über Muster, Trends und Korrelationen gemäß §44b
UrhG („Text und Data Mining") zu gewinnen, ist untersagt.

Alle Namen/Personen, insbesondere erwähnte Patienten, sind frei
erfunden und die Handlungsstränge zwar realitätsnah, aber fiktiv.
Ähnlichkeiten zu bestehenden Persönlichkeiten sind rein zufällig.

© 2025 T.S.Nightsoul

Lektorat: L.F.L.
Korrektorat: L.F.L.
Coverbildmaterial: stock.adobe.com

Verlag: BoD · Books on Demand GmbH, Überseering 33,
22297 Hamburg, bod@bod.de

Druck: Libri Plureos GmbH, Friedensallee 273, 22763 Hamburg

ISBN: 978-3-8192-6448-1

In Erinnerung an dich:
Du wüsstest genau, von was ich spreche.
Wir haben uns immer blind verstanden.

Prolog

Ein Kribbeln im Nacken kündigte Unheil an. Wann immer Stian eine schlechte Nachricht erhielt oder eine Situation eskalierte, spürte er dieses unangenehme Ziehen und Piken.

Vielleicht war es eine Vorahnung, vielleicht besaß er so etwas wie einen siebten Sinn, der ihn empfindsamer und sensibler machte. Mit unguter Vorahnung klopfte er an die Bürotür seiner Stationsleitung. Heute Morgen hatte Ralf ihn gebeten, nach Dienstende vorbeizukommen.

«Herein.» Stian betrat das hell erleuchtete Zimmer. Ralf saß hinter dem PC-Monitor, die Brille halb auf der Nase sitzend. Er schaute auf und schenkte ihm ein Lächeln. «Ah Stian, schön, dass du kommen konntest. Möchtest du dich setzen?»

Von Wollen konnte nicht die Rede sein, aber er akzeptierte das Angebot und nahm auf dem Stuhl vor dem Schreibtisch Platz. Seine Handflächen waren feucht, das Kribbeln wurde stärker. Konzentriert richtete er den Blick auf Ralf, mit dem er die letzten drei Jahre Seite an Seite gearbeitet hatte. Das Team, dem Stian angehörte, war grandios und sie kümmerten sich umeinander. Er schluckte.

«Du wolltest mich sprechen?»

Ralf nahm die Brille ab und rieb sich den Nasenrücken. Ein schweres Seufzen entwich ihm.

«Du hast sicherlich mitbekommen, dass es unserer Klinik schlecht geht.»

Stian nickte. Unmöglich, von diesem Umstand keine Notiz zu nehmen, besaß diese Tatsache eine riesige regionale Medienpräsenz. Innerhalb der Klinik hatten die Mitarbeiter wochenlang gemunkelt, ob es zu Entlassungen käme und wie es mit der Klinik weiterginge.

«Wir kommen leider nicht um Kündigungen herum. Mich schmerzt es besonders, weil auch unsere Station davon betroffen ist. Nach dem gültigen Sozialplan müssen drei Stellen gestrichen werden und ...»

«Ich werde gekündigt», griff Stian vor. «Zu wenig Punkte.»

Ralf stockte, dann nickte er ergeben. «Ja. Es tut mir leid. Ich schätze dich außerordentlich als meinen Mitarbeiter und hätte dich gern weiterhin als meinen Kollegen, aber mir sind die Hände gebunden.»

Er hatte mit einer schlechten Nachricht gerechnet. Doch die tatsächliche Kündigung kam überraschend. Nach ihm hatten mehrere Kollegen angefangen, von denen die meisten jedoch wesentlich älter waren oder Kinder hatten.

Er war achtundzwanzig, Single, hatte keine Verpflichtungen. Als Stian von der wirtschaftlichen Krise der Klinik gehört hatte, war ihm dennoch nie der Gedanke gekommen, selbst betroffen sein zu können. «Danke», meinte er schlicht. «Ich schätze es, dass du es mir persönlich gesagt hast.»

«Es wird hoffentlich nur ein Abschied auf Zeit.»

Stian nickte, unfähig, passende Worte zu finden. Er war Krankenpfleger aus Leidenschaft und liebte seinen Beruf. Die Arbeit auf der Inneren Medizin hatte ihm immer Freude bereitet. Das Problem war nur, dass er in einer dörflichen Gegend lebte. Diese Klinik war der größte Arbeitgeber vor Ort, es gab kaum Alternativen. In der unmittelbaren Nähe würde Stian nichts Vergleichbares finden. Die Tatsache, sich komplett verändern zu müssen, sickerte in ihn hinein. Das Leben, das er in den letzten Jahren aufgebaut hatte, musste er hinter sich lassen.

Kapitel 1 – Stian

Stian hatte sein Schicksal angenommen, doch die letzten Wochen waren herausfordernd gewesen. Nach der Verkündung seines Jobverlustes hatte er sich auf die Suche begeben, um eine neue Anstellung zu finden. Auf viele Bewerbungen hatte er keine Antwort oder eine Absage erhalten. An die hundert Mitarbeiter waren von seinem ehemaligen Arbeitgeber entlassen worden. Dass alle zeitgleich eine Stelle brauchten, erschwerte das Finden. Der Markt war umkämpft, trotz Fachkräftemangel. Den Umkreis seiner Suche hatte er deutlich erweitern müssen.

Sehr zum Leidwesen von Espen, seinem Kumpel und Ex-Kollegen, der ihn weiter gern in der Nähe gewusst hätte. Während dieser einer Wunschvorstellung nachhing, war Stian der Arsch auf Grundeis gegangen, weil er sich ins Arbeitslosengeld hatte rutschen gesehen.

Bis zu dem einen Mittwoch, an dem er einen Anruf erhalten hatte und zu einem Vorstellungsgespräch in der nächsten Großstadt eingeladen worden war. Die lag circa sechzig Kilometer von seinem derzeitigen Wohnort entfernt, sodass er gewusst hatte, seinen Lebensmittelpunkt definitiv verlegen zu müssen.

Natürlich hätte er entscheiden können, für die ersten Monate zu pendeln, bis er sicher war, ob der neue Arbeitgeber taugte, allerdings hätte das nichts an dem Arbeitsmarkt in der Region geändert. Im schlimmsten Fall hätte ein Bleiben und Scheitern ihn an den Ausgangspunkt zurückgebracht, in dem er Nächte lang wachgelegen hatte und seine Möglichkeiten durchgegangen war. Außerdem war ihm seine Lebenszeit zu kostbar, als das er diese auf der Straße verbringen wollte.

Espen war nicht begeistert und strafte ihn mit giftigen Blicken, half ihm jedoch beim Umzug. Es hätte kein besserer Tag sein können, denn die Sonne schien und Stian war voller Tatendrang. Da konnte auch ein Miesepeter wie Espen ihm nicht die Stimmung versauen.

«Bist du sicher, dass das wirklich sein muss?»

Espen stand am Transporter, während Stian nassgeschwitzt die letzten Kleinigkeiten einlud. Die anderen Habseligkeiten waren bereits verstaut, die Wohnung leer. Er brauchte nur noch die Endreinigung vorzunehmen und konnte im wahrsten Sinne abschließen. Irgendwie, denn Espen ließ nicht locker. Er atmete leise aus.

«Ja.»

In den letzten Wochen hatten sie immer wieder über dieses Thema gesprochen: Die Notwendigkeit, warum Stian die Stadt verlassen musste. Zudem wollte er nicht ständig an das erinnert werden, was er verloren hatte.

Auch wenn Ralf sich einen Abschied auf Zeit wünschte, war nie die Rede davon gewesen, wie lang diese Spanne ausfiel. Doch Espen tat sich schwer damit, ihn zu verstehen. Sein Kumpel war von einer Kündigung verschont geblieben – mehr Berufsjahre und eine kleine Tochter hatten ihm einen besseren Score eingebracht als Stian. Espen war in dieser Gegend geboren, lebte hier und hatte nicht vor, sich in absehbarer Zeit zu verändern. Unabhängig davon, dass Stian keine andere Möglichkeit besaß, war er vom Wesen her ein völlig anderer.

«Ich bin nicht aus der Welt», meinte er versöhnlich und versicherte sich, nichts an der Straße vergessen zu haben. Mit einem lauten Knall rasteten die Türen des Transporters ins Schloss.

«Du ziehst über sechzig Kilometer weg. Da wird es schwierig, spontan vorbeizukommen.»

«Ich weiß. Dafür werden unsere Treffen intensiver.»

Espen stieß die Luft aus, eine Mischung aus abfälligem Schnauben und Lachen. Der Stachel saß woanders. Stian hielt inne und schaute seinen Freund eindringlich an. Das Funkeln in dessen Augen gefiel ihm nicht und löste Schuldgefühle in ihm aus, obwohl diese irrational waren. Auch über dieses Thema hatten sie mehrfach gesprochen. Espen hatte sich anfangs mehr erhofft als bloße Freundschaft, doch Stian war dazu nicht bereit gewesen, zudem ließen sich Gefühle nicht erzwingen. Seit drei Jahren schien das Ganze zwischen ihnen zu stehen, weil es nie wirklich abgeschlossen wurde.

«Hey, ich möchte dich als Freund behalten.»

Ein dünnes Lächeln legte sich auf Espens Lippen. Auffordernd klopfte er an die Wand des Sprinters.

«Dann lass´ uns mal losfahren.» Stian seufzte, ließ Espen das Ausweichen jedoch gelten. Er wollte nicht weiter in dieser Wunde herumstochern oder etwas sagen, das womöglich den leisen Hoffnungsschimmer in den Augen seines Kumpels nährte.

Das mit Espen und ihm hätte nie funktioniert. Sie führten unterschiedliche Leben. Espen war zufrieden mit dem, was er besaß, Stian dagegen auf der Suche nach dem großen Ganzen, was eine Beziehung betraf. Er wusste nicht, wen er konkret erwartete – aber Espen war es nicht. Auf seine Art liebte er seinen Kumpel für das, was dieser war, konnte sich ihn als Partner jedoch nicht vorstellen. Manchmal war das so im Leben. Espen war solide, versprach Beständigkeit, war die Ruhe in Person. Alles tolle Eigenschaften, nur reichten sie Stian nicht für eine Beziehung. Dafür schätzte er ihn als guten Freund umso mehr. Er fand es schade, dass Espen diesen Wert scheinbar nicht erkannte.

Er stieg in den Transporter und versuchte, diese belastenden Gedanken zur Seite zu schieben. Stian freute sich auf den Neuanfang, auch wenn der ihn vor einige Herausforderungen stellte. Zuletzt hatte er in seiner Ausbildung auf einer Kardiologie gearbeitet – Kollegen, Abläufe, Räumlichkeiten: Alles war nun anders. Während sich bei Espen kaum etwas veränderte – abgesehen von ein paar Kollegen weniger auf Station – musste Stian sich komplett neu organisieren.

In zwei Tagen wäre es so weit. Bis dahin wollte er die meisten seiner Möbel aufgebaut und ein paar Kartons ausgepackt haben. Er hoffte, dass er auf seinen Kumpel zählen konnte und dieser ihm beim Aufbauen half. Es würde ihm zumindest ein wenig den Stress abnehmen und vielleicht konnten sie abends einen Abschluss für eine Ära finden, die zu Ende ging.

Die fußläufige Nähe zum Krankenhaus besaß einen gravierenden Nachteil: Stian überschätzte die Zeit, die er besaß. Einmal zu oft hatte er den Wecker auf Snooze gestellt. Durch eine mentale Eingebung riss er die Augen auf und warf einen panischen Blick auf die Uhr.

In einer halben Stunde begann sein Dienst! Es gab nichts Schlimmeres, als am ersten Tag zu spät zu kommen. Er verhedderte sich in der Decke, stolperte und stieß sich den kleinen Zeh an einem herumstehenden Karton an. Sodom und Gomorrha verließen seine Lippen, während er ins Bad humpelte. Frisch machen, Zähne putzen, anziehen. Egal, dass es die Jogginghose war – er würde sich ohnehin gleich in einen Kasak werfen.

Stian konnte sich nicht daran erinnern, wann er das letzte Mal so gesprintet war. Atemlos erreichte er das Krankenhaus und hechtete die Treppen hinunter zu den Umkleiden im Keller. Zum

Glück waren ihm die Räumlichkeiten zuvor gezeigt worden, sodass er sich zurechtfand. Wenn er noch hätte suchen müssen, wäre er restlos aufgeschmissen gewesen.

Mit einem frischen, dunkelroten Kasak beladen, suchte er den Gang mit seiner Spindnummer und fluchte innerlich über seine eigene Dummheit. Die wenigen Männer im Gang, die sich zwischen den Spinden umzogen, begrüßte er mit einem knappen «Guten Morgen», bevor er seinen Spind erreichte und die Tür hastig aufriss, um seine Klamotten reinzupfeffern.

Noch zehn Minuten – das würde er schaffen! Schuhe binden, Schrank abschließen und ... volle Möhre mit jemanden zusammenprallen.

«Ah verdammt», ertönte eine kehlige Stimme. Stians Gesicht klebte an kaltem Leder. Eilig wich er zurück und schaute denjenigen an, der frühmorgens das Bedürfnis hatte, Wand zu spielen. Er wollte gerade «Sorry, Mann», sagen, da begegnete er kristallblauen Augen, die ihn finster anstarrten.

Der ganze Mann war finster. Die Dunkelheit sickerte aus jeder Pore und dafür hätte der nicht einmal die schwarze Kleidung benötigt, die er trug.

Für einen Moment glaubte Stian, sich diesen Menschen einzubilden. Er schien völlig unwirklich. Hüftlange, pechschwarze Haare rahmten ein blasses, fast majestätisches Gesicht. Klare Linien, markante Konturen, definierte Augenbrauen und Lippen wie gezeichnet. Erzengel? Vampir? Irgendetwas dazwischen?

«Könnte ich jetzt bitte durch? Ich muss zum Dienst!»

Dieses Wesen sprach erneut. Stian schüttelte kaum merklich den Kopf und machte geistesgegenwärtig Platz. Scheinbar hatte diese Erscheinung den Spind direkt neben seinem. Spind! Er schaute auf die Uhr.

«Mist!», stieß er aus, warf dem Fremden ein «Sorry» zu und verließ gehetzt den Umkleideraum, um es irgendwie rechtzeitig auf Station zu schaffen. Um Punkt sechs Uhr erreichte er das Dienstzimmer der Kardiologie – ohne zu wissen, wo er langgelaufen war. Atemlos klopfte er an und öffnete die Tür. Fünf Augenpaare schauten ihn überrascht an.

«Guten Morgen», japste er. Unter den Anwesenden erkannte er seine Stationsleitung Sarah, die ihm freundlich zulächelte. «Tut mir leid, ich habe mich ein bisschen verlaufen», log er spontan. Er war niemand, der zu spät kam und es war ihm höchst unangenehm, dass er es nur knapp geschafft hatte.

«Guten Morgen Stian, schön, dass du zu uns gefunden hast», entgegnete Sarah und deutete auf die leeren Stühle. «Such dir gern einen freien Platz und hole erstmal Luft.» Sie lachte kurz auf. «Der Gebäudekomplex ist wirklich verwinkelt – ist mir anfangs auch passiert. Außerdem fehlt eh noch meine bessere Hälfte von Station. Aiden hat verschlafen und kommt ein paar Minuten später.»

«Okay.» Stian nickte und setzte sich neben eine Kollegin, die ihn freundlich anlächelte. Dann wandte er sich an die vier unbekannten Frauen: «Guten Morgen, ich bin Stian und fange heute bei euch an.» Er wurde mehrstimmig mit einem: «Willkommen im Team» begrüßt. In diesem Moment öffnete sich die Tür und die Finsternis persönlich trat ein. Anders konnte Stian es nicht beschreiben. Dieses Wesen aus der Umkleide erschien im Raum, füllte ihn binnen weniger Sekunden mit seiner Präsenz aus. In Stian wuchs das übermächtige Bedürfnis, sich zu verstecken. Es war so klar, dass ihm so etwas passierte!

«Tut mir leid, Mädels», sagte die Erscheinung mit dunkler Stimme, nahm Platz und griff nach einem Übergabezettel. Sarah räusperte sich vernehmlich.

«Mh?»

Sie deutete mit einem Blick auf Stian. Am liebsten hätte er sich kleingemacht und wäre im Erdboden versunken. Die kristallblauen Augen wandten sich ihm zu – der Moment des Erkennens dauerte keine drei Sekunden. Ein Mundwinkel hob sich und verlieh diesem elysischen Gesicht einen teuflischen Zug.

«Entschuldigung, ich habe dich nicht gesehen. Ich bin Aiden. Du musst Stian sein, richtig?»

Stian brachte ein Nicken zustande. Sagenhaft, als wäre er schüchtern!

«Willkommen.»

«Aiden nennt ihn kaum jemand», flüsterte die Kollegin neben ihm, laut genug für alle. «Unter uns heißt er Hades.»

Hades alias Aiden stöhnte auf, ein Geräusch, das die Tendenz zum Genervtsein innehatte. Stian fand, dass die Assoziation mit dem Herrscher der Unterwelt perfekt passte, selbst wenn er keine Ahnung hatte, wie sie zustande kam.

«Da nun alle da sind, können wir mit der Übergabe starten. Der Nachtdienst möchte sicherlich nach Hause», mischte sich Sarah ein. «Wenn dir etwas unklar ist, Stian, scheu dich nicht zu fragen.» Stian überflog die Patientennamen und die dazugehörigen Diagnosen auf dem Zettel – er konnte mit allem etwas anfangen. Wenigstens fachlich schien er erstmal keine Probleme zu bekommen. Aufmerksam hörte er den beiden Frauen vom Nachtdienst zu und schrieb sich das Wichtigste auf.

Die Patienten waren in zwei Gruppen aufgeteilt, insgesamt rund dreißig, sodass sich die Übergabe hinzog. Aiden und Sarah stellten Fragen, die anderen schrieben still mit. Kurz vor sieben war die Übergabe vorbei, die Kolleginnen vom Nachtdienst verabschiedete sich.

«Wie wollen wir uns aufteilen?» Sarah sah Aiden fragend an.

«Drei Gruppen?»

«Zu zweit.»

«Ja.»

«Überwachung?»

Aiden schüttelte den Kopf.

«Du übernimmst die Einarbeitung?»

«Ich bin Mentor.»

Stian verfolgte das wortkarge Gespräch mit Faszination. Die beiden schienen sich exakt zu verstehen, beinahe als würden Gedanken genügen. Ein Anflug von Wehmut stieg in ihm auf. Patrick fiel ihm ein, sein alter Arbeitsbuddy, den er zurückgelassen hatte. Ihre Zusammenarbeit hatte kaum Worte gebraucht, sie waren ein eingespieltes Team gewesen und hatten sich blind ergänzt. Vielleicht würde er hier ebenfalls jemanden finden, mit dem er dieses stille Verstehen teilen konnte. Aber das würde sicherlich dauern.

Unweigerlich warf er Aiden einen Blick zu. Er verstand es nicht. Wie konnte jemand so perfekt aussehen? Vielleicht spielte ihm der Stress der letzten Wochen einen Streich. Vielleicht war Aiden in Wirklichkeit bucklig, hatte eine schrumpelige Hexennase und eine grelle, krähende Stimme. Doch das Bild, das sich ihm die ganze Zeit bot, blieb vehement bestehen. Da war diese anmutende gerade Nase, eine aufrechte Haltung, alabasterfarbene Haut und ein samtiger Bariton. Und dann dieser Blick. Diese krasse, helle Augenfarbe, eine spöttisch gehobene Braue, das undefinierbare, geheimnisvolle Lächeln in seinem Mundwinkel. Auf Aidens Namensschild stand ´stellvertretende Stationsleitung`.

Kein Wunder, dass Sarah ihn als ihre bessere

Hälfte bezeichnet hatte – auch wenn die Nachnamen verschieden waren.

«Okay, dann nehmt ihr die Aufsteher. Ich teile mich mit den Mädels vorne auf», sagte Sarah. An Stian gewandt: «Du bist in den besten Händen. Aiden hat lange auf männliche Unterstützung warten müssen. Viel Spaß – ich hoffe, wir können dich überzeugen, morgen wiederzukommen.»

Sarah zwinkerte ihm aufmunternd zu, bevor sie das Dienstzimmer verließ. Die anderen setzten sich ebenfalls in Bewegung. Übrig blieben Aiden und er.

«Wir sind die einzigen Männer auf Station?», entfuhr es ihm. Ein kurzes Nicken war Antwort genug. Kacke. Hoffentlich fühlte sich Hades in seinem Reich nicht bedroht. Stian hatte keine Lust auf Revierkämpfe. Aiden zog ein Haargummi hervor und band sich die schwarze Mähne gemächlich zu einem Knoten.

«Hast du schon mal kardiologisch gearbeitet?»

Obwohl Aiden verschlafen haben sollte, wirkte sein Auftreten wach und klar. Stian hingegen kam sich derangiert vor. Innerlich wie äußerlich.

«Ich habe internistisch gearbeitet, aber außerhalb der Ausbildung nie auf einer Kardiologie. Der Schwerpunkt meiner alten Station lag auf der Pneumologie.»

«Auch mit kardialen Beschwerden?»

«Ja.»

«Okay. Wie lange bist du schon Pflegekraft?»

«Sechs Jahre.»

«Gut.» Aiden schaute auf den Übergabezettel, dann wieder zu ihm. Dieser Blick ging ihm durch und durch. «Mein Ziel ist, dass du dir deiner Sache sicher bist, egal was du tust. Hier geht es, ähnlich wie in der Notfallmedizin, oft um Leben oder Tod. Ich werde dir alles zeigen, was du wissen musst, erwarte Eigenständigkeit und den Mut zu fragen. Ich bin für das erste Jahr dein Mentor – das heißt, ich begleite dich bei der Einarbeitung und bin dein fester Ansprechpartner. Ich bin bei Zwischengesprächen dabei und sorge dafür, dass du bestmöglich unterstützt wirst.»

Das war eine klare Ansage – bestimmend und resolut und rief in ihm Widerstand hervor. Stian konnte dieses instinktive ´Auf-Abstand-Gehen` nicht erklären, aber sein Nacken kribbelte.

Natürlich war die Arbeit kein Ort, an dem er Freundschaften schließen musste, doch für das Arbeitsklima wäre es angenehmer, wenn er mit jemanden sympathisierte.

Aiden war weder unfreundlich noch zugänglich. Normalerweise besaß Stian ein gutes Gespür für Menschen, doch bei ihm? Kein Durchkommen. Es herrschte Dunkelheit. Tiefe, schwarze Dunkelheit.

«Ich werde mein Bestes geben», entgegnete Stian. Das tat er immer. Er würde Aidens Ansprüchen und sich selbst gerecht werden, weil er eine kompetente Pflegekraft war. Doch der Herrscher der Unterwelt hatte etwas in ihm angekratzt. Wenn dieser schon Forderungen stellte, konnte er das auch: «Allerdings möchte ich fair behandelt werden. Ich komme aus einem anderen Bereich. Sollte sich die Arbeit stark unterscheiden, werde ich nicht alles nach einem Tag können.»

Da glomm ein Funken in dem intensiven, hellen Blau auf, ein Mundwinkel zuckte leicht. Stian würde sich, mystisches Aussehen hin oder her, nicht einschüchtern lassen.

«Abgesehen davon, dass das keiner erwartet: Das wirst du. Darüber brauchst du dir auf dieser Station keine Sorgen zu machen.»

Da war sich Stian nicht sicher. Aber in diesem Fall konnte das tatsächlich mal an seinem Gegenüber liegen.

«Gut.»

«Dann lass uns anfangen.»

Stian folgte Hades. Der Herrscher der Unterwelt ging nicht – er schien zu schweben. Er hätte wirklich für einen Gott gehalten werden können. Normalerweise trug Berufskleidung dazu bei, dass alle äußerlich gleich wirkten. Bei Aiden ließ der dunkelrote Kasak seine Haut noch bleicher und die Haare schwärzer erscheinen. Seine Bewegungen waren anmutig und ausdrucksstark.

Stian schaute unauffällig an sich herunter. Anstatt der Größe eins, wie sein Vordermann – nicht nur ein schöner, sondern auch hochgewachsener Strich in der Landschaft – trug er eine passende zwei. Stian war normal gebaut, vielleicht zehn

Zentimeter kleiner als Hades. Dunkelrot passte nicht zu seinem dunkelblonden, wuscheligen Haar, nur als Komplementärfarbe zu seinen Augen. Das war alles. Stian fügte sich eher in diese Masse gleichaussehender Pflegekräfte ein.

Immer ein Stück versetzt zu Aiden hielt er Schritt. Sein Mentor zeigte ihm zunächst die Räumlichkeiten, ging als Erstes grob auf die Akutbetten ein, in denen die Patienten via Telemetrie Echtzeit überwacht wurden, mit dem Hinweis, dass sie sich morgen ausführlich darum kümmern würden. Weiter ging es mit dem Notfallrucksack und -wagen, der Nummer des Reanimationsteams, dem Fahrstuhl zum Herzkatheterlabor und dem restlichen Aufbau der Station.

Patientenzimmer reihten sich an Patientenzimmer, dazwischen ein heller, freundlich wirkender Sitzbereich. Einige Patienten waren bereits auf, aus der Stationsküche drang Geklapper, während die Essenswagen für das Frühstück vorbereitet wurden. Das Piepen von Geräten, das Läuten der Patientenklingeln und die gedämpften Begrüßungen der Kolleginnen, die gerade ihren morgendlichen Durchgang absolvierten, füllten die Luft. Es dauerte, bis Hades und er zum Vitalzeichenmessen übergingen. Dabei teilte dieser ihm ein paar Besonderheiten mit, wobei Stian das meiste bekannt war. Es fühlte sich gut an, fachlich nicht völlig fremd zu sein. Auf sämtliche Fragen wusste er korrekte Antworten; über hausinterne Eigenheiten wurde er informiert.

Sie betreuten eine Patientengruppe, die ausschließlich aus sich selbstversorgenden Personen bestand, sodass die Unterstützung bei der Pflege an diesem Morgen entfiel. Die Visite fiel kurz aus, der Großteil der Patienten sollte am nächsten Tag entlassen werden. Die meisten Fragen richteten sich an den Stationsarzt.

Hades fuhr mit der Einarbeitung fort. Stian musste ihm zugestehen, dass er seinen Job ernst nahm. Auch wenn er es ihm nicht sagen würde – vielleicht befand er sich tatsächlich in den besten Händen, um die Abläufe und Anforderungen dieser Station zu lernen. Stian konnte Fachlichkeit durchaus anerkennen.

Dennoch tat er sich schwer damit, einen Zugang zu seinem Mentor zu finden. Dieser hielt sich nicht mit langen Reden auf, was Stian grundsätzlich schätzte, aber es erschwerte die Kommunikation. Er mochte Gespräche mit Kollegen, um sie kennenzulernen. Nach drei Stunden wusste er über Aiden: nichts. Ihm wurde kein Raum gegeben. Die anderen Kolleginnen, die er auf dem Flur traf, waren anders. Sie lächelte ihm freundlich zu, wirkten offen.

Aiden hingegen war unbeirrbar. Er zeigte Stian viel, war im Gespräch mit den Ärzten nur durch die Kleidung von ihnen zu unterscheiden, und wirkte reserviert. Er ignorierte Stian auf eine merkwürdige Art. Stian fühlte sich nicht außen vor, ganz im Gegenteil. Er war überzeugt davon, dass sein Mentor jeden seiner Schritte genau beobachtete. Was Aiden im Kontakt mit den Patienten zeigte – Humor, Lockerheit, ein echtes Lächeln – fehlte zwischen ihnen fast vollständig. Keine Reaktion auf sein ständiges Anstarren, kein Eingehen auf Stians unbeschwerte Art.

Nach vier Stunden rauchte ihm der Kopf. Was der Herrscher der Unterwelt ihm an zwischenmenschlichem Raum verwehrte, hatte Stian zu viel für diesen in seinem Kopf. Als Hades zur Pause rief, machte er drei Kreuze. Im Pausenraum saßen zwei Kolleginnen, zu denen sich Stian gesellte und eine Kleinigkeit aß.

«Na wie ist es?», erkundigte sich die Kollegin, er glaubte, sie hieß Hannah, die ihm heute Morgen den Spitznamen von Aiden zugeflüstert hatte.

«Anders», meinte Stian und freute sich über die Frage. Er lachte kurz. «Es ist ungewohnt, komplett neu zu beginnen.»

«Was hat dich denn her verschlagen?»

«Die Klinik, in der ich zuvor gearbeitet habe, musste Stellen streichen. Leider war meine eine davon.»

«Autsch. Ich hab´ davon in den Nachrichten gehört. Komisch, dass sie auch Pflegekräfte rausgeworfen haben, dabei sind wir eigentlich die treibende Kraft. Aber gut für uns, wir brauchen Leute.» Sie lächelte ihm zu. «Kommst du aus der Gegend? Die andere Klinik liegt ja ein ganzes Stück entfernt.»

Stian trank einen Schluck Wasser und schüttelte den Kopf. «Ich bin vor drei Tagen hierhergezogen. Meine Wohnung ist fußläufig in ein paar Minuten zu erreichen.»

«Du Glücklicher. Ich habe jedes Mal diese elendige Parkplatzsuche. Also keine Frau und keine Kinder, wenn ich das richtig heraushöre?» Er fand Hannah sympathisch. So stellte Stian sich Gespräche unter Kollegen vor. Neugierde befriedigen, Persönliches in Erfahrung bringen, freundliche Worte. Die Tür ging auf und Aiden gesellte sich mit einer Kaffeetasse in der Hand zu ihnen an den Tisch. Mit der anderen zog er sein Handy hervor und runzelte die Stirn.

«Damit habe ich es ohnehin nicht so», gestand Stian, die Unterhaltung fortsetzend, während er Hannah seine gesamte Aufmerksamkeit schenkte. Er machte kein Geheimnis daraus, schwul zu sein. Je eher die Kolleginnen das wussten, desto besser. Verstellen wollte er sich nicht. Akzeptanz war für ihn nicht verhandelbar.

«Was jetzt? Mit den Frauen oder mit den Kindern?» Hannah gluckste.

«Mit beiden kann ich nichts anfangen.» Stian zuckte mit den Schultern. «Außer kollegial natürlich.» Er zwinkerte ihr zu. Zwei Dinge geschahen gleichzeitig: Aiden verschluckte sich am Kaffee und spuckte die schwarze Suppe über den Frühstückstisch, Hannah berührte Stian an der Schulter und sagte: «Charmeur.»

Lisa, die zweite Kollegin, klopfte Aiden auf den Rücken. Das erste Mal bekam sein Gesicht Farbe.

Stian stand auf und holte einen Lappen. Offenbar hatte er diese Reaktion ausgelöst, konnte sie jedoch nicht einordnen. Aiden rang nach Luft.

«Alles klar, Mann?»

«Ja!»

Es klang nicht so. Stian zuckte mit den Schultern und wischte den Tisch. Hannah war ihm behilflich und hob die darauf befindlichen Gegenstände an. Langsam erholte sich der Herrscher der Unterwelt.

«Ich wusste gar nicht, dass dich etwas aus der Fassung bringen kann», feixte Hannah und tätschelte Aiden die Hand. Der zeigte sich wenig begeistert. Ruckartig stand er auf und nahm seine halb leere Tasse.

«In einer Viertelstunde im Dienstzimmer», meinte er an Stian gewandt und verließ den Raum.

«Habe ich was Falsches gesagt?» Stian schaute die beiden Frauen fragend an.

«Nein. Manchmal hat Hades seine fünf Minuten. Trotzdem lieben wir ihn. Jeder hat schließlich Eigenheiten, nicht wahr?» Hannah lächelte. Sie sprach mit Respekt, das war unüberhörbar.

«Wieso habt ihr ihm eigentlich diesen Spitznamen gegeben?»

Hannah lachte fröhlich auf. «Das sollte sich von selbst erklären, oder?»

«Wegen seines Aussehens?»

«Hauptsächlich.» Sie grinste. «Aber dem echten Hades werden auch Eigenschaften nachge-

27

sagt, die auf unseren lieben Aiden ziemlich gut passen.»

Stian hob interessiert eine Augenbraue.

«Er ist ruhig, beherrscht, strahlt Autorität aus – allein durch seine Präsenz. Außerdem entgeht ihm nichts. Er weiß und sieht alles, bleibt aber fair. Er behandelt jeden mit Respekt. Weder ver- noch beurteilt er vorschnell. Bei ihm kannst du dir sicher sein, dass er alles mit vollem Einsatz tut.»

Unwillkürlich musste Stian lächeln. Die Beschreibung klang nach einem schönen Menschen. Nach jemandem, für den innere Werte eine Bedeutung hatten. Hannah kannte Aiden deutlich länger, und plötzlich wirkte der Spitzname nicht mehr oberflächlich, sondern beinahe liebevoll gewählt.

Die letzte Viertelstunde verbrachte Stian damit, einige weitere Fragen zu beantworten. Auch Lisa beteiligte sich an ihrer Unterhaltung. Das Gespräch zwischen ihnen war lebhaft, sie scherzten und verstanden sich auf Anhieb. Stian genoss diesen Moment, denn jemand anderes würde sich in den nächsten Stunden nicht so ausgelassen mit ihm unterhalten. Eine Minute, bevor seine Zeit ablief, stand er auf und ging zum Dienstzimmer. Aiden saß am Schreibtisch, vertieft in einem Gespräch mit Sarah.

«Pünktlich», meinte sein Mentor, ohne aufzusehen. Es dauerte einen Moment, bis Stian begriff, dass dieser Kommentar ihm galt. Irritiert warf er einen Blick auf die Uhr – er war zur vereinbarten Zeit erschienen. Da beide Leitungen vor ihm saßen, verkniff er sich eine Nachfrage. Vielleicht sollte es ein indirektes Lob sein, dass er sich an Absprachen hielt, denn Sarah lächelte ihm kurz zu. Stian hingegen hasste Kommentare, mit denen er nichts anfangen konnte.

Das war das Leidige an einem ersten Tag. Stian hatte keine Ahnung von den Abläufen, dabei wollte er eigenständig arbeiten. Er schrieb es mit einem dicken, fetten Permanentmarker in die Windungen seines Hirns, alles dafür zu geben, das so bald wie möglich zu können. Er würde die Zeit zuhause nutzen, um sich einzulesen. Am allermeisten wollte er sich selbst beweisen, keinem der Kollegen in irgendetwas nachzustehen. Notgedrungen hatte er den Mut besessen, sich komplett zu verändern, was andere nicht behaupten konnten.

«So, ich halte euch zwei nicht länger auf. Bald geschafft.» Sarah zwinkerte ihm zu und verließ das Dienstzimmer. Bevor Aiden etwas sagen konnte, ertönte die Patientenklingel aus ihrer Gruppe. Die Nummern der Zimmer hatte sich Stian eingeprägt.

«Ich gehe», beschloss er, um für einen kleinen Moment selbstständig zu sein und Aiden zu umgehen. Der Patient benötigte Hilfe beim Bettverstellen. Stian erklärte diesem die Funktionsweise der Fernbedienung sowie die Bedienhilfen am Kopfteil. Der Mann zeigte sich dankbar. Leider war Stian keine fünf Minuten später zurück im

Dienstzimmer. Jetzt machte es wenigstens Sinn, dass Aiden seine Pünktlichkeit bemerkt hatte.

«Hast du dich von deinem Hustenanfall erholt?», begann er, um diese merkwürdige Stimmung zwischen ihnen aufzulockern. Dieser krasse Blick traf ihn. Zu gern hätte Stian gewusst, was Aiden durch den Kopf ging.

«Ja. Danke der Nachfrage.»

«Was machen wir als Nächstes?»

Aiden nickte zum PC-Monitor. «Ich zeige dir ein paar Besonderheiten. Das System scheinst du ja zu kennen.»

Stian hatte morgens nicht gefragt, weil ihm die Software tatsächlich vertraut war. Er hatte jahrelang damit gearbeitet. PC-Arbeit würde jedoch bedeuten, sich unmittelbar neben Aiden setzen zu müssen. Vielleicht wollte der Gott des Totenreiches ihn auf seine Seite ziehen. Stian schluckte. Oder er hatte die Äußerung im Pausenraum in den falschen Hals bekommen. Oh Gott, seine Gedanken waren komplett wirr.

Stian setzte sich auf den Stuhl, auf dem zuvor Sarah gesessen hatte. Unter Aidens Haut konnte er dessen Adern grün- und bläulich durchschimmern sehen, seine Hand war schlank und groß, die Finger schmal und lang, die Nägel fein säuberlich geschnitten. Stian mochte gepflegte Hände.

«Warum tust du das?», ertönte die kehlige Stimme leise, aber ruhig neben ihm, während Aiden auf der Tastatur ein Passwort eingab.

«Was?»

«Mich anstarren. Ich bemerke deine Blicke. Du versteckst sie nicht mal.»

Das war die allererste, richtig persönliche Frage, die Aiden ihm an diesem Tag stellte. Es hatte sich bewahrheitet: Hades bekam alles mit. Stian würde es weder abstreiten noch falsches Schamgefühl heucheln, denn er stand dazu.

«Du kannst nicht echt sein.»

Wieder dieser Blick. «Bitte?»

«Du siehst völlig irreal aus.»

Das schien Aiden aus dem Konzept zu bringen. Plötzlich war die reservierte Maske verschwunden, es herrschte Leben in dem Gesicht.

«Das beschäftigt dich?»

«Hast du mal in den Spiegel geschaut? Warte, du besitzt gar kein Spiegelbild, oder?»

Die Antwort war kein teuflisches Lächeln, sondern ein amüsiertes Zähnefletschen. Es konnte nicht das erste Mal sein, dass Aiden das gefragt wurde. Dessen Augen funkelten.

«Ich bin kein Vampir.» Da hing ein raues Lachen in seiner Stimme, was ihn zum ersten Mal richtig menschlich wirken ließ.

«Ich bin mir da nicht sicher», blieb Stian bei dem Thema und nutzte die Möglichkeit, warm mit seinem Mentor zu werden. Da gab es eine Lücke. «Obwohl: Deinen Ruf hast du ja schon weg.»

Aiden stöhnte. «Alles Tratschtanten.»

«Aber ernsthaft», Stian beugte sich zu ihm vor, senkte die Stimme, «du kannst es mir sagen.

Es würde unter uns Männern bleiben. Erzengel? Dämon?»

Es passierte etwas Faszinierendes. Aiden lachte. Die Wärme, die darin mitschwang, verwandelte diesen Menschen vollständig. Aidens Gesichtszüge waren weiterhin von einer anderen Welt, wirkten jedoch bedeutend weicher. Aus dem unnahbaren Vorgesetzten war ein zugänglicher Kollege geworden.

«Gut, lass uns mal weitermachen», meinte dieses Geschöpf und schüttelte amüsiert den Kopf. Stian hätte ohnehin nicht gewusst, was er zu dieser Verwandlung hätte sagen sollen.

Er hörte Aiden aufmerksam zu, während dieser ihm das Intranet erklärte. Ihm wurden die Schnellzugriffe gezeigt, notwendige Formulare, Qualitätsmanagement. Weiter ging es zur Seite der Pflichtfortbildungen, die jedes Jahr absolviert werden mussten.

«Die Reanimationsfortbildung findet bei uns jährlich statt, weil wir den Bedarf haben. Genauso wie die Intensivstation sind wir prädestiniert für Herz-Kreislauf-Stillstände. Es gab Zeiten, da hatten wir täglich mehrere Reas. Du hast übermorgen deine Schulung, damit du fit startest. Hast du schon mal reanimiert?»

Das war tatsächlich ein Bereich, in dem Stian kaum Erfahrung besaß. Die, bei denen er dabei gewesen war, waren heftig gewesen.

«Drei Mal.»

«In sechs Jahren?»

Aiden zog die Augenbrauen hoch.

«Ja.»

«Okay. Hoffen wir, dass wir die erste zusammen haben.»

Das war schon wieder so ein mehrdeutiger, beinah anmaßender Satz. Dieses Mal konnte er ihn nicht auf sich sitzen lassen.

«Warum? Mache ich so einen inkompetenten Eindruck, dass du mir keine Reanimation zutraust?»

Ein Schatten huschte über Aidens Gesicht.

«Reanimationen machen etwas mit einem. Es geht nicht darum, ob du reanimieren kannst, sondern darum, wie du damit zurechtkommst. Glaube mir, ich habe fast alles erlebt. Kollegen erstarrt, unfähig, zu handeln. Tränen, Lachen, Schreien, falsche Medikamente – um ein paar Beispiele zu nennen. Aber auch ein gut funktionierendes Team mit Absprachen und klaren Aufgaben. Du kannst eine noch so kompetente Pflegekraft sein, doch am Ende des Tages bist du ein Mensch. In der Regel fühlen diese.»

Er verstand, was Aiden ihm sagen wollte. Dessen dunkle Aura schien nicht von ungefähr zu kommen. Die Worte hingen schwer zwischen ihnen.

«Wie viele hattest du?», fragte Stian.

«Ich zähle nicht.»

Also unzählige. Aiden verschloss sich. Das bisschen Zugänglichkeit verschwand aus seiner Haltung. Die letzten Themen ging er mit Stian kurz angebunden durch, danach übernahm Stian die Vitalzeichenrunde. Während das Mittagessen verteilt wurde, dokumentierte er für den Frühdienst zu jedem Patienten aus ihrer Gruppe. Aiden schaute ihm dabei über die Schulter, sagte jedoch nichts. Anschließend wurde er von diesem zu Sarahs Büro begleitet.

«Ich komme nicht mit rein. Sie wird dich fragen, wie dein erster Arbeitstag war und ob du morgen wiederkommen möchtest.»

Stian war irritiert.

«Ich habe doch schon einen Arbeitsvertrag.»

«Vorstellung und Realität weichen häufig voneinander ab.»

«Was ist mit deiner Einschätzung?»

Aiden hob kaum merklich einen Mundwinkel. Sarah hatte sie längst. «Du hast danach Feierabend.»

«Danke?» Aiden nickte und wandte sich zum Gehen. Dann drehte er sich noch einmal um. «Und Stian? Renn´ mich morgen früh bitte nicht wieder über den Haufen. Das tat weh.»

Sprachlos starrte er Aiden hinterher.

Kapitel 2 – Aiden

D u musst gehen.»
Träge räkelte sich der Körper unter der Decke und gab ein leises Seufzen von sich. Aiden schaute auf die Uhr. Er musste gleich los. In den letzten Wochen war er bemüht, nicht wieder zu spät zu kommen. Das passte nicht zu ihm. Er war nachlässig geworden.

«Zehn Minuten.»

«Das hatten wir schon. Ich muss zum Dienst.»

«Immer Dienst, Dienst, Dienst», nuschelte Lewe grantig. Ruckartig wurde die Decke zur Seite geschoben. «Kannst du dir keinen anderen Job suchen? Wir haben kurz vor fünf. Das ist unmenschlich.»

«Nein.»

Nicht für Lewe und auch für keinen anderen. Schlimm genug, dass er ihm gestattet hatte, wieder bei sich zu schlafen. Das führte jedes Mal zu Problemen, obwohl das nie ein Bestandteil ihrer Abmachung gewesen war. Manchmal benötigte Aiden einen körperlichen Freizeitausgleich, den Lewe gern bereit war zu geben. Für alles andere hatte Aiden keine Energie, zumal seine Schichtarbeit immer zu Reibereien führte.

«Wann sehen wir uns wieder?» Lewe schlüpfte in seine Hose und griff nach seinem Hemd.

«Ich muss sieben Tage durcharbeiten, die letzten vier Dienste sind Nächte.»

«Als würde das alles erklären. Das ist keine konkrete Antwort auf meine Frage!»

«Ich melde mich bei dir.»

Lewe schnaubte und warf ihm einen giftigen Blick zu. Am frühen Morgen eine Szene zu bekommen, war anstrengend. Er würde ihn kein weiteres Mal übernachten lassen, so viel stand fest. Das Ganze war in eine Richtung abgedriftet, die er nicht wollte.

«Tja, dann bis irgendwann.»

Sein Bettgenosse machte einen dramatischen Abgang aus der Wohnung, bei dem er die Tür lauter als nötig hinter sich schloss. Aiden zuckte bei diesem Geräusch zusammen. War ja nicht so, dass andere Menschen in diesem Haus schliefen. Wieder ein Blick auf die Uhr. Er schlüpfte in die schweren Lederstiefel, zog ein Haargummi über sein Handgelenk und machte sich auf den Weg zum Krankenhaus.

Die Morgenluft war kalt, die Atemluft bildete weiße Wölkchen. Sein Ledermantel war schwer, wärmte ihn auf dieser kurzen Strecke jedoch kaum, weil dieser Zeit benötigte, um die körpereigene Wärme zu speichern. Zügig machte er sich auf den Weg. Kälte war eigentlich kein Problem für ihn, doch er hatte schlecht geschlafen und fror.

In den Umkleiden angekommen, fand er den Gang beinahe leer vor. Aiden lag gut in der Zeit, sodass er sich entspannt umziehen und zur Station laufen konnte. Nach drei Tagen frei sollte er sich erholt fühlen, doch er war erschöpft.

Auf Station angekommen, machte er einen Abstecher zum Dienstplan. Er überflog die Kollegen, die heute anwesend waren. Knapp. Als er weiterschaute, entdeckte er eine Krankmeldung. Es war Lena, die Kollegin, die mit ihm die Nächte hätte. Aiden hasste das. Nicht, dass sich die Kollegin krankgemeldet hatte, sondern jemanden für den unbeliebtesten Dienst als Ersatz zu finden. Er nahm es still hin und würde sich später Zeit einräumen, sich um dieses Problem zu kümmern.

Als er das Dienstzimmer betrat, entdeckte er Stian, der dort allein saß. Aiden schaute auf die Uhr.

«Du bist früh.»

«Du auch», entgegnete sein Kollege. «Schlecht geschlafen?»

Aiden runzelte die Stirn. Stian besaß eine merkwürdig offene Art, Dinge anzusprechen. Scheinbar sah Aiden ziemlich mitgenommen aus.

«Ja.»

«Ich auch.»

«Mh.»

Seit drei Wochen war Stian Teil ihres Teams. Es gab Momente, da konnte Aiden sich darauf einlassen, mit ihm zu kommunizieren, aber nicht morgens, kurz vor sechs. Er war kein Morgenmensch. Für viele mochte das unhöflich erscheinen, aber daran ließ sich nichts ändern. Er brauchte seinen Kaffee und ein paar Minuten Ruhe.

Hannah kam ins Dienstzimmer gelaufen, sie hatte Nachtdienst gehabt, und begrüßte ihn.

«Du hast es sicherlich schon gesehen: Lena hat sich für die gesamte Woche krankgemeldet. Die nächsten drei Dienste, inklusive heute, wären abgedeckt vom Personal, aber wir bräuchten Ersatz für die Nächte.»

Aiden nickte, sagte jedoch nichts.

«Schlecht geschlafen?»

Er starrte beide Kollegen an. Stian trug ein belustigtes Funkeln in den Augen und Hannah schien besorgt. Seine ältere Kollegin hatte etwas Mütterliches an sich. Ihr entging nie ein Gemütszustand ihrer Mitmenschen, außer manchmal bei Aiden. Nur er schien heute ein offenes Buch zu sein.

«Eure Beobachtungsgabe ist ekelhaft.»

«Du schätzt uns dafür», entgegnete Hannah unbeeindruckt.

«Ich bin kein Patient.»

«Aber ein Teil unserer hochgeschätzten Leitung, um die wir uns Sorgen machen. Nicht wahr, Stian?»

Der hob ergeben die Hände, konnte sich das Grinsen jedoch nicht verkneifen. Die beiden hatten sich gesucht und gefunden.

«Schlimm mit euch.» Aber er spürte, wie sein Mundwinkel zuckte. Er nahm sich einen Kaffee und setzte sich an den Tisch. «Sonst irgendwelche Katastrophen, von denen ich wissen sollte?»

«Zur Übergabe komme ich, wenn alle da

sind.» Hannah tätschelte ihm die Schulter. Das klang negativ vielversprechend. Ein flüchtiger Blick über den Übergabezettel zeigte ihm, dass sie über das Wochenende komplett zugelaufen waren. Die Station war bis auf das letzte Bett belegt.

Das Diensttelefon klingelte. Aiden streckte die Hand aus, damit Hannah es ihm überreichen konnte.

«Kardiologie, Pfleger Aiden.»

«Guten Morgen Aiden, Carola hier. Ich hätte heute den Kerndienst, aber mein Kleiner hat eben gespuckt und mein Mann ist arbeiten. Ich habe leider keinen anderen, der auf ihn aufpassen kann. Ich kann heute nicht kommen.»

«Verstehe ich. Gute Besserung. Meldest du dich, sofern du länger ausfällst?»

«Natürlich. Ich rufe dich später an.»

«Alles klar, bis dann.» Aiden legte auf. Keine drei Sekunden später klingelte das Telefon erneut.

«Kardiologie, Pfleger Aiden.»

«Aiden, ich bin so dumm.» Lisa klang völlig aufgelöst.

«Was ist passiert?»

«Ich bin gerade jemandem reingefahren. Totaler Blechschaden. Ich wollte doch nur zur Arbeit ...»

«Ist dir etwas passiert?»

«Nein, aber die wollen mich in die ZNA mitnehmen. Mein armes Auto.» Ein Schniefen. «Ich wollte nur kurz Bescheid geben, der Sani schaut mich schon böse an.»

«Blech kann man ersetzen, ein Menschenleben nicht, Lisa. Erhole dich erstmal von dem Schock.»

«Ich melde mich später. Tut mir leid.»

«Alles gut, ich bin froh, dass dir nichts passiert ist. Wenn ich etwas für dich tun kann, gib Bescheid.»

«Danke.» Lisa legte auf und Aiden rieb sich den Nasenrücken. Wer kam eigentlich noch zum Dienst?

«Schlechte Neuigkeiten?», hakte Hannah nach.

«Carola ist kindkrank und Lisa hatte einen Unfall, ist geschockt, aber unverletzt.» Er stand auf und ging zum Dienstplan. Die zweite Nachtwache, Stella, kam ihm entgegen und wünschte ihm einen guten Morgen. So wie der sich bisher gestaltete, war der alles andere als das. Ein Blick auf den Dienstplan bestätigte ihm die ernüchternde Wahrheit. Plötzlich waren Stian und er allein verantwortlich für die Station.

Er rief auf den benachbarten Stationen an und erfragte, ob sie jemanden zum Aushelfen entbehren konnten. Nur auf einer Station hatte er Glück: Arabella, eine Auszubildende im dritten Lehrjahr, käme zur Unterstützung. Besser als nichts – aber nicht genug. Stian war erst drei Wochen da. Zugegeben, dieser war ziemlich gut, aber allein für die Akutbetten brauchte Aiden mindestens eine examinierte Pflegekraft.

Kurz nach sechs. Die Pflegedienstleitung war

sicherlich noch nicht im Haus, dennoch versuchte er es. Da niemand ranging, hinterließ er eine kurze Nachricht, in der er den Notstand schilderte. Nach dem Auflegen fluchte er leise.

Im Dienstzimmer wurde er bereits erwartet.

«Schlechte Nachrichten», eröffnete Aiden. «Wir sind erstmal zu zweit. Von der Chirurgie bekommen wir eine Auszubildende zum Aushelfen. Sie sollte gleich da sein.»

«Hades, das geht nicht», entschied Hannah.

«Was soll ich machen? Wen sollen wir um kurz nach sechs ans Telefon kriegen? Die PDL weiß Bescheid, hoffentlich kann die sich später darum kümmern.»

«Ich werde länger bleiben und euch unterstützen. Ich kann versuchen, irgendeine Kollegin zu erreichen. Stella kann dann nach Hause gehen.»

Aiden schüttelte ablehnend den Kopf. «Ihr habt zehn Stunden hinter euch, ihr geht beide nach Hause.»

«Wir helfen euch», mischte sich Stella ein. «In der Zeit, in der Hannah telefoniert, kann ich zumindest einen Teil der Patienten messen oder die Überwachung übernehmen.»

Aiden gab auf. Die Mädels waren beharrlich, und er konnte die Hilfe wirklich gut gebrauchen. Die Auszubildende erschien und wirkte glücklicherweise motiviert.

«Danke. Dann macht mal schnell die Übergabe.»

Die Informationen über die Patienten ließen

die Lage nicht besser aussehen. Sie hatten mehrere pflegebedürftige Menschen, Akutpatienten, die nicht aus der Überwachung genommen werden konnten und einen präfinalen Patienten. Aiden hatte unzählige katastrophale Dienste hinter sich und die Erfahrung gemacht, dass das Gefühl in der Übergabe meist schlimmer als die Realität war, doch allein die Tatsache, dass er das Beste daraus machen musste und nicht einfach mit ausreichender Personalstärke arbeiten konnte, frustrierte ihn.

Am Ende war es nicht er, der durch die Mehrbelastung litt, sondern vor allem die Patienten – weil sie deren Bedürfnissen nicht gerecht werden konnten, selbst wenn sie alles gaben. Die einzigen Trostpflaster waren, dass sein Team niemanden im Stich ließ und Stian ein fähiger Kollege war.

Nach der Übergabe organisierten sie sich. Stella übernahm die Überwachung, Stian und er teilten sich die Patienten untereinander auf, um die Medikamentenvergaben und Vitalzeichenmessungen zu übernehmen, Arabella schnappte sich Pflegeutensilien, Hannah klemmte sich hinters Telefon.

Zügig begann Aiden zu arbeiten, ein Zimmer nach dem anderen, hoch konzentriert, die Zeit im Nacken. In den drei Tagen, in denen er nicht auf Station gewesen war, hatte sich viel getan. Die meisten Patienten kannte er nicht, sodass ihm der Überblick fehlte, wie viel Unterstützungsbedarf diese tatsächlich benötigten. Beinahe jedes Zimmer beherbergte Patienten, die eine Infusion oder Inhalation benötigten; viele brauchten Hilfe, um sich aufzusetzen oder an die Bettkante zu kommen.

Er blieb freundlich, bemühte sich jedoch, nicht länger als nötig im Zimmer zu bleiben, da weitere Patienten auf ihn warteten. Es tat ihm leid, nicht wie sonst zu einem kurzen Gespräch bereit zu sein, und teilte den Patienten mit, dass sie heute schlecht besetzt waren. Er bat um Verständnis, wenn es länger dauern sollte, bis jemand käme.

Das nächste Zimmer war einbettig. Ein achtzig Jahre alter Mann mit schwerer Herzinsuffizienz, für den sie nichts mehr tun konnten. Die Angehörigen hatten sich gegen lebenserhaltende Maßnahmen ausgesprochen und sich bereits verabschiedet. Für Aiden blieb die palliative Versorgung. Er trat an den Mann heran und berührte dessen Hand.

«Hallo Herr Berg. Ich bin Aiden. Ich werde mich heute Morgen um sie kümmern.»

Schwerer, rasselnder Atem, der für Sekunden aussetzte, erfüllte die sonstige Stille des Raums. Aiden schaltete das gedimmte Wandlicht an. Er schaute in das Gesicht des Mannes, registrierte die Hautfärbung, sah die Marmorierung auf den Händen.

Bevor er die Decke anhob, teilte er es Herrn Berg mit und erzählte ihm, dass sich der Himmel vom nächtlichen Schwarz ins hellere Blau verfärbte. Atemerfüllte Stille antwortete ihm.

Herr Berg war im Bett nach unten gerutscht, sodass der Oberkörper gestaucht wurde. Aiden trat aus dem Zimmer und sah sich suchend um. Stian kam gerade aus einem Patientenzimmer.

«Könntest du mir kurz helfen?», bat Aiden. Stian kam umgehend zu ihm. «Ich möchte Herrn Berg positionieren.»

Ernst nickte Stian und folgte ihm schweigend. Gemeinsam betraten sie das Patientenzimmer. Aiden übernahm das Sprechen, bevor sie ihn im Bett hochzogen, die Atemwege frei machten und die Kissen neu arrangierten.

«Danke.»

«Brauchst du noch etwas?»

«Nein. Ich führe noch die Mundpflege durch und gehe dann weiter.»

«Falls was ist, gib Bescheid.»

Stian verließ das Zimmer. Aiden versorgte den Patienten, befeuchtete die Schleimhäute und trug Lippenpflege auf, spritzte subkutan Schmerzmittel nach Anordnung und zog die Vorhänge auf.

Die Zeichen des Sterbens waren sichtbar. Er konnte den Tod nicht vorhersagen, doch er hing in dem Raum und wartete darauf, Herrn Berg zu begleiten.

Aiden trat auf den Flur hinaus. Sterbende Menschen waren seine Achillesferse. Er wünschte, er hätte mehr Zeit, wünschte, mehr tun zu können als diese notdürftige Versorgung an diesem Morgen.

Aber manchmal war der Stationsalltag unerbittlich und forderte bloßes Funktionieren. Beim Betreten des nächsten Zimmers schüttelte er die schwermütigen Gedanken ab. Dort lagen zwei Damen, die ihn mit freudestrahlendem Lächeln begrüßten. Freundlich erwiderte er es und machte weiter mit seiner Arbeit.

Zwanzig Minuten später kam er aus dem letzten Zimmer. Neben ihm öffnete sich eine Tür, und Stian trat heraus.

«Auch fertig?»

«Zumindest mit Messen und der Medikamentenvergabe. Wie viele benötigen bei dir Hilfe?»

Aiden ging die Patienten im Kopf durch. «Drei.»

«Sieben. Und unsere Auszubildende hat schon zwei Patienten unterstützt.»

«Uh.» Das war viel. Sie würden den gesamten Morgen mit Waschen beschäftigt sein. «Ich gehe gleich in die Pflege. Ich muss allerdings kurz in Erfahrung bringen, ob Hannah etwas erreicht hat und wie es bei Stella vorne aussieht. Die beiden müssen dringend in den Feierabend.»

«Klar. Ich leg´ los.»

Im Dienstzimmer erwarteten ihn keine guten Nachrichten. Wie vermutet, hatte Hannah niemanden erreicht, einigen jedoch auf den Anrufbeantworter gesprochen. Stella übergab stabile Patienten. Da die beiden bereits eine Stunde mehr gearbeitet hatten, bedankte er sich für die Hilfe und schickte sie nach Hause. Sie gingen widerwillig, konnten jedoch nichts weiter ausrichten.

Aiden blickte auf die Monitore der Überwachung, schaute auf die Kurven der Herzschläge. Vielleicht hatten sie zumindest heute damit Glück und diese Patienten blieben stabil.

Bevor er mit Waschen anfing, ging er in die Patientenzimmer, stöpselte die durchgelaufenen Infusionen ab und half den Patienten, die Inhalationsmaske abzunehmen. Anschließend sammelte er sich seine Pflegeutensilien zusammen.

Er half einer Dame auf den WC-Stuhl, schob sie ans Waschbecken und stellte ihr die Materialien bereit. Weitere Hilfe lehnte sie ab, sodass Aiden zum nächsten Patienten gehen konnte. Dieser benötigte mehr Unterstützung. Als er mit der Pflege beginnen wollte, klingelte das Diensttelefon und er trat in den Flur hinaus. Es war seine Pflegedienstleitung.

«Guten Morgen Reiner.»

«Guten Morgen Aiden. Ich habe deine Nachricht bekommen. Wie sieht die Lage aus?»

«Unverändert. Der Nachtdienst ist länger geblieben, aber wir sind immer noch zu zweit, plus Auszubildende. Pflegeaufkommen hoch, Überwachung nicht dauerhaft gewährleistet.»

«Ihr würdet den Alarm hören?»

«Natürlich. Nichtdestotrotz brauchen wir Unterstützung.»

«Ich versuche mein Bestes. Vielleicht ...» In diesem Moment ertönte der Notalarm über die Patientenklingel. Wenn man vom Teufel sprach ...

«Notfall», meinte Aiden und legte auf. Er schaute den Flur entlang. Der Alarm kam vom anderen Ende des Flurs – es war Stians Gruppe. Aiden rannte. Das brauchten sie heute nicht auch noch.

Er riss die Tür auf, sah Beine auf der Schwelle zwischen Bad und Zimmer und Stian, der über den Körper gebeugt war und die Thoraxkompression durchführte.

«Reateam», rief dieser angestrengt. «Es ist Herr Paulsen.»

Aiden reagierte, ohne nachzudenken. Die zahlreichen Reanimationen, die er in seiner Laufbahn als Pfleger erlebt hatte, sorgten für Automatismen. Er wählte die Telefonnummer, orderte das Reanimationsteam, gab Zimmernummer und Patient durch.

Arabella kam ihm entgegengelaufen.

«Hol die Patientenakte», wies er an. «Und kümmere dich um die anderen Patienten.» Er riss den Notfallrucksack von der Wand und rannte mit diesem zurück zu Stian.

Er kniete sich auf die andere Seite des Patienten, öffnete den Rucksack, bereitete die Beatmung vor. Geübt. Zügig. Ruhig. Ein kurzer Blick zu seinem Kollegen, der weiter drückte. Konzentriert, leicht außer Atem. Zwei Stationsärzte stießen zu ihnen, sodass er die Aufgabe der Beatmung abgab.

«Ich führe gleich den Guedeltubus ein, wenn ihr soweit seid», meinte Karsten, einer der Ärzte.

«Du zählst an, Stian. Dann löse ich dich ab», wies Aiden an.

«Alles klar.» Stian nickte und drückte weiter. «28, 29, 30.»

Der Arzt reagierte schnell: Tubus einführen, Beatmungsbeutel ansetzen, weiter. Das Reanimationsteam erschien. Während Aiden drückte, gab Stian eine grobe Auskunft über den Patienten.

Die Wiederbelebungsmaßnahme erforderte Kraft und trieb Aiden den Schweiß auf die Stirn. Das Reateam übernahm die Führung, sodass Stian und er sich auf die Kompression beschränkten.

«Ich übernehme wieder.» Stian kam an seine linke Seite. Aiden nickte.

«28, 29, 30.» Er rutschte weg und ließ ihn übernehmen. Neben ihm machten sich zwei Kollegen vom Reanimationsteam bereit. Das Bad war zu klein, als das sie vernünftig durchtauschen konnten. Aiden zwängte sich aus dem Raum, damit sein Kollege abgelöst werden konnte. Insgesamt wurde der Patient dreimal geschockt, bis sie ihn wiederhatten und er für die Verlegung auf die Intensivstation vorbereitet wurde.

Aiden lief vor und holte den Fahrstuhl, damit der Transport zügig vonstattengehen konnte. Als das Reanimationsteam mitsamt Patienten von Station verschwand, atmete Aiden auf.

Für wenige Sekunden blieb er vor den verschlossenen Türen des Fahrstuhls stehen, wischte über seine Stirn.

Vor ihnen lag nun eine Menge zusätzlicher

Arbeit. Das Patientenzimmer glich einem Schlachtfeld, der Notfallrucksack musste dringend aufgerüstet und der Stationsalltag wieder übernommen werden. Doch vorher musste er sich um seine Schützlinge kümmern, die in den letzten Minuten untergegangen waren.

Er suchte zunächst Arabella, die er im Dienstzimmer fand. Sie wirkte blass, aber lächelte ihm zu.

«Ist alles in Ordnung bei dir?», erkundigte er sich und nahm neben ihr Platz.

«Ja. Ich habe das erste Mal eine Reanimation mitbekommen, aber nicht viel gesehen.»

«Aufregend, oder?» Zu gut erinnerte er sich an seine erste Reanimation, die Jahre her war. Das erste Mal vergaß man nie.

«Ja und auch beängstigend. Ich habe mir vorgestellt, wie ich reagieren würde und konnte mir das nicht beantworten.»

«Es gibt Dinge im Leben, die kann man im Vorfeld nicht wissen. Erst, wenn du in dieser Situation bist. Wichtig ist es, ruhig zu bleiben. Selbst wenn du noch nie reanimiert hast, kannst du deinen Kollegen zuarbeiten.»

«Wie machst du das?» Neugierig schaute sie ihn an. Er lächelte ein wenig.

«Übung. Die Reanimationen selbst sind nie gleich, weil ich nie mit demselben Team zusammenarbeite, aber die Abläufe sind es. Die sitzen irgendwann.»

Sie nickte verstehend. «Danke.»

«Wir haben zu danken, Arabella. Du rettest uns hier heute wirklich. Ich gehe kurz zu meinem Kollegen, aber wenn etwas sein sollte oder du Gesprächsbedarf hast, komm gern auf mich zu.»

Sie nickte wieder und Aiden begab sich auf die Suche nach Stian.

Er fand ihm im Patientenzimmer, im Inbegriff, das hinterlassene Schlachtfeld aufzuräumen. Die meisten der Verpackungen und benutzten Materialien waren bereits vom Boden verschwunden. Nur noch das Blut, vom Legen des intravenösen Zugangs, klebte auf den Fliesen im Bad.

Stian bemerkte ihn nicht – zu sehr auf seine Arbeit fokussiert. Die nächste aufgerissene Verpackung wurde von ihm aufgesammelt.

«Stian?» Ein kurzes, kaum wahrnehmbares Zusammenzucken.

Dunkelgrüne Augen begegneten seinem fragenden Blick. Der Ausdruck in Stians Gesicht war schwer zu lesen. «Kommst du kurz mit?»

Stian unterbrach seine Aufräumtätigkeit. Gemeinsam traten sie hinaus auf den Flur, auf dem nicht erkennbar war, was sie in den letzten Minuten geleistet hatten. Obwohl Aiden unzählige Reanimationen hinter sich hatte, war es jedes Mal eine enorme Kraftanstrengung. Für den Körper. Für den Geist. Die Nachwirkungen kamen später. Vielleicht erging es Stian ähnlich.

Aiden lehnte sich an den Handlauf der Wand, Stian tat es ihm gleich. Sie standen dicht beieinander.

«Wie geht es dir?», erkundigte er sich und legte die Hände beidseits auf die Metallstange. Die Kälte war eine willkommene Abwechslung auf seiner erhitzten Haut.

«Zugegeben: weiß ich nicht. Zu viel Adrenalin, um dir darauf eine qualifizierte Antwort zu geben. Und dir?»

Unweigerlich lachte Aiden leise. Keine der anderen Kolleginnen ging so offensiv auf ihn ein, wie es Stian tat.

«Willst du darauf eine ehrliche Antwort?»

«Sicher.»

Er ließ den Hinterkopf an die Wand sinken und schaute auf die Lichtreihen der Deckenbeleuchtung.

«Ich finde diesen Dienst ziemlich beschissen.» Er stieß die Luft aus. «Wir bekommen kaum Unterstützung und sollen dreißig Patienten versorgen. Da passt weder ein Sterbefall noch ein Notfall rein.»

«Und dann hast du auch noch einen neuen Kollegen an der Hacke. Dein Job klingt nicht so erstrebenswert», kommentierte Stian nüchtern.

«Blöd, dass wir im selben Boot sitzen.»

«Nicht ganz. Du trägst mehr Verantwortung.»

Aiden schaute zur Seite. Da war ein spitzbübisches Funkeln im Blick. Es war ein stummes Lachen, das zu Stian unglaublich gut passte – Aiden war derjenige, der es am häufigsten erhielt.

Die wuscheligen Haare fielen Stian verschwitzt

in die Stirn, ein leichter Bartschatten zeichnete sich auf den Wangen ab, die Lippen waren voll. Stians Kehlkopf bewegte sich. Aiden verfing sich wieder in den grünen Augen.

«Ich finde den neuen Kollegen nicht so schlimm», gestand er und nahm damit Stians Bedenken auf.

«Würde meine Leitung Komplimente äußern können, wäre die auch ganz okay.»

«Autsch.» Aiden verzog belustigt das Gesicht.

«Ehrlich», meinte Stian und wurde ernst, «Ich hätte dir für heute jemanden gewünscht, der länger auf der Station arbeitet als ich. Du hast bedeutend mehr Aufgaben zu erledigen, wobei dich andere vielleicht besser hätten unterstützen können.»

Aiden dachte darüber nach. Er hatte mit jeder einzelnen Kollegin bereits reanimiert, kannte ihre Stärken und Schwächen. Es hätte nichts am Resultat geändert.

«Nein. Ich hätte es mit niemandem besser machen können. Anders ja, aber nicht besser. Die Ausgangssituation wäre dieselbe gewesen. Du leistest gute Arbeit.»

«Danke.» Stian hielt kurz inne.

Es faszinierte Aiden, dass er ihm beim Denken zusehen konnte – und gerade schien er eine Erkenntnis zu haben, die ihm weniger zusagte. Es war ein Zucken im Gesicht, dieses minimale Ausweichen.

«Im Übrigen hast du bekommen, was du wolltest.»

«Was denn?»

«Meine erste Rea hier.»

«Wie passend», kommentierte Aiden. Selbst er hatte sich das so nicht vorgestellt. «Wenn du Gesprächsb...»

«Dann komme ich zu dir», unterbrach Stian ihn. «Oder wende mich an jemand anderen. Für den Moment bin ich erschöpft, aber sonst in Ordnung.»

«Okay. Dann würde ich vorschlagen, dass wir versuchen, diesen Dienst zu einem vernünftigen Ende zu bringen.»

«Abgemacht.»

Zeitgleich stießen sie sich von der Wand ab. Stian beharrte darauf, keine Hilfe beim Aufräumen des Zimmers und beim Auffüllen des Notfallrucksacks zu brauchen, sodass Aiden wieder in den vorderen Bereich ging.

Arabella teilte ihm mit, dass sie sämtliche Patienten pflegerisch versorgt hatte, was Stian und ihm den Rücken freihielt. Aiden nahm sich einen Moment und schaute zu Herrn Berg ins Zimmer. Dieser atmete ruhiger als zuvor, doch die Atemaussetzer waren länger geworden. Als er die Zimmertür leise hinter sich schloss, betrat Reiner die Station. Im Kasak.

«Es sieht aus, als kommst du zum Aushelfen», begrüßte er seine Pflegedienstleitung.

«Das tue ich. Ich habe mein Bestes gegeben,

um von irgendeiner Station Personal abzuziehen, aber die sind alle gerade schlecht besetzt. Was soll ich tun?»

«Die Überwachung, die Patientenklingeln und ich benötige einen Nachtdienst ab Mitte der Woche. Stian und ich sorgen in der Zwischenzeit wieder für einen geregelten Ablauf.»

«Alles klar.»

Er nahm Arabella mit zu seinen Patienten, übertrug ihr Aufgaben, versorgte mit ihr Herrn Berg.

Stian sah er lange Zeit nicht mehr, doch er vertraute darauf, dass dieser sich melden würde, sobald er Unterstützung benötigte.

Die Mittagszeit raste heran, wieder waren sie mit Vitalzeichenmessungen und Medikamentenvergaben beschäftigt, wieder arbeiteten Stian und er zueinander. Als endlich Übergabezeit war, machte Aiden drei Kreuze. Glücklicherweise kannten die Kolleginnen von der Spätschicht die Patienten von den letzten Tagen, sodass keiner von ihnen beiden weit ausholen musste.

Reiner teilte ihm nach der Übergabe mit, dass es mit einem Nachtdienst schlecht aussah. Er hatte eine Nacht besetzen können, drei weitere waren offen.

«Den Einzigen, den ich nicht gefragt habe, ist Stian.»

Aiden schüttelte den Kopf. «Das ist unser neuer Kollege. Ich möchte die Möglichkeit haben, ihn vernünftig einzuwachen. Diese Nächte sind regulär für den kommenden Monat vorgesehen.»

«Bisher bist du allein.»

«Ich weiß. Aber wenn wir neues Personal halten wollen, sollten wir unser eigenes Konzept verfolgen.»

«Aiden, du weißt, dass ich deine Ansichten teile, doch in diesem Fall wäre es besser, du bekommst Unterstützung aus den eigenen Reihen, als jemanden von einer fremden Station, der sich hier nicht auskennt. Damit wäre dir nicht geholfen.»

«Kommt drauf an, wen ich bekomme.»

«Sei vernünftig.»

«Ich möchte Stian in diesen Nächten nicht haben», äußerte er mit Nachdruck. In diesem Moment kam dieser ins Dienstzimmer. Für Sekunden begegneten sich ihre Blicke. Stians unergründlich. Aiden fluchte innerlich.

«Ich habe meinen Namen gehört», meinte Stian frei heraus. «Um was geht es?»

Reiner brachte sein Anliegen hervor.

«Ich bin nicht eingearbeitet.» Still dankte Aiden dem Himmel. Immerhin einer, der das verstand.

«Wärst du generell bereit, die Nächte zu übernehmen?», hakte Reiner nach. Aiden schwante Böses. Wenn seine Pflegedienstleitung so begann, hatte die schlechte Ideen.

«Ja.»

«Was hältst du von diesem Vorschlag: Du

würdest dich bereit erklären, vier Nächte zu machen. In der ersten würdest du eingewacht werden – ihr wärt zu dritt. Die anderen drei würdest du eigenständig übernehmen?»

Aiden ließ sich diesen Vorschlag selbst durch den Kopf gehen. Das wäre besser als nichts. Für Stian zwar keine Bilderbucheinarbeitung, für ihn jedoch eine wertvolle Unterstützung.

«Wenn ich einspringe, arbeite ich zehn Tage durch und komme am elften aus dem Nachtdienst. Das ist mir zu lang.»

Aiden schaute auf den Dienstplan, der ausgebreitet auf dem Schreibtisch lag. Wenn sich keiner krank meldete, wären im nächsten Frühdienst genug Pflegekräfte vorhanden, um auf Stian verzichten zu können.

«Morgen könnte ich dir frei geben.» Das war der einzige Tag, der zur Verfügung stand, weil sie Mittwoch bereits in die Nacht gingen.

«Also der freie Tag morgen für die vier Nächte danach. Wäre das ein Deal?», forderte Reiner. Selbst in Aidens Ohren klang das nach einem schlechten Übereinkommen, doch egoistisch gedacht, hoffte er nun, dass Stian zustimmte.

«Abgemacht.»

«Super, vielen Dank, Stian.»

«Danke», sagte auch Aiden und erhielt daraufhin ein abfälliges Lächeln. Er kniff minimal die Augen zusammen. Nachdem sie diesen Dienst mit Bravour gemeistert hatten, irritierte ihn diese anfeindende Reaktion.

«Ich würde jetzt Feierabend machen, wenn das okay ist», meinte Stian und sah an ihm vorbei. Sie waren beide bereits eine halbe Stunde drüber.

«Klar. Bis Mittwoch.»

«Du auch, Aiden. Ihr habt euch diesen redlich verdient.»

Darüber dachte er nicht nach. Seine Energie war verbraucht, um sich noch weiter mit irgendwelchen Stationsbelangen zu befassen, und das Wichtigste war geregelt. Er folgte Stian in die Umkleide, rechnete damit, dass irgendeine Frage käme oder dieser ihn mit irgendetwas aufziehen würde – wie es manchmal war, wenn sie gemeinsam Feierabend hatten.

Doch Stian blieb auf dem gesamten Weg ungewöhnlich still. Bei den Spinden angekommen, reichte es Aiden. Er wollte es wissen. Den Zugang blockierend lehnte er sich gegen den Metallschrank.

«Was ist los?», forderte er.

Stian tat nicht mal so, als wäre nichts – das machte sein Schnauben deutlich. «Dürfte ich an den Schrank? Ich habe nicht vor, mein gesamtes Leben in diesem Krankenhaus zu verbringen.»

«Nein. Ich würde zuerst gern wissen, was los ist.»

«Ich glaube nicht, dass dir meine Meinung wichtig ist.»

Aiden runzelte die Stirn. All seine Mitarbeiter waren ihm wichtig – insbesondere, wenn diese etwas störte.

«Ich verstehe es nicht», meinte Aiden ruhig. «Was ist zwischen unserem Teamwork und jetzt passiert?»

«Ehrlich, ich würde gern meine Anstellung behalten. Ich kann dir das in deiner Position gerade nicht so vermitteln, wie es sich gehört.»

Stian war aufgebracht. Obwohl Aiden ihn kaum kannte, war er ein eher ausgeglichener Kollege und blieb selbst bei herausforderndem Patientenkontakt gelassen.

Es war nicht mit der Szene vergleichbar, die Lewe ihm morgens gemacht hatte. Das hier war etwas anderes, nicht auf Dramatik ausgerichtet. Aber diese überraschende Impulsivität triggerte ihn.

Aidens Stimmung verfinsterte sich. Stian brauchte keine Angst um seinen Job zu haben.

«Vergiss meine Position. Wir sind runter von Station.»

«Du kotzt mich an.»

«Bitte?» Das war tatsächlich mal etwas Neues.

«Wir haben einen hammeranstrengenden Dienst hinter uns, in dem du mir was von toller Arbeit und gutem Kollegen erzählst – nur um deinen eigenen Worten kurze Zeit später zu widersprechen. Ich kann damit umgehen, wenn man mich nicht leiden kann, aber ich hasse Heuchelei. Du hast keinen Bock auf mich in den Nächten? Super! Am Ende bin ich jedoch immer noch ein verdammt fähiger Kollege, der seinen Job wirklich kann.»

Aiden wich minimal zur Seite, sodass Stian wütend den Spind öffnen konnte. Jetzt verstand er, was das Problem war. Es tat ihm leid, dass er das so aufgefasst hatte.

«Du hast das falsch verstanden. Ich habe mich zuvor mit der PDL auseinandergesetzt. Reiner wollte, das du ohne Einarbeitung einspringst. Ich habe mich dagegen ausgesprochen und auf unser Konzept beharrt. Demnach hättest du den Luxus gehabt, drei Nächte eingearbeitet zu werden, geplant für den kommenden Monat. Das war alles.»

Aiden öffnete den Metallschrank, der blechern nachklang, zog das Kasakoberteil über den Kopf und schmiss es in einen Wäschesack. Normalerweise duschte er nach den Diensten, heute wollte er nicht länger bleiben. Deo musste reichen. Neben ihm blieb es still, doch dieses Mal ließ er sich davon nicht beirren, sondern zog sich weiter um.

«Es tut mir leid.»

Aiden hielt in der Bewegung inne, gerade dabei, den Gürtel zu verschließen, und begegnete einem Blick aus dunkelgrünen Augen, in denen die Ernsthaftigkeit dieser Entschuldigung stand.

«Angenommen.»

Stian schien, als wolle er noch etwas sagen, öffnete den Mund, verschloss ihn wieder. «Danke», antworte er letztendlich und wich ihm aus – auf so vielfältige Art, dass Aiden ihn für ein paar Sekunden einfach ansah.

Dann zog er sich fertig an. Stian hatte sich mehr

Zeit gelassen, vielleicht bewusst, um nicht gemeinsam mit ihm die Umkleide verlassen zu müssen. Ein letztes Mal schaute Aiden auf den Wuschelkopf, der ziemlich geknickt aussah.

«Bis Mittwoch, Stian ... Und noch mal fürs Protokoll: Ich habe es ernst gemeint.»

Damit verließ Aiden die Räumlichkeiten und freute sich auf seinen ersehnten Feierabend.

Kapitel 3 – Stian

Wie ist es?»

Espen stellte eine Tasse Tee vor ihm ab, wofür Stian sich bedankte. Sein Kumpel hatte spontan Zeit gehabt, um sich zu treffen. Stian konnte nicht abschätzen, wann sich die nächste Möglichkeit bot, zumal Espen nicht im regulären Schichtdienst, sondern wegen seiner Tochter von acht bis sechzehn Uhr arbeitete, was es schwierig machte, einen geeigneten Tag zu finden.

«Anders. Ich fühle mich manchmal wie ein Azubi. Ich dachte, ich hätte diese Zeit erfolgreich hinter mir gelassen. Kardio ist etwas anderes als unsere Pneumo. Mehr Stress, mehr dieses auf Achtung sein.»

«Wir sind bei uns auch immer aufmerksam», wandte Espen ein und setzte sich zu ihm an den Tisch. «Pneumo ist ja nicht langweilig.»

«Das habe ich nicht gesagt. Es ist jedoch eine Tatsache, dass wir zum Beispiel keine echtzeit-überwachten Patienten hatten und ihr vermutlich nie bekommen werdet. Auf der jetzigen Station ist das anders. Das meine ich.»

«Und die Kollegen? Besser als wir?»

Espen starrte auf seine Tasse und glitt mit dem Finger an deren Henkel entlang. Er war heute unausstehlich. Stian ahnte, dass es seinem Freund nicht passte, dass er woanders arbeitete und versuchte, alles Positive schlecht zu reden oder seine Worte zu verdrehen.

«Ich vergleiche meine alten Kollegen nicht mit den neuen. Ich kann euch nicht ersetzen, aber die neuen Kollegen sind durchaus nett.»

Bis auf Hades. Ne, das traf es nicht. Hades war nett, aber ihm zu sehr im Kopf geblieben. Er wurde aus seinem Mentor nicht schlau. Aber das war ein Thema, das er erst recht nicht mit Espen besprechen würde.

«Wie viele Männer gibt es bei euch?»

Stian starrte seinen Kumpel aus zusammengekniffenen Augen an. War das immer noch das, was ihn störte?

«Zwei, einer davon bin ich. Der andere ist meine stellvertretende Stationsleitung.»

«Dann brauche ich mir keine Sorgen zu machen.»

«Wie darf ich das jetzt verstehen?»

«Das deine Leitung schwul ist, liegt bei null und selbst wenn, würde es hierarchisch keinen Sinn machen.»

«Du meinst, eine Leitung würde sich nicht mit einer normalen Pflegekraft abgeben? Wieso zum Henker bist du heute so daneben?»

«Bin ich nicht. Darf ich dir jetzt nicht mal mehr meine Meinung sagen?»

«Natürlich darfst du das, aber du kränkst mich.»

«Sorry, kann ich nichts für.»

«Irgendwie ist mir das zu blöd. Ich wollte

einen entspannten Nachmittag mit dir und der Kleinen verbringen, nur nicht so. Entweder du interessierst dich für mich oder du lässt es bleiben.»

«Du hast in den letzten zwei Wochen kein einziges Mal nachgefragt, wie es mir geht.»

Stian hielt sich die Stirn. Er war arbeiten gewesen, hatte über Büchern gehangen, war zwischendurch mal spazieren oder einkaufen gewesen und ist früh ins Bett. Die Einarbeitung schluckte seine Energie. Nichtsdestotrotz hatte er sich bei Espen zwischendurch gemeldet und gefragt, wie sein Tag gewesen war und wie es auf Station lief, nachdem einige Kollegen gegangen waren. Daraufhin hatte er nur kurze oder einsilbige Antworten erhalten.

«Darf ich dich daran erinnern, dass ich dich gefragt habe, ob wir uns treffen wollen? Es muss doch nicht immer eine explizite Frage sein.»

«In den wenigen Wochen hast du dich verändert.»

«Ach Espen, sei nicht unfair. Ich kann überhaupt nichts dafür, dass ich gehen musste und das ich umgezogen bin, war sinnvoll. Das weißt du.»

Stian benötigte noch etwas Zeit, sich vollständig einzuleben. Ein Freund, der ihm dabei unterstützend zur Seite stand, wäre schön gewesen. Natürlich konnten sie nicht weitermachen wie bisher, weil die Dinge nicht mehr dieselben waren. Doch Espen war ihm wichtig.

«Möchtest du mich jetzt weiter anzicken oder können wir unsere begrenzte Zeit sinnvoll nutzen?», meinte Stian genervt. Er hatte nur diesen einen freien Tag. Espen seufzte schwer.

«Du hast recht. Tut mir leid. Du fehlst hier einfach.» Unter der Maske der Ablehnung lag tiefe Traurigkeit. Stian stand auf und trat auf ihn zu.

«Komm mal her.» Er nahm seinen Kumpel tröstend in den Arm. «Unsere gemeinsame Zeit fehlt mir ebenfalls. Aber es gibt leider Situationen, die können wir nicht ändern. Vielleicht schaffst du es, sie zu akzeptieren. Ich bin weiter für dich da, okay?»

«Ist nicht so leicht», raunte Espen. «Ich versuch's. Danke.»

«Kein Problem. Und jetzt lass uns was Schönes machen. Sollen wir zu dritt im Wald spazieren?»

«Können wir. Ich sag Melanie Bescheid.»

Kurze Zeit später machten sie sich gemeinsam auf den Weg. Der Waldspaziergang war eine willkommene Abwechslung für Stian. Er konnte seine Gedanken schweifen lassen und durchatmen. Nichtsdestotrotz vermied er es, tiefgründige Themen anzusprechen und blieb gegenüber Espen eher oberflächlich.

Solch eine Zurückhaltung war für ihn ungewohnt, doch er merkte, dass sein Kumpel mit sich selbst genug zu tun hatte. Stian wollte ihn nicht belasten.

Dabei hätte es durchaus ein paar Dinge gegeben, die er gern mit jemandem geteilt hätte. Die

Wände in der Wohnung hörten zwar zu, gaben aber glücklicherweise keine Antworten.

Der Start auf der neuen Station war geglückt. Er mochte das Team und die Kollegen waren nett. Fachlich hatte er seine Defizite aufholen können und arbeitete inzwischen eigenständig. Der Einzige, der ihm Kopfzerbrechen bereitete, war der Herrscher der Unterwelt.

Stian konnte nicht genau benennen, woran das lag. Er hatte versucht, diese einnehmende Präsenz zu ignorieren und Aiden wie jeden anderen zu behandeln – auf seine Art. Humor half in der Regel, mit Menschen umzugehen, zumindest wenn diese dafür empfänglich waren. In den letzten Wochen war er gut damit gefahren. Aiden hatte häufig gelacht, irgendwie hatte er einen Zugang zu ihm gefunden. Kurzweilig und stimmungsabhängig, aber das war egal.

Das Problem war, dass er alles, was von Aiden kam, persönlicher nahm, als gut für ihn war. Vielleicht war es sein innerer Drang nach Anerkennung, weil er neu war und aus Prinzip den Ansprüchen genügen wollte. Ziemlich bekloppt, aber die einzige rationale Erklärung.

Doch Stian war zu weit gegangen. Er hatte das Lob zu hoch gehängt und Aidens Satz in den falschen Hals bekommen. Er hoffte ernsthaft, dass die Auseinandersetzung keine Konsequenzen auf sein Arbeitsverhältnis hatte. Sein Ausraster war übertrieben, doch seine Wut echt gewesen. Das, was er gesagt hatte, hatte er ebenfalls ernst gemeint. Blöd nur, dass er Aiden zu Unrecht beschuldigt hatte. Dessen Leitmotiv war kollegial.

Ein bisschen Bammel hatte er davor, ihn morgen wiederzusehen und die nächsten Nächte mit ihm gemeinsam Dienst zu haben. Doch bisher hatte er Aiden tatsächlich fair erlebt. Er war ein Mann, der sich an sein Wort hielt.

Sein Blick wanderte zu Espen. Ihre Freundschaft wurde gerade auf die Probe gestellt. Stian hoffte, dass sie standhielt. Er konnte nachvollziehen, warum sein Kumpel so griesgrämig war, andererseits konnten sie die Dinge wirklich nicht ändern. Und selbst wenn, Stian musste ehrlich zu sich selbst sein, war es eine glückliche Fügung gewesen. Denn er mochte seinen Arbeitsplatz. Die vielen unterschiedlichen Persönlichkeiten hätte er nie kennengelernt, wäre er weiter auf der Pneumologie geblieben.

Letztlich war der Arbeitsplatz nicht das Problem zwischen ihnen. Stian wünschte, Espen könnte ein Stück Abstand gewinnen. Er selbst hatte keine, Espen zu viele Gefühle. Eine blöde Mischung und auf Dauer ungesund. Espen hing schon lange an ihm.

Stian setzte auf die Zeit. Die würde zeigen, ob sein Freund über ihn hinwegkam.

Nach dem Spaziergang im Wald fuhren sie wieder zu Espen nach Hause. Sie aßen zu Abend und spielten Gesellschaftsspiele. Er genoss diese Stunden abseits der Arbeit. Genoss es, mit Melanie zu toben und Espen in der Küche zu helfen. Das war für ihn das Gefühl von Leichtigkeit. Als sich der Abend zum Ende neigte, verabschiedete Stian sich und lud Espen dazu ein, beim nächsten Mal bei ihm vorbeizukommen. Wenigstens hatte der Tag eine vernünftige Wendung genommen.

Den gesamten Tag über hatte Stian sich unruhig gefühlt. Sein Nacken war verspannt und er schob es auf die Aufregung vor dem ersten Nachtdienst, doch eigentlich war das unsinnig. Stian war es gewohnt, nachts zu arbeiten. Auf der alten Station hatte er diese Dienste regelmäßig übernommen. Es war also kein echtes Problem für ihn. Die Abläufe waren ein wenig anders. Im besten Falle schliefen die Patienten, im schlimmsten Fall wären sie die gesamte Zeit mit diesen beschäftigt. Das ließ sich nie vorhersagen. Auch das war ihm nicht neu.

Das Einzige, was ihn an den Nachtdiensten wirklich störte, war der fehlende Schlaf. Er kam einfach nicht zur Ruhe und schlief manchmal nur drei bis vier Stunden, obwohl er todmüde war. Aber da er erst in die Nächte ging, konnte das nicht der Auslöser für das Kribbeln im Nacken sein.

Als er die Station betrat, war der Flur leer und das rege Treiben längst verklungen. Eine ungewohnte Atmosphäre. Schon seltsam, wie schnell er sich an den Trubel gewöhnt hatte.

«Klopf, klopf», sagte Stian, als er das Dienstzimmer betrat. Er stellte seinen Rucksack ab und wurde von der dunkelsten Aura empfangen, die es gab.

Aiden saß am Tisch, die schwarzen Haare flossen offen über seine Schultern und glänzten im gedimmten Licht. Seine blasse Haut bildete dazu einen harten Kontrast. Unweigerlich wollte Stian etwas tun, wofür er in der Hölle schmoren würde: seine Hand in Aidens Haar verflechten und … Scheiße. Einen Moment zu lang hing er an diesem Bild fest – und sah sich plötzlich diesen überirdischen Augen gegenüber.

«Hey.»

Kein Lächeln. Nur triefende Schwärze, die diesen Menschen wie Nebel umgab. Unheil umwölkte ihn. Stian schluckte. Das Kribbeln im Nacken stieg ihm in den Kopf.

«Gehe niemals einen Pakt mit dem Teufel ein», raunte Aiden und stieß ein leises Schnauben aus. «Wir sind alle Nächte zu zweit.»

Es benötigte wenige Sekunden, bis Stian verstand, was Aiden ihm mitteilte. Okay, das war … bescheiden.

«Ernsthaft – habe ich die Möglichkeit, meinen Dienst zu quittieren?» Eine Nacht hätte ihm mindestens an Einarbeitung zugestanden.

«Du könntest dich verweigern.»

«Kommt nicht gut.»

«Du leidest an einem Anfall spontaner Emesis.»

Wie herrlich eloquent und illoyal. Dennoch: es gab keine realistische Möglichkeit, aus dieser Nummer rauszukommen, dem war sich Stian bewusst. Am Ende würde Aiden übrigbleiben.

«Würde bei einer Frau besser ziehen als bei mir. Nein,» Stian schüttelte den Kopf. «Du wärst komplett allein. Wie ist es dazu gekommen?»

«Unsere Kollegin wurde auf Ansage der PDL auf eine andere Station abgezogen, da dort nur eine Nachtwache gewesen wäre.»

«Wirklich?»

Aidens Schweigen sagte alles. Kein Wunder, dass ihn die Finsternis wie einen Umhang umgab. Stian ließ sich auf einen Stuhl fallen. Der letzte Dienst, den er mit Aiden bestritten hatte, war krass gewesen. Hoffentlich verfolgte sie dieses Glück nicht erneut.

«Egal», meinte Stian. «Können wir nicht ändern. Ich weiß, dass du dein Bestes gegeben hast. Danke dafür.»

«Ich wurde vor vollendete Tatsachen gestellt, als ich zum Dienst gekommen bin.»

Stian schnaubte. Es war seiner Stellvertretung nicht besser ergangen als ihm. Dabei hatte er gedacht, dass diese wenigstens etwas eingebundener war. «Dasselbe Boot», kommentierte er. «Sag mir, was wir nachts machen. Den Rest kriege ich hin.»

«Es ist nett von dir, dass du bleibst.»

Überrascht schaute er Aiden an. «Ich wäre

69

niemals einfach gegangen.»

«Ich weiß.» Ein kurzes Zucken in Aidens Mundwinkel. Dann kehrte Stille ein. Stian schaute auf die Uhr. Der Spätdienst hatte es scheinbar nicht eilig, nach Hause zu gehen. Sein Blick glitt über die Wand, über den Tisch, überall hin, streifte flüchtig die personifizierte Finsternis und kehrte zurück zur Uhr. Sein Herz klopfte unangenehm, seine Hände waren feucht.

«Sorry nochmal», begann er schließlich und trommelte mit den Fingern auf der Tischplatte. «Wegen neulich. Das hätte ich nicht tun dürfen. Ich bin zu weit gegangen, und wir kennen uns kaum. War vielleicht ein bisschen viel an dem Tag.»

Jetzt war ihm wirklich schlecht und die Emesis vielleicht doch nicht so unrealistisch.

«Ehrlichkeit von seinen Mitmenschen zu erwarten, ist nichts Schlechtes. Sagen wir´s so: Auf diese Art hat sie noch keiner von mir gefordert.»

«Das ist nicht gut.» Stian seufzte. Seine Wangen brannten. Selten wurde er rot. Mittlerweile war ihm sein Verhalten nur noch peinlich.

«Ich habe deine Entschuldigung angenommen, Stian. Nicht jeder kann sich Fehlverhalten eingestehen.»

Aiden war wirklich ekelhaft weise. Einmal mehr kam Stian sich wie ein dummer Junge vor. Der Spätdienst bewahrte ihn vor einem Weiterführen des Gesprächs, in dem er endlich mit der Übergabe begann. Die Patienten waren überwiegend dieselben, Herr Paulsen lag noch auf der Intensivstation, Herr Berg war tags zuvor verstorben, dieses Zimmer inzwischen neu belegt. Die bisherigen Dienste waren ruhig verlaufen. Kein Garant für eine ruhige Nacht, aber er durfte ja hoffen.

Für sie beide war die Situation bescheiden. Unabhängig davon, dass Stian sich in den letzten Wochen den Hintern aufgerissen hatte, um die Defizite aufzuarbeiten, war er eben noch neu. Aiden hatte dadurch wieder Mehrarbeit. Wenn sie schon nur zu zweit waren im Nachtdienst, sollte er wenigstens die Abläufe beherrschen. So war er erneut darauf angewiesen, sich an Aidens Fersen zu hängen. Natürlich kannte er die Station, wusste, dass man nachts Tabletten stellen und Rundgänge machen musste. Aber manchmal war es eben auch eine Frage der Prinzipien. Und der Deal, dem er zugestimmt hatte, war geplatzt.

Es machte ihn wütend. Das Kind war nicht nur in den Brunnen gefallen, sondern darin ersoffen. Er konnte nur sein Bestes geben und hoffen, keine Last zu sein. Aiden tat ihm ernsthaft leid. Er hatte sich bemüht, das rechnete Stian ihm hoch an. Es zeigte Führungsqualität und Kompetenz, dennoch war auch er übergangen worden. Stian beneidete ihn kein bisschen um seine Position.

Sie einigten sich darauf, gemeinsam durch die Zimmer zu gehen. Das war einfacher, als sich zuzuarbeiten. Währenddessen erklärte Aiden ihm, wie die Abläufe waren und welche Arbeiten anfielen. Einige administrative Aufgaben, die er tagsüber noch nicht gemacht hatte, wie etwa die Kurvenkontrolle. Andererseits kannte er die meisten Dinge von seiner alten Station. So unterschiedlich waren die Aufgabengebiete nicht.

Ihr erster Durchgang ging Hand in Hand. Nach dem zweiten Zimmer brauchten sie nicht mehr miteinander zu reden, weil sie wortlos verstanden, was der andere tat. Stian empfand die Zusammenarbeit mit Aiden als sehr angenehm. Er wusste um einen fähigen Kollegen, der ihn jederzeit unterstützte. Das war viel wert.

Ansonsten war Aiden ein verschlossenes Buch. Immer noch kannte Stian nichts Privates von diesem Menschen. Stian versuchte, ihn mit Humor aus der Reserve zu locken, doch es waren nur kleine Momente, die viel zu schnell vergingen. Es reizte ihn, die Geschichte hinter dieser Hülle aus bildschöner Schwärze zu erfahren. Und es nervte ihn, dass er sie unbedingt wissen wollte. Normalerweise sollte es ihm egal sein. Er besaß ein Mundwerk für zwei und war nicht darauf angewiesen, jeden Menschen in seinem Umfeld zu kennen. Doch dieser seltsame Racheengel war anders. Vielseitig, düster, undurchschaubar. Stian verstand ihn nicht. Nie reagierte Aiden, wie er es vermutete.

Mit dem Durchgang waren sie zügig fertig. Anschließend zeigte Aiden ihm im Schnelldurchlauf, wo er was fand. Er begann mit dem Stellen der Tabletten für den nächsten Tag, während sein

Mentor die Pflegeplanungen im Dokumentationssystem überarbeitete und den Bestand der Betäubungsmittel überprüfte. Wieder arbeiteten sie still nebeneinanderher. Dieses Schweigen war okay.

Was Stian zusetzte, war diese permanente Nähe zu diesem Wesen. Er konnte die Präsenz von ihm nicht ausblenden, so sehr er es versuchte. Sein Nacken tat weh. Zu viele Gedanken. Gefördert wurden die Verspannungen durch das ständige Vorbeugen beim Stellen der Medikamente. Er legte den Kopf in den Nacken und seufzte.

«Kopfschmerzen?»

Stian hatte fast vergessen, dass der Herrscher der Unterwelt alles in seinem Umfeld registrierte. Das war noch so eine Sache, die Stian nicht verstand.

«Schaffst du es eigentlich, mal abzuschalten?», stellte Stian die Gegenfrage. Eine Haarsträhne hatte sich aus dem lockeren Zopf gelöst und fiel Aiden auf die Brust. Er zog die Augenbrauen hoch.

«Wie kommst du jetzt darauf?»

«Wie oft habe ich in der letzten Stunde geseufzt?»

Er brauchte nicht zu überlegen. «Drei Mal.» Und dann blitzte etwas in seinen Augen auf.

«Kontrollbedürftig oder perzeptiv?», hakte Stian nach. «Ich tippe auf Letzteres. Eine ziemlich außergewöhnliche Eigenschaft.»

«Analysierst du mich?»

«Ne.» Stian gluckste. «Dafür würde ich Informationen benötigen, die ich nicht besitze.»

«Vielleicht sollte ich mich vor dir in Acht nehmen. Du beobachtest zu viel.»

«Jeder hat seine Qualitäten. Aber du hast meine Eingangsfrage nicht beantwortet.»

«Du meine auch nicht.»

«Keine Kopfschmerzen. Verspannungen.»

«Manchmal.»

Stian starrte ihn ungläubig an. «Echt jetzt? Ein Wort?»

«Eine vollständige Antwort.» Aiden tat etwas Gefährliches. Er lächelte. Dieses teuflische Lächeln, das für alles gut war. Stian schluckte. Wusste dieser Kerl, wie attraktiv es ihn machte?

«Du machst mich wahnsinnig», nuschelte er und war sich bewusst, dass Aiden es hörte.

Mit einem Kopfschütteln begann er, das Tablettenstellen fortzuführen. Zwanzig Minuten später war er fertig. Anschließend erledigten sie die restlichen anfallenden Tätigkeiten und waren kurz nach eins mit allem durch. Bevor Stian sich hinsetzte, startete er einen weiteren Rundgang, kontrollierte, ob die Patienten schliefen und atmeten. Tatsächlich war niemand mehr auf. Es schien ihnen den Umständen entsprechend gut zu gehen. Er nahm neben Aiden im Dienstzimmer Platz.

«Es schlafen alle.»

«Gut.»

Ruhe kehrte ein. Mit einem Mal war sich Stian

bewusst, wie lang eine Nacht werden konnte. Eine Nacht, die er mit jemanden aus der Unterwelt verbrachte. Allein. Erst die Hälfte war geschafft. Aidens Anwesenheit war ihm überdeutlich bewusst.

Das gleichmäßige Piepen der Überwachungsmonitore durchdrang die Stille und seine Gedanken. Das Ticken der Uhr war aufdringlich. Dadurch verging die Zeit auch nicht schneller, nur weil der Zeiger um Aufmerksamkeit buhlte. Irgendein PC surrte. Der Schreibtisch knackte manchmal. Irgendwann blendete Stian diese Geräusche aus.

Er schaute sich im Zimmer um. Alles, was er sah, hatte er schon betrachtet. Selbst Aiden, der mit ausgestreckten Beinen in dem Bürostuhl saß und sich keinen Millimeter bewegte. Undurchdringliches Kristallblau. Irre.

Er stand auf und ging zum Regal, in dem diverse Dokumentenordner standen. Alte Kurvenblätter, Assessmentinstrumente, Aufklärungsbögen für invasive Eingriffe, Verfahrensweisen. Er spürte den Blick in seinem Nacken, spürte diese durchdringende Präsenz, die die Stille füllte. Er zog sich wahllos einen Ordner hervor und blätterte darin herum, stellte ihn wieder weg. Er ging ein wenig auf und ab, versuchte irgendetwas Neues zu entdecken und wurde enttäuscht.

Er wurde beobachtet. Seine Haut kribbelte. Er strich sich durchs Haar. Ernsthaft – es waren fünf Minuten vergangen? Lächerlich. Stifte waren interessant. Stian spielte mit einem Kugelschreiber aus seiner Kasaktasche herum, während er wieder vor dem Regal stand und sich erneut die Ordnernamen durchlas. Klick. Klick. Klick.

«Warum so nervös?», raunte Aiden ihm ins Ohr. Stian erschrak so heftig, dass er einen Satz nach vorn machte und mit voller Wucht gegen das Regal knallte. Sein Kopf traf ein sagenhaft hartes Holzbrett.

«Au!»

«Oh Fuck.»

Stian hielt sich den Schädel und starrte Aiden an. Seine Stirn tat weh und sein Herz raste. «Willst du mich unbedingt wiederbeleben oder wieso bescherst du mir fast einen Herzinfarkt?»

«Sorry. Ich wusste nicht, dass du so schreckhaft bist. Lass mal sehen!»

Aiden stellte sich vor ihn. Eine Mischung aus Kasakduft und Parfüm stieg ihm in die Nase. Angenehm, dunkel. Leise atmete er ein. Selbst in der Umkleide war Aiden ihm nie so nah gekommen. Sein gesamter Körper spannte sich an. Vorsichtig nahm er die Hand runter und betrachtete seine Finger. Mh …

«Du wirst ´ne ordentliche Beule kriegen. Jeder wird denken, ich hätte dich verprügelt.»

«Richtig so. Ich werde von deiner Machenschaft mit dem Regal erzählen und wie ihr euch gegen mich verschworen habt.»

Da war ein unterdrücktes Lächeln. Ein Kehlkopf, der sich bewegte. Reine, blasse Haut, auf der so gut wie keine Bartstoppel zu erkennen waren. Volle Lippen. Entgegen seiner Erwartung warme Hände, die behutsam seine Stirn betasteten.

«Du hast eine minimale Platzwunde. Ich desinfiziere die kurz und dann kühlst du die Stelle.»

Stian setzte sich auf einen Bürostuhl, während Aiden die Sachen zusammensammelte. Kurze Zeit später tränkte er einen Tupfer mit Desinfektionsmittel.

«Augen zu.»

Stian verzog das Gesicht. Der Geruch biss in der Nase und das Drücken auf die Stelle war schmerzhafter als das Reinigen der Wunde selbst. Anschließend wurde ihm ein Pflaster aufgeklebt.

«Mit Dinos», meinte Aiden todernst. Stian schaute zu ihm auf. Wie Aiden bei allem so gefasst blieb, beeindruckte ihn.

«Und was schreib ich ins Verbandbuch? Hab mich vorm Urknall erschrocken? Das glaubt mir doch keiner!»

Plötzlich lachte Aiden frei heraus. Es war ein unverstelltes, warmes Lachen, in das Stian mit einstieg. Glucksend hielt Aiden ihm das Coolpack entgegen. Vorsichtig drückte er es auf die Stirn. Die Kälte dämpfte den pochenden Schmerz.

«Tut mir echt leid.» Aiden klopfte ihm kurz auf die Schulter.

«Du bist mir was schuldig.»

«Das war keine Absicht!»

«Trotzdem.» Stian witterte eine Chance. «Ich bestehe darauf, dass du mir zehn Fragen beantwortest.»

«Zehn? Am Ende bist du doch gegen das Regal gesprungen. Mit Anlauf!»

«Pah, nichts da. Zehn Fragen.»

«Ja/Nein Antworten.»

«Du bist zwar nicht in der Position, um Bedingungen zu stellen, aber von mir aus.»

Aidens Augen funkelten. Seine Schneidezähne blitzten hinter einem mehrdeutigen Lächeln hervor. «Habe ich die Möglichkeit, eine Frage zu verweigern?»

Stian überlegte. «Einmal. Dafür darf ich eine Ersatzfrage stellen.»

«Das klingt nach einem schlechten Deal.»

«Die sind in diesem Haus Standard. Also.»

Wieder ein Lachen. «Schieß´ los.»

«Warte, ich muss erstmal überlegen.» Stian dachte angestrengt nach. Es gab viel, was er von Aiden wissen wollte, doch die meisten dieser Fragen wären nicht mit Ja oder Nein zu beantworten. Dementsprechend musste er seine Gedanken sortieren.

«1. Bist du ein Fan von Musik?»

«Ja.»

«2. Hast du Familie?» Aiden neigte den Kopf zur Seite.

«Definiere Familie. Eine eigene oder die, die mich großgezogen hat?»

«Ich wiederhole die Frage anders. Hast du eine Familie gegründet?»

«Nein.»

«3. Hast du eine Frau?»

«Nein.»

Okay, das war interessant. Stian war fest davon ausgegangen, dass Aiden vergeben war. Er behielt es im Hinterkopf.

«4. Sprichst du generell wenig über dich?»

«Ja.»

«5. Hast du etwas erlebt, dass dich bis heute prägt und Einfluss auf deine Berufswahl genommen hat?»

Aiden starrte ihn an, schluckte. Brauchte einen Moment, bis er antwortete: «Ja.»

Mh.

«6. Hast du eine große Leidenschaft, der du gern mehr Zeit schenken würdest?»

«Nein.»

Stian überlegte. Sein Hirn war aufgrund dieser spontanen Möglichkeit wie leergefegt. Er wollte keine Grenzen überschreiten und dennoch alles wissen.

«7. Stehst du manchmal im Zwiespalt zwischen deiner Position und deines Menschseins hier auf Station?»

«Ja.»

«8. Hast du vor etwas bestimmtem Angst?»

«Du kramst richtig tief, Stian. Ja, habe ich.»

Leider gaben ihm diese Fragen dennoch keine konkreten Antworten oder er stellte einfach die falschen. Er atmete tief ein.

«9. Bist du vergeben?»

«Ich passe.»

Oh, auch interessant. Wie frustrierend jedoch, dass er ausgerechnet diese Antwort ausschlug. «Na gut – meine Ersatzfrage: Bist du ein Beziehungsmensch?»

«Definiere die Art der Beziehung.»

«Ich meine sämtliche Arten.»

«Ja.»

Aiden hielt sich wacker. Zum Schluss konnte er sich ein Grinsen nicht verkneifen.

«10. Die Masterfrage. Bist du sicher, dass du ein irdisches Wesen bist? Denn ehrlich, Menschen sehen nicht so aus, als hätten sie die Schönheit aus dem Paradies geklaut.»

«Ich glaube, du bist zu doll gegen das Regal geknallt.» Aiden schnaubte belustigt. «Ja, ich bin sicher.»

«Danke.»

«Und, bist du nun schlauer als vorher?» Irgendetwas Schelmisches lag in Aidens Körpersprache. Er zwang sich dazu, ihn nicht zu lang zu betrachten …

«Nicht wirklich. Ich glaube, ich werde in Bezug auf dich dumm sterben.»

«Vielleicht gibt es einfach nichts über mich zu wissen», gab Aiden zu bedenken. Stian nahm sich das Coolpack vom Kopf und legte es zur Seite. Nachdenklich lehnte er den Kopf an die Nackenstütze. «Glaube ich nicht. Es hat Gründe, warum du hier arbeitest und es wird nicht ausschließlich die Liebe zum Beruf sein. Du strahlst eine ziemliche Finsternis aus und damit meine ich keineswegs dein Aussehen. Aber ja, vielleicht zerbreche ich mir zu sehr den Kopf.»

«Und welchen Grund hast du, dass alles in Erfahrung bringen zu wollen?»

Stian lächelte humorlos. «Keine Ahnung. Menschenkenntnis. Ich finde dich interessant.» Aiden neigte den Kopf zur Seite. Weitere Strähnen seines Haars hatten sich aus dem Zopf gelöst und hingen hinunter. Das ließ seine Gesichtszüge weicher wirken. Stian presste die Lippen aufeinander.

«Sorry, das klang ... komisch. Ich wollte dir damit nicht suggerieren, anderweitiges Interesse zu haben.»

«Das habe ich so nicht aufgefasst.»

«Gut. Ich habe leider die Erfahrung gemacht, dass sich manche Heteromänner durch bestimmte Äußerungen von mir in die Ecke gedrängt fühlen. Falls das bei dir der Fall sein sollte, sag es einfach.»

Aiden schaute ihn lange an, ohne etwas zu sagen. Dann wandte er seinen unergründlichen Blick ab. Stian besaß nicht die Fähigkeit, in dem anderen Gesicht zu lesen. Er hätte sie gern gehabt. Einfach um schlau zu werden. Nur dieser eine Mundwinkel, der schien sich gehoben zu haben.

Bevor die Stille wieder zu laut wurde, verschwand Stian auf Toilette. Anschließend machte er einen erneuten Rundgang. Es versprach eine ruhige Nacht zu bleiben. Allerdings merkte er, wie er langsam müde wurde, und brauchte einen

Gegenspieler. Aus der Stationsküche holte er zwei Kaffee, wovon er einen Aiden vor die Nase stellte.

«Danke.» Er wirkte überrascht. «Schwarz wie mein Reich?»

«Sicher.»

«Ohne Zucker?»

«Ja.»

«Ohne Salz?»

«Warum zum Henker sollte ich …?» Stian sah Aidens Grinsen und endete abrupt. Langsam taute dieser richtig auf. «Mit Pfeffer. Damit dieser Kaffee Wumms hat und uns wachhält.»

«Wenn die nächsten Nächte auch so wären, wäre das nicht verkehrt.»

«Definitiv. Machst du gern Nachtdienst?»

«Hast du mich nicht schon genug gefragt?»

«Auch wenn du alles in deinem Umfeld mitbekommst, gibt es Menschen, die sämtliche Dinge erfragen müssen. Ich gehöre zu letzteren.»

«Prinzipiell schon. Ich mag die Ruhe, sofern vorhanden. Aber ich könnte die Dienste nicht dauerhaft machen.»

Stian nahm das zur Kenntnis und trank von seinem Kaffee. Auch er mochte die Ruhe, die nachts herrschte. Manchmal waren die Dienste jedoch anstrengend.

Wenn man gegen die Müdigkeit ankämpfte, aber zeitgleich gefordert wurde. Wenn das Hirn nach Schlaf schrie, doch der Körper funktionieren musste. Wache Patienten, die aufgrund einer dementiellen Erkrankung einen gestörten Schlaf-

Wachrhythmus besaßen und aggressiv wurden, pflegeaufwendige Patienten, die versorgt werden mussten, weil sie eingenässt oder eingestuhlt hatten. Schlaflosigkeit, generell oder manchmal aufgrund von Ängsten, die die Menschen nicht schlafen, sondern klingeln ließen. Sowieso die Patientenklingel im Minutentakt, Notfälle, die man mit viel zu wenig Personal bewältigen musste, weil nachts so gut wie keiner im Haus war, OP-Wunden, die bluteten, Kollegen, die überfordert waren ...

Es gab so viele unterschiedliche Gründe, warum ein Nachtdienst zur Katastrophe werden konnte und man vor Arbeit nicht wusste, wo man anfangen und enden sollte.

Die ruhigen Dienste waren auf seiner alten Station die Ausnahme gewesen. Dennoch hatte Stian viele der Nachtschichten übernommen, weil er seiner eigenen Struktur hatte nachgehen können. Es gab keinen Dienst, der sich besser zum selbstständigen Arbeiten eignete als der Nachtdienst. Stian musste sich auf sein eigenes Können verlassen. Für viele war das beängstigend.

Er hing diesen Gedanken nach, während er seinen Kaffee austrank. Das Koffein half ihm wenig. Die Müdigkeit hielt sich wacker in seinen Knochen. Er schaffte es nie, vorzuschlafen, sodass er nach Beendigung des Dienstes knapp vierundzwanzig Stunden wach wäre. Dieses Defizit würde er auch danach nicht aufholen können.

Stian verschränkte die Arme auf der Tischplatte und bettete den Kopf darauf. Das war eine halbwegs angenehme Position. Die Stühle waren unbequem und sein Rücken schmerzte. Ein paar Minuten verharrte er, bis ihn etwas am Kopf traf und er leicht zusammenzuckte. Eine kleine Papierkugel aus Aidens Richtung rollte auf die Tischplatte. Er wandte den Blick zur Seite.

«Spielkind. Außerdem hast du meinen Kopf genug malträtiert.»

«Ich wollte verhindern, dass du auf den Tisch sabberst», raunte Aiden mit kehliger Stimme. Diese Stimme fand einen Weg über seinen Rücken.

«Ich sabbere nicht. Weder bei dir noch bei anderen», konterte er. «Ich schlafe wie eine Blume. Abgesehen davon bin ich wach.»

«Du bist still.»

«Das bedeutet nicht, dass ich schlafe. Du möchtest keine weiteren Fragen beantworten und mir stellst du keine. Ich kann nicht pausenlos reden.»

«Das wirkt sonst anders.»

Er ignorierte Aiden und drehte den Kopf wieder zur anderen Seite. Bestimmt hatte er schon Abdrücke von seinem Arm im Gesicht. Wieder stellte er sich auf die Stille ein.

«Ich höre dir gern zu ... irgendwie. Du bist erfrischend ehrlich und humorvoll. Eine merkwürdige Mischung.»

«Das war irgendwie Kompliment und Beleidigung in einem.»

«Das meine ich.» Aiden lachte leise. Stian schloss die Augen und lauschte diesem Klang. Verdammter Mist, er sollte gar kein Gefallen an diesem Menschen haben. Aiden war nicht vergeben, aber in irgendeiner Form liiert und schwul war er bestimmt nicht. Das erinnerte ihn an etwas.

«Warum warst du eigentlich so distanziert, als ich hier angefangen habe? Ich frage jetzt meinen Mentor», stellte Stian klar, um eine vernünftige Antwort zu erhalten. Aiden schwieg einen Augenblick.

«Ich mache mir generell ein Bild von den Menschen, die hier beginnen. Ich wollte keinen Mann auf Station, der sich in der Aufmerksamkeit der Kolleginnen suhlt. Flirten, sexistische Anspielungen ... .»

«Glücklicherweise bin ich vom anderen Ufer. Nicht auszudenken, wenn ich den Zorn des Hades auf mich gezogen hätte. Ich habe dasselbe von dir gedacht.»

Wieder eine Atempause. Er hörte das Zerreißen von Papier, das Knistern, als es zusammengeknüllt wurde.

«Das ist nicht meine Art.»

Stian drehte den Kopf wieder in die andere Richtung. Aiden saß entspannt in dem Bürostuhl und zerpflückte das weiße Blatt in mehrere Stückchen. Aiden besaß viele Arten, die meisten davon untypisch. Stian kam nicht umhin sich zu fragen, welche denn Aidens war. Dieser Mensch gab ihm Rätsel auf.

Stian ließ ihr Gespräch versacken. Er kämpfte weiter gegen die Müdigkeit, bekam von Aiden irgendwann einen zweiten Kaffee vor die Nase gestellt, der kaum Wirkung zeigte und zählte anschließend die Stunden bis zum Feierabend. Es blieb eine ruhige Nacht, nach der er sich müde nach Hause schleppte, aber mit dem Gefühl, eine verschrobene Basis zu seinem Mentor gefunden zu haben. Blieben noch drei.

Kapitel 4 – Stian

Normalerweise duschte Stian zuhause nach einem Dienst. Heute war das anders. Seit den Morgenstunden verspürte er das Bedürfnis, sich zu reinigen und das Blut vom Körper zu waschen. Sein Kasak war besudelt, die Hände und Arme mehrfach desinfiziert, er fühlte sich schmutzig.

Seit sie von Station gegangen waren, folgte ihm ein stiller Schatten. Stian wusste um ihn, wusste auch um die Achtsamkeit, die ihn begleitete, doch er wollte nicht reden.

Für die letzten Dienste fand er keine Worte, die letzten Stunden hingen schwer in der Luft. Sie waren keine fünf Minuten von Station runter. Der Ort, der in den vergangenen Nächten zu seinem persönlichen Armageddon geworden war.

Stian griff wahllos nach zwei Handtüchern aus dem Regal im Eingangsbereich der Umkleiden. Er entledigte sich der Berufskleidung und schmiss sie wortlos in den Abwurf. In Boxershorts lief er zu der Großraumdusche. Ihm war alles egal.

Das letzte Kleidungsstück landete auf einer Ablage, bevor Stian unter den heißen Wasserstrahl trat. Einen langen Moment stand er einfach auf der Stelle und ließ das Wasser über seinen Körper laufen. Er wusste nicht, ob er lachen oder weinen sollte. Lachen, weil die Situationen so beschissen gewesen waren oder weinen, weil es manchmal einfach nicht reichte, sein Bestes zu geben.

Er pumpte übertrieben viel Seife aus dem Spender, klatschte sie sich auf die Brust, schäumte seinen Körper ein. Noch einmal von vorne. Dampfschwaden stiegen um ihn auf. Das Wasser nahm zwar den Schmutz, aber nicht die Bilder. Er atmete ein. In sechs Jahren Pflege war ihm das noch nie passiert.

Die zweite Nacht war der Auftakt einer Odyssee gewesen. Sie hatte mit einem Sturz eines Patienten begonnen, ein anderer hatte über Atemnot geklagt, ein Patient aus der Überwachung hatte Kammerflimmern bekommen. Fast eine Stunde hatten sie reanimiert – erfolglos.

Manchmal war das so. Die Zeit war endlich. Sie hatten alles dafür gegeben, sie zu verlängern, doch es nicht geschafft. Stian war kaputt nach Hause gegangen, hatte gehofft, mehr als vier Stunden Schlaf zu bekommen. Auch das war erfolglos geblieben.

Die dritte Nacht hatte mit einer Reanimation begonnen. Ein Patient, der an diesem Tag mit Verschlechterung des Allgemeinzustandes aufgenommen worden war. Ihn hatten sie wiederholen können. Dazwischen Herr Gustav, ein dementiell erkrankter Patient, der immer wieder neben dem Bett gelegen und sich am Ende eine Platzwunde am Kopf zugezogen hatte. Die gesamte Nacht hatte der Patient um Hilfe geschrien, weil er durch die Desorientierung eine andere Wahrnehmung besaß. Es war egal, wie oft sie in diesem Zimmer gewesen waren. War Stian zu lang dringeblieben, wurde ein Becher oder die Pflegehose nach ihm geschmissen. Er wurde angeschrien und beleidigt. Selbst Aiden hatte es vergeblich versucht. Kein Rankommen. Keine Validation möglich. Bedarfsmedikation wurde abgelehnt.

Die vierte Nacht hatte alle vorherigen in den Schatten gestellt. Bei Herrn Gustav hatten sie eine Koronarangiographie durchgeführt. Der Arzt war über die Arteria radialis gegangen. Um die Nachblutung an der Punktionsstelle zu verhindern, war dem Patienten ein Terumoband am Handgelenk befestigt worden, das sie halbstündlich kontrollieren sollten, um den Druck langsam abzulassen. Kein Problem, wenn sie nicht plötzlich zwei Reas kurz hintereinander gehabt hätten.

Stian hatte die ältere Dame im Bett vorgefunden, sitzend, ganz grau. Keine Atmung, kein Puls. Sie hatten alles versucht. Er hörte noch das Brechen der Rippen, das Geräusch beim Drücken des Thorax, als würde man eine Puppe komprimieren. Pfeifend, nachgebend, stöhnend. Der Zeitpunkt des Todes war eine Dreiviertelstunde später festgestellt worden.

Aiden und er waren gerade dabei gewesen, aufzuräumen, als der Alarm bei einer Telemetrie überwachten Patientin losgegangen war. Zwanzig Jahre alt. Asystolie. Anderthalb Stunden waren sie am Reanimieren gewesen. Sie hatten wieder alles gegeben – und erneut verloren. Stian war am Ende seiner Kräfte gewesen.

Nach einem weiteren Mal Aufräumen und Aufrüsten war Aiden zu Herrn Gustav gegangen. Keine zehn Sekunden später hatte er Hilfe angefordert. In der Zeit, in der sie mit den Reas beschäftigt gewesen waren, hatte sich der Patient das Terumoband abgebaut und in einer Blutlache geschwommen. Das gesamte Bett war dunkelrot getränkt, Herr Gustav apathisch gewesen. Die Intensivstation hatte einen Patienten mehr bekommen.

Es war eine riesige Sauerei gewesen, das Blut wegzuwischen. Das Zimmer hatte intensiv nach Eisen gerochen. Stian konnte die meisten Gerüche problemlos ab, doch diese Intensität hatte ihm den Magen umgedreht und er beinahe in die Ecke gekotzt. Fenster aufgerissen, flach geatmet – es hatte nichts geholfen. Offenbar hatte er Aiden in Sachen Hautfarbe Konkurrenz gemacht, den der hatte ihn kurzerhand vor die Tür geschickt und den Rest gesäubert.

Eine halbe Stunde später war der Frühdienst gekommen.

Nun stand er also unter diesem heißen Wasserstrahl und versuchte, die Bilder zu verdrängen. Stian war völlig übermüdet. In den letzten Tagen hatte er insgesamt nur dreizehn Stunden geschlafen. Das zehrte an ihm. Vielleicht hatten die Situationen deshalb einen Weg gefunden, ihm zuzusetzen. Tod gehörte zu seinem Beruf dazu, ebenso der Stress, doch dieser Nachttörn war heftig gewesen. Am schlimmsten war dieses ekelhafte Gefühl der Machtlosigkeit.

Das konnte er nicht abwaschen, egal wie lang er unter der Dusche stand. Also beendete er sie. Sein Bett rief.

Auf dem Weg zu seinem Spind begegnete er niemandem. Aiden hatte offenbar seine Berufung als Schatten aufgegeben. Wortlos, genauso wie Stian es in den letzten Stunden gepflegt hatte zu sein. Sein Kollege war die ganze Zeit an seiner Seite gewesen. Sie hatten alles gemeinsam gemacht. Ein aufeinander abgestimmtes Team. Aiden hatte auch bemerkt, wann Stian seine Grenze erreicht hatte.

Das war es, was er am ersten Tag gemeint hatte. Manche Dinge stellten etwas mit einem an. Es war menschlich, niemand konnte Stian irgendetwas vorwerfen und doch ärgerte es ihn, dass Aiden recht behalten hatte. Stian hatte gedacht, resilienter zu sein.

Gedankenverloren begab er sich auf den Weg nach oben. Er trat aus dem Personaleingang und besaß plötzlich wieder einen Schatten.

«Du hättest nach Hause gehen können», äußerte er tonlos.

«Hätte ich», erwiderte Aiden und wirkte in keiner Weise, als hätte er das ernsthaft vorgehabt. «Wo wohnst du?»

«Dort oben.» Vage deutete Stian mit einem Nicken in die Richtung und schob die Hände in die Jackentaschen, während er loslief. Die Finsternis schwebte neben ihm. Man hätte denken können, Aiden sei Hades persönlich, gekommen, um Stian zu holen. Doch er fürchtete sich nicht. Sein Kollege war unbewusst gerade der einzige Halt, der ihn davor bewahrte, mental völlig abzurutschen. Trotzdem war seine Anwesenheit ein Stachel.

«Begleitest du jeden von uns?» Er konnte nicht verhindern, dass seine Worte angriffslustig klangen.

«Wenn es notwendig ist.»

«Ich habe nicht darum gebeten.»

«Musst du auch nicht.»

Das blasse Gesicht strahlte im einfallenden Licht der Straßenlaternen. Aiden wirkte entschlossen, vollkommen in sich ruhend. Er würde ihn nicht loswerden.

Sie gingen schweigend nebeneinanderher, doch in Stian brodelte es. Es nervte ihn, dass Aiden sich berufen fühlte, ihn zu unterstützen; dabei war es ein nettes Angebot. Vielmehr als das nervte ihn jedoch, dass es Aiden nichts auszumachen schien, was sie für Dienste hinter sich hatten. Stian war keinesfalls zart besaitet, aber er musste die Bilder verarbeiten. Das Nachgeben des Thorax, die Geräusche, das Blut, diese heftigen Gefühle …

«Wie geht es dir denn?», stieß er aus, weil er keine Ahnung hatte, was in Aiden vorging, sich diese krassen Emotionen bündelten und er ein

Ventil brauchte.

«Ich bin müde.»

Stian blieb abrupt stehen, warf ihm einen angesäuerten Blick zu.

«Ich meine: Wie geht es dir da drin?» Er stieß seinen Finger auf die andere Brust, Herzhöhe. «Du bist genauso auf die Patienten raufgesprungen, hast versucht, diese Leben zurückzuholen, hast in dieser Blutlache gestanden. Bist du mittlerweile so abgestumpft, dass das gar nichts mit dir macht?»

Aiden ließ den Angriff stoisch über sich ergehen. Als Stian fertig mit seiner Tirade war, schaute er in ein regungsloses Gesicht. Davon hatte er in den letzten Stunden genug gesehen. Mit einem Schnauben wollte er sich abwenden, wurde jedoch im letzten Moment festgehalten. Unnachgiebig. Resolut. Stian besaß keine Chance. Aiden trat vor ihn, dichter als angemessen. Der Ledermantel strahlte Kälte ab. Diese kristallblauen Augen hielten ihn gefangen.

«Jedes Mal, wenn ein Leben unter meinen Händen zerfließt, kämpfe ich gegen mich selbst. Gegen die Erinnerungen, gegen den Schmerz. Manche Dinge vergisst du nie und andere erlebst du zu oft. Aber es geht hier nicht um mich, Stian.»

Die Dunkelheit hüllte ihn ein und ließ ihn ob der Eindringlichkeit wortlos sein. Er schluckte und spürte diesen beginnenden Fall. Aiden ließ ihm keinen Raum.

«Mit jedem Dienst hast du weniger gesprochen, heute bist du verstummt. Wenn es dir hilft, lass es an mir aus, was immer es ist. Aber nimm es nicht mit nach Hause, weil dich das kaputt machen wird.» Es gab keine Spur von Zweifel in seiner Stimme. Was immer Aiden erlebt hatte – er kannte das, was in Stian vorging. Diese Erkenntnis bescherte ihm ein schlechtes Gewissen. Er projizierte sein Scheißproblem auf Aiden, der das nicht verdiente. Er hatte dieselben Nächte gehabt, schien sie nur besser kompensieren zu können als er.

«Ich will nichts an dir auslassen. Eigentlich will ich gerade nur vergessen», gestand er und fuhr sich durchs Haar. Aiden musterte ihn ernst, dann nickte er.

«Okay. Dann komm.» Sie gingen weiter in die angestrebte Richtung. Er hatte keine Ahnung, was Aiden vorhatte. Unmittelbar vor seinem Wohnblock blieb er stehen.

«Wieso weißt du, wo ich wohne?», stutzte Stian.

Aiden warf ihm einen Blick über die Schulter zu, die Stirn gerunzelt.

«Du?»

«Ja.» Stian deutete auf das Klingelschild. «Zweiter Stock.»

«Das wusste ich nicht.» Aiden strich mit dem Finger über ein Namensschild. Aiden H.

«Ernsthaft? Wir wohnen im selben Haus?» Das war zu viel für Stians strapaziertes Hirn.

Dann traf ihn die Erkenntnis. «Du willst mich abschleppen?»

Damit hatte er definitiv nicht gerechnet.

«Na ja, nicht so.»

Stian brauchte dringend Schlaf. Das war völlig verrückt. «Wenn du mir auch noch erzählst, dass du schwul bist, kündige ich.»

«Das will ich nicht.» Aiden lachte rau. Seit Ewigkeiten war dieses Geräusch zur Abwechslung ein angenehmes. «Traust du dich, in mein Reich oder kneifst du?»

«Du willst mich vergessen lassen?»

Der Blick, den Aiden ihm daraufhin schenkte, musste Einbildung sein. Dunkel, verheißungsvoll, fast gefährlich. Das allererste Mal war sich Stian nicht mehr sicher, welches Geschlecht Aiden tatsächlich bevorzugte. Hatte dieser das je wirklich geäußert? Angestrengt dachte er nach. Vielleicht spielte ihm sein Hirn einen Streich. Es gab nicht den Hauch von Sex in diesem Kristallblau ...

«Komm.»

Auffordernd hielt Aiden ihm die Tür auf. Im Gegensatz zu Stian wohnte dieser im Erdgeschoss. Wenige Sekunden später stand er in einem fremden Eingangsbereich. Im Flur roch es nach Kaffee – und nach Aiden. Es war ein warmer und irgendwie vertrauter Duft. Stian mochte diesen Geruch.

Aiden hängte den Ledermantel an die Garderobe, die unter dem Gewicht klagend ächzte. Darunter trug er einen schwarzen, dünnen Pullover, der sich an seinen Oberkörper schmiegte und an einem Nietengürtel endete. Die schwarze Jeans saß verboten tief. Aiden war schmal gebaut, aber nicht dürr. Die Kleidung betonte das auf eine Weise, die seine Kehle trocken werden ließ.

«Schläfst du im Stehen?»

«So ähnlich», nuschelte Stian und setzte sich in Bewegung. Nachdem er seine Jacke ausgezogen hatte, führte Aiden ihn ins Wohnzimmer. Er war zu müde, um sich richtig umzusehen, doch die ungewohnten Eindrücke lenkten ihn immerhin ab. Einen Augenblick später stellte Aiden eine Flasche Schnaps und zwei Gläser auf den Couchtisch.

«Du willst mich morgens um sieben abfüllen?»

«Deine Zunge lockern.»

«Fragt sich, wofür», murmelte Stian, ehe er sich selbst erschrak. «Oh Gott.» Er strich sich mit der Hand übers Gesicht. Hatte er das ernsthaft laut ausgesprochen? Leider ja. Aiden lächelte delphisch und schenkte ihnen ein, bevor er sich ebenfalls setzte.

«Prost.»

«Ja, Prost.» Der erste Schluck war ekelhaft. Er schüttelte sich. Der Whiskey biss in seiner Kehle. Zuletzt hatte er sich sinnlos in der Jugend besoffen. Gut, wenigstens war das hier nicht sinnlos. Er hätte am nächsten Morgen einen fetten Schädel. «Widerlich», kommentierte Stian und trank noch einen Schluck. Auch nicht besser, aber der brannte weniger. Aiden hingegen schien diesen Moment zu genießen. Mit dem Glas auf dem Oberschenkel, lehnte er mit geschlossenen Augen am Sofa. Sein schwarzes Haar ruhte wie ein Mantel neben den Schultern.

«Liegst du manchmal auf deiner Mähne?»

Ein Blick aus halbgeschlossenen Lidern. «Ja. Manchmal will sie mich erwürgen.»

«Schön.» Eine kurze Pause, in der Stian realisierte, was er da gerade gesagt hatte. «Das meinte ich gar nicht. Kacke. Dein Haar ist schön.»

«Danke.»

Das kaum sichtbare Lächeln auf Aidens Lippen war zu viel. Stian trank noch einen Schluck. Der Alkohol traf auf seinen leeren Magen, verbreitete dort eine flirrende Wärme. Um nicht noch mehr Blödsinn von sich zu geben, presste er die Lippen aufeinander, zog die Beine aufs Sofa und lehnte sich seitlich ans Polster. Kopf in der einen, Glas in der anderen Hand. Die bernsteinfarbene Flüssigkeit funkelte wie Gold in dem schwachen Licht der Stehlampe.

Er schloss die Augen. Spürte dem Brennen des Whiskeys nach, spürte die fremde Umgebung, spürte das Gewicht der letzten Tage. Am intensivsten das, was ihn heute bewegt hatte. Aiden hatte das Richtige getan. Dafür war er dankbar. Denn er hätte die Bilder mit in den Schlaf genommen, davon geträumt, wäre damit aufgewacht.

Noch ein Schluck. Zu schnell. Betäuben, auf schnellstem Weg, was keine Lösung für das Problem war. Aber betreutes Trinken war verlockend. Immerhin war er bei Aiden, also in guten Händen. Aiden ... noch ein Schluck.

Allmählich setzte die Wirkung vom Alkohol ein. Leichter Nebel im Kopf, Schwindel. Er hatte ewig nichts getrunken. Stian seufzte leise, rieb sich die Stirn. Er wollte am liebsten gar nicht mehr denken.

«Es ist nicht das, was wir leisten. Wäre auch ja witzlos.» Den nächsten Schluck trank er langsamer. Sein Glas war beinahe leer, während Aidens kaum an Füllstand verloren hatte.

«Ich schlafe nach Nachtschichten schlecht und zu wenig, war schon immer so. Dadurch bin ich ... anfälliger. Ernsthaft Aiden, was wir in den letzten drei Diensten erlebt haben, war einfach nur Scheiße.»

Der Angesprochene öffnete die Augen. Dieses durchdringende Kristallblau traf ihn in seiner entrückten Mitte. Auf verkorkste Art war Aidens Dunkelheit tröstlich.

«In der Tat», meinte dieser leise und ließ die Flüssigkeit im Glas kreisen.

«Die Bilder haben einen Weg in mein Scheißhirn gefunden», fuhr Stian fort. Eine Spur genervt, eine Nuance verzweifelt. «Und dieses Gefühl der Machtlosigkeit hängt nach. Das ist alles.» Er hielt einen Moment inne. «Ne, nicht alles. Ich hasse es, dass du recht hattest.» Stian trank den Rest aus und stellte das Glas auf den Tisch.

«Leider habe ich das meistens.» Ungefragt

schenkte Aiden ihm nach.

«Toll. Genau sowas will ich jetzt hören.»

«Zweifelst du an dir?»

Stian rieb sich den Nasenrücken.

«Nein.»

«Gut, weil du nichts besser hättest machen können.»

«Ich weiß das!» Selbst in seinen Ohren klang er müde und völlig neben der Spur. «Trotzdem sehe ich die Menschen vor mir, höre die Geräusche höre oder rieche das Blut. Das war zu viel in zu kurzer Zeit.» Stian exte das Glas. Aiden sagte nichts, sondern beobachtete ihn stumm. Dann stand er auf und setzte sich neben ihn. Direkt neben ihn. Schulter an Schulter. Über eine Armlänge völliger Körperkontakt.

«Was wird das?», brachte Stian mühsam hervor. Seine Sinne wurden nicht nur vom Alkohol getrübt, sondern auch von Aidens Duft vernebelt. Die Körperwärme war zu viel.

«Eigentlich sitzt du auf meinem Platz.»

«Ach.»

«Ich dachte, ich hole ihn mir zurück.»

«Hmmh.»

Aiden war ihm zu dicht. Alles in ihm stand unter Strom.

«Du sagst gar nichts mehr.»

Konnte er auch nicht. Aiden schaute ihn an und damit waren ihre Gesichter kaum zwei Handbreiten voneinander entfernt. Warmer Atem, der leicht nach Whiskey roch, diese fantas-

tischen Augen, die Wärme zwischen ihnen ...
Stian dachte angestrengt nach.

«Wird das so eine Dinonummer?»

«Bitte was?»

«Na diese Aktion in der ersten Nacht. Damit
ich gleich wieder irgendwo ein Pflaster kleben
habe. Wirklich, du musst sowas nicht machen.»

Aiden starrte ihn überrascht an – dann lachte
er schallend und sank tiefer ins Sofa. Dadurch
verrutschte sein Haar und landete auf Stian. Automatisch griff er nach einer dicken Strähne und
wickelte seine Hand darin ein. Pechschwarz und
weich. Er ließ sie wieder los.

«Du warst so schreckhaft», gluckste Aiden.

«Ja, weil ich voll konzentriert war.»

«Ist ´konzentriert` das neue Synonym für ner-
vös?»

«Tss.» Stian beugte sich vor und kippte nach.
Jetzt musste er gegen die Anwesenheit von diesem
Wesen antrinken, das ihn wirklich nervös machte.
Sein leerer Magen protestierte. Zögerlich lehnte
er sich zurück und schaute an die gegenüberliegende Wand. Sideboard, links und rechts davon
gefüllte Bücherregale, kein Fernseher. Langsam
wurde sein Kopf schwer.

«Wen hast du verloren?», fragte er in die Stille
hinein. Aidens Worte wehten durch sein verne-
beltes Hirn, sah dessen Schmerz, hätte nach ihm
greifen können. Aiden verspannte sich neben
ihm. Ah.

«Nicht so wichtig», kam es leise zurück. Okay,

das war ein wunder Punkt. Zu früh für ihre Art der Bekanntschaft. Stian akzeptierte das. Dennoch hätte er es gern gewusst. Vielleicht war genau das ein Teil der Schwärze, die Aiden umgab.

Er trank erneut einen Schluck. Den Letzten. Das dritte Glas war leer und er endgültig angeekelt von dem Zeug. Aber seine Gedanken hielten endlich die Klappe. Die Nähe zu Aiden beschäftigte den Rest.

«Stian?»

«Mh?»

«Warum bist du nicht vergeben?»

Er runzelte die Stirn, zu müde, um klar zu denken oder überrascht wegen des Themenwechsels zu sein. «Das ist die erste, richtig persönliche Frage, die du mir stellst.»

«Und?», hakte Aiden kehlig nach. Dessen Körperwärme lullte ihn angenehm ein.

«Trauerspiel. Ich stehe auf Männer, die mit mir nichts anfangen können und Männer stehen auf mich, mit denen ich nichts anfangen kann. Pattsituation.»

«Ich habe selten jemanden kennengelernt, der so aufmerksam ist.»

«Sagt der Gott dieser Materie.»

«Du bist nett.»

Stian schnaubte. «Ja. Nett. Aber nett reicht nicht. Zusätzlich habe ich einen Job, den viele als Belastung empfinden. Wie kann ich freiwillig in der Pflege arbeiten? Oder Windeln wechseln? Oder diesen Schichtdienst auf mich nehmen?

Keine Ahnung, solche dämlichen Begründungen. Egal welche Liaison du am Laufen hast, ich bin sicher, du kennst das.»

«Ziemlich gut», gestand er.

«Und du? Warum bist du nicht in festen Händen?»

«Kompliziert.»

«Seltsam. Dabei fühlt sich das hier gerade ziemlich unkompliziert an», meinte Stian schwerfällig. Aidens Anwesenheit beruhigte ihn. In der Stille nahm Stian nur noch den Menschen neben sich wahr. Die Gedanken waren verstummt, die Bilder verwaschen. Der Alkohol machte ihn träge. Er schloss die Augen, weil es zu anstrengend war, noch irgendetwas anzusehen.

«Und?», raunte Aiden nach einer Weile. «Hat es funktioniert?»

«Was?», nuschelte Stian, gefangen zwischen dem Gedanken, in seine Wohnung hochgehen zu müssen und dem Bedürfnis, auf diesem Sofa zu bleiben.

«Dich abzulenken.»

Die Worte sickerten in Zeitlupe in sein Bewusstsein. Er spürte Aidens Haar auf seiner Hand, hörte jeden seiner Atemzüge.

«Danke», flüsterte er schlicht und schlief auf dem fremden Sofa ein.

Laute Geräusche drangen an sein Ohr. Stimmen, die einen Weg durch den schläfrigen Nebel seines

Hirns fanden. Er glaubte, eine davon zu kennen. Sie war warm, kitzelte sein Innerstes, aber klang angestrengt. Wieder Wirrwarr, eine weitere Stimmfarbe. Stian brummte missmutig und zog die Decke über den Kopf. Sein Körper war nicht bereit, die himmlische Sphäre des Schlafes zu verlassen. Hinter seinen Schläfen pochte es leicht, doch der Geruch, der ihn umgab, beruhigte ihn. In die Wärme gehüllt, sank er wieder tiefer hinab in den Schlaf.

Plötzlich wurde er rabiat fortgerissen. Die Decke flog zur Seite und er hinterher. Mit pochendem Herzen ruderte er wild mit den Armen, stieß sich irgendwo an und schrie auf. Dann landete er hart.

«Verdammte Scheiße!», stieß er aus und starrte an die Zimmerdecke. Schmerz durchzog seinen Körper, er atmete tief ein.

«Bist du völlig bescheuert?», ertönte es irgendwo neben ihm, gefährlich gespannt. Diese Stimme kannte er tatsächlich. Moment mal ...

«Ist das dein Ernst? Du versperrst mir den Weg, weil du den hier verstecken wolltest?»

«Lewe, du reagierst komplett über. Geh einfach!»

Stian hörte das Geräusch von verrückenden Möbeln. Verwirrt blickte er neben sich. Er lag zwischen einem dunklen Sofa und einem fremden Tisch. Wahrscheinlich war es die Ecke von letzterem gewesen, an der er seinen Arm angeschlagen hatte. An der gegenüberliegenden Wand standen Sideboard und Bücherregale. Er war nicht zuhause. Verflucht ... wo zum Teufel war er gelandet?

Mühsam hob er den Oberkörper an und starrte auf zwei Männer, die sich lautstark auseinandersetzten. Der eine fuchtelte mit den Händen wild umher, der andere stand statuengleich und ließ seine Dunkelheit wirken. Den kannte er.

Der Fremde glich einem genauso fernen Wesen wie Aiden, nur das dieser weißblondes, schulterlanges Haar hatte. Er wirkte in seinem Auftreten heller und ... chaotischer. Einen Wortschwall nach dem anderen pfefferte er gegen Aiden. Stians Kopf hämmerte. Er musste mehrmals blinzeln und stöhnte schmerzerfüllt. Zu laut, zu grell, zu hart auf diesem Boden. Offenbar hatte er tatsächlich bei Aiden gepennt.

«Geh jetzt! Du hast genug Schaden angerichtet. Ich weiß nicht, wie du auf die Idee kommst, dich hier so aufzuspielen.»

«Wenn ich gehe, komme ich nicht wieder.»

«Gut! Du bist eindeutig zu weit gegangen!», meinte Aiden beherrscht, doch es wirkte wütend. Es war die Schärfe und die Betonung der Wörter, die ihn verrieten, vielleicht auch diese absolut stoische Fassade, die gar keinen Riss bekam. Als eine Tür heftig zuknallte, zuckte Stian zusammen. Er betrachtete seine Situation. Konnte er diesen Tisch eigentlich verschieben und sich davonschleichen? Mh.

«Komm mal hoch», ertönte es plötzlich und

Aiden trat umständlich vor ihn. Dieser hielt ihm eine Hand entgegen. Für wenige Sekunden reagierte Stian nicht, verfing sich in dem Kristallblau, war fasziniert von den herunterhängenden Strähnen und glaubte, im Himmel angekommen zu sein.

«Stian?»

Endlich kam Bewegung in ihn und er griff nach der dargebotenen Hand. Ruckartig befand er sich in der Vertikalen. Zu schnell. Die Welt drehte sich plötzlich und ließ ihn wanken.

«Uiuiui.»

Warme, große Hände legten sich an seine Arme und hielten ihn fest. Dieser Geruch, der ihn beruhigte, erfüllte mit jedem Atemzug seine Lunge.

«Tu mir den Gefallen und kotze nicht auf mein Shirt», raunte Aiden. Stian verzog das Gesicht.

«Muss nicht.» Doch, pinkeln musste er, aber es war nicht sein Magen, der rebellierte. Na ja, vielleicht schon. Das kam nicht vom Alkohol. Er starrte Aiden an, spürte die Berührung seiner Hände überdeutlich, schluckte. Seine Kehle war trocken und der Geschmack im Mund fahl.

«Gut. Geht´s wieder?»

Die Welt drehte sich langsamer. Er nickte.

«Hier.» Aiden reichte ihm ein Glas Wasser, das er in einem Zug austrank. Bedauerlicherweise war die Berührung fort.

«Hast du dir wehgetan?» Sein Kopf und Ellenbogen taten weh, aber es war auszuhalten.

«Passt schon. Was war das für eine Furie?», fragte er noch immer leicht verschlafen. «Ich wurde schon mal sanfter geweckt.»

«Tut mir leid. Ich wollte es verhindern.»

Stian runzelte die Stirn und schaute grob in die Richtung, in der die Eingangstür lag. Zwei Männer, beide aus einer anderen Welt, der eine offensichtlich eifersüchtig auf ...

«Ach du Scheiße!», stieß er aus und schaute Aiden ungläubig an. «Ich kündige!»

«Deine Bedingung dafür war, dass ich es dir sagen soll. Hab ich nicht», konterte Aiden.

«Ja, aber ... Nein ... Hast du das eingefädelt?»

«Hölle nein!»

Stian musste sich setzen. Ungalant ließ er sich aufs Sofa fallen. Das konnte nicht wahr sein. Aiden war schwul?! «Du bist nie darauf eingegangen», meinte er fassungslos. «Ich habe dich als Hetero bezeichnet.»

«Ja, fand ich lustig. Allerdings habe ich erwähnt, dass ich keine Frau habe.»

Verständnislos starrte er Aiden an. «Das bedeutet ja nicht, dass du keine anderen Gespielinnen hättest.» Er rieb sich das Gesicht. Er konnte nicht glauben, dass ihm das entgangen war. «Argh. Und jetzt glaubt dieser Lewe, dass du ... ja was eigentlich? Fremdgegangen bist? Mit mir?»

Stian musste unwillkürlich kurz auflachen, so ungläubig war die gesamte Situation. «Tut mir leid», stieß er reumütig aus. Aiden kannte ihn zu wenig, um seinen Gedankengang zu verstehen.

Niemand, absolut niemand hätte Stian auserkoren, um ein Verhältnis anzufangen. Allein die Vorstellung, Aiden könnte ... Das war dermaßen irrational, dass er nur darüber lachen konnte. «Ich komme darauf nicht klar. Wahrscheinlich ist das hier ein Traum. Der Whiskey war schlecht.»

Aiden stand wie der Racheengel persönlich im Raum und schaute ihn unergründlich an. Mittlerweile trug er ein T-Shirt, die Haare offen, irgendwie lockerer als in Stians letzter Wachphase. Er musste geduscht haben. Seine Körpersprache schien weniger ablehnend als bei der Begegnung mit Lewe. Immerhin.

«Manchmal sind die unwirklichsten Dinge wahr.»

Oh ja, Aiden war auch so ein unwirkliches Ding. Dennoch gab es Sachen im Leben, die konnten definitiv nicht sein. Er rieb sich den Kopf.

«Wie spät ist es eigentlich?» Stian hatte überhaupt kein Zeitgefühl.

«Siebzehnuhr.»

Aiden hatte ihn die gesamte Zeit in Ruhe gelassen. Noch nie hatte Stian so viele Stunden nach einem Nachtdienst schlafen können. Diese Tatsache sickerte in sein Innerstes, ebenso wie der Umstand, dass er sehr wahrscheinlich Aidens Liaison beendet hatte.

«Es tut mir leid, dass du wegen mir Stress mit Lewe hast. Meinst du, ihr könnt das retten?»

«Nein.» Ein kaum merklicher Schatten

huschte über Aidens Gesicht, der Ausdruck in seinen Augen verdunkelte sich. «Du kannst nichts dafür.»

«Na ja, meine Anwesenheit schien problematisch.»

«Sie hat Gründe und die gehen ihn nichts an.» Aiden setzte sich. Die Schwärze, die ihn umgab, war noch eine Nuance tiefer geworden. Noch immer schien Wut ihn zu beherrschen. Dieser gespannte Kiefer, die steife Haltung ... Hätte er Aiden nicht ganz genau beobachtet, wären ihm diese Regungen vielleicht entgangen. Stians Bedürfnis schwand, dieses Thema weiter auszuführen. Er musste das Wissen um Aiden sacken lassen. Wenn er zurückblickte, gab es kaum etwas, das ihm so sehr den Boden unter den Füßen fortgerissen hatte. Gingen die Chancen wohl doch nicht gegen null, dass sein Vorgesetzter dem anderen Ufer angehörte. Tja, wer hätte mit hundert Prozent gerechnet?

«Wie geht es dir?», erkundigte sich Aiden in die Stille hinein. Kristallblau sorgte für ein kurzes Ziehen im Magen.

«Ich bin verwirrt.» Stian runzelte die Stirn. Das traf es am besten. «Der Rest ist okay.»

«Gut. Möchtest du etwas ...», Aiden hielt kurz inne. «Frühstücken?»

Stians Blase stand kurz vorm Platzen und er wollte Aiden seinen Raum zurückgeben. Er hatte genug von dessen Zeit beansprucht. Außerdem musste er in Ruhe nachdenken. In Aidens Anwesenheit fiel ihm das schwer.

«Nein. Ich würde mich jetzt verabschieden», meinte er. «Hochgehen. Mal Zähne putzen und so, aber danke fürs Angebot.»

«Kein Problem.» Aiden begleitete ihn zur Tür. Eines Schattens gleich spürte er dessen Präsenz in seinem Rücken. Hinter der Schwelle drehte Stian sich um. Sie standen dicht voreinander, eigentlich zu nah, um außerhalb der Komfortzone zu sein. Vielleicht hatte diese sich nach letzter Nacht verschoben. Stian strich sich flüchtig durchs Haar. Überall schwebte dieser Wärme spendende Duft, den er sehr anziehend fand. Sein Blick wanderte unstet über diesen Erzengel vor sich. Sein Herz schlug heftig. Aufgeregt.

Er war sich nicht sicher, ob es dieser Moment oder die vorangegangen Stunden waren, die etwas zwischen ihnen verändert hatten. Fakt war, dass es sich anders anfühlte und ihm die Worte fehlten.

«Danke», meinte er aufrichtig. Kurzerhand zog er Aiden in eine Umarmung. So flüchtig, dass dieser keine Gelegenheit bekam, zu reagieren. «Wenn ich etwas für dich tun kann, weißt du, wo ich wohne.» Stian ließ ihn wieder los. «Und Aiden?»

«Mh?»

«Schütte dieses ekelhafte Zeug weg. War ja widerlich.»

Aiden lachte leise. Dieses Geräusch floss ihm über den Rücken. Er vermeinte es noch zu hören, als er die Treppen längst hochgestiegen war.

Kapitel 5 – Aiden

Schweiß rann ihm von der Stirn, sein Herz pumpte. Ein gleichmäßiger Takt der Schritte auf dem Asphalt. Die Luft war feuchtkalt und erfüllte seine Lunge. Das Haar hatte sich längst aus dem Zopf gelöst. Fünf Kilometer, Aiden würde sechs daraus machen. Seine Erschöpfung in die Höhe treiben, bis die Endorphine ausgeschüttet wurden und er sich daran erinnerte, warum er sich fürs Joggen entschieden hatte.

Er lief zum Rhythmus des Dark Metals, der in seine Ohren hämmerte. Seine Gedanken verfielen den harten Klängen, wurden mitgerissen, begraben unter den Songtexten, die von gesellschaftlichen Missständen, Schmerz und Tod erzählten.

Er lief seine Standardstrecke, die durch den Stadtpark und an der Seniorenresidenz vorbeiführte. Beinahe täglich war das seine Routine.

Seine Oma kannte ihn so – völlig verschwitzt, manchmal atemlos – wenn er bei ihr im Zimmer auftauchte. Neben den Stunden, die er sich extra für sie freinahm, passten diese kurzen Besuche hervorragend in ihre Tagesstrukturen. Aiden versicherte sich jeden Tag, wie es ihr ging. Wenn er es nicht persönlich schaffte, rief er an.

Als er bei Waltraut ankam, begrüßte sie ihn mit einem strahlenden Lächeln.

«Hallo mein Junge! Ich habe mich schon gefragt, wann du kommst.»

«Hallo Oma.» Aiden gab ihr einen Kuss auf die Wange und nahm sie herzlich in den Arm. Sie saß auf ihrem Sessel, die Zeitung locker auf dem Schoß. Ein gewohntes Bild.

«Nimm Platz. Möchtest du einen Keks?» Obwohl sein Herz noch wie verrückt pumpte, nahm Aiden einen aus der Schachtel. Auch das gehörte zur Routine. Selbst durchgeschwitzt vom Sport hätte er einen Teufel getan, den Keks abzulehnen.

«Danke.»

«Wie geht es dir?»

«Ich bin viel am Arbeiten. Wir haben wieder einige Krankmeldungen, aktuell geht eine Erkältungswelle rum. Sonst ist alles gut. Und bei dir?»

«Ach, wie soll es mir gehen. Du bist jeden Tag mein Highlight.» Waltraut lächelte ihn an. Da war kein Gram in ihren Worten. Beide wussten, dass das Alter dem Körper nicht gnädig war.

Seine Oma litt an schwerer Arthrose, schmerzfrei konnte sie sich schon lange nicht mehr bewegen. Sie sprach selten darüber. Lieber quetschte sie ihn über sein Leben aus. Was okay für Aiden war, denn Waltraut war nicht nur seine Großmutter, sondern die Frau, bei der er sein halbes Leben verbracht hatte.

«Ich habe für das nächste Wochenende einen Ausflug geplant. Hast du Lust, mit mir ins Einkaufszentrum zu fahren? Wir können Eis essen.»

«Oh gern! Dann sehe ich mal wieder was

anderes als diese alten Menschen hier.»

Aiden lachte herzlich. Er liebte seine Oma. «Ich hole dich gegen zehn ab?»

«Ja. Wir gehen in aller Ruhe shoppen. Vielleicht triffst du ja einen netten, jungen Mann.»

«Versuche mich nicht zu verkuppeln.»

Das war Waltrauts Lieblingsthema und scheinbar ihre selbstgewählte Lebensaufgabe. Er sah es ihr nach, weil sie es gut meinte.

«Mein süßer Spatz, es wird Zeit, dass du nicht immer allein gegen den Rest der Welt antrittst.»

«Vielleicht bin ich glücklich.»

«Sag das jemand anderem, aber keiner alten, weisen Frau.»

Sie strich ihm zärtlich über die Wange. «Hast du heute noch Dienst?»

«Ja, ich habe Spätschicht. In einer Stunde muss ich da sein.»

«Dann lauf mal los. Wie viele Kilometer?»

«Bisher fünf.»

«Deswegen habe ich immer Kekse hier.» Seine Oma zwinkerte ihm zu. Sie verabschiedeten sich herzlich, dann trat Aiden den Heimweg an. Den letzten Kilometer gab er Vollgas, bis seine Muskeln brannten.

Mit der Zeit im Nacken sprang er zuhause schnell unter die Dusche, aß eine Kleinigkeit und lief den Weg zum Krankenhaus.

Auf Station erwartete ihn reges Chaos. Der Frühdienst war zwar gut besetzt, aber der Ablauf wirkte unruhig. Er begrüßte Sarah, die im Dienstzimmer saß. «Aiden, das reißt einfach nicht ab.»

«So schlimm?», fragte er und schaute über ihre Schulter. Seine Leitung saß vor dem Dienstplan. Diverse ´K` waren eingetragen.

«Könntest du am Wochenende einspringen?» Sarah sah erschöpft aus. Einzelne Haarsträhnen hatten sich aus dem Zopf gelöst, ihre Augen waren von leichten Schatten unterlegt. So gern er geholfen hätte, er konnte nicht.

«Tut mir leid, ich bin verabredet.»

«Schade.»

«Wen haben wir denn noch?»

«Eigentlich keinen. Lisa wird sich noch melden.»

«Vielleicht kann sie ja einspringen. Ansonsten muss Reiner was regeln.»

Der hatte aus Aidens Sicht ohnehin noch etwas gutzumachen.

«Ja, vielleicht.»

«Sarah, kannst du mir kurz helfen? Wir haben Code braun.» Stian beugte sich flüchtig ins Dienstzimmer. «Ah, hey Aiden.»

«Hey», erwiderte er und musterte seinen Kollegen unauffällig. Der Kasak saß etwas schief, sein Namensschild stand Kopf und auch sein Haar war verstrubbelter als sonst.

«Das geht schon den ganzen Morgen so. Das Erschwerende bei diesem Patienten ist, dass er stark adipös und immobil ist.» Sarah raufte sich die Haare.

«Kümmere du dich um den Dienstplan, ich

übernehme das.»

«Danke dir.»

«Mir ist es völlig egal, wie ihr euch aufteilt, Hauptsache mir hilft jemand», meinte Stian. «Die Suppe ist überall.» Damit zog er den Kopf ein und lief vom Stationszimmer weg. Aiden folgte ihm. «Bist du genervt?»

«Ich weiß nicht, ob ich es allmählich bereue, hier angefangen zu haben.» Er klang gestresst. «Dieser Frühdienst ist die reinste Katastrophe, selbst wenn wir ausnahmsweise keine Notfälle haben. Also ja, man könnte sagen, ich bin genervt.»

Aiden war froh, dass Stian vor ihm lief, so konnte er das belustigte Funkeln in seinen Augen verbergen. Er mochte Stians Art, Probleme zu benennen, furchtbar gern. In der letzten Woche hatten sie sich nur zu den Übergaben gesehen, da Aiden viele Dienste getauscht hatte. Andere waren schlechter besetzt gewesen.

Leider waren die weggetauschten Dienste diejenigen, die für die Einarbeitung mit Stian vorgesehen gewesen waren. Es war keine zufriedenstellende Lösung, doch er wusste, dass Stian souverän und selbstständig arbeitete, sodass Aiden wenigstens in dieser Hinsicht ruhigen Gewissens aus den jeweiligen Schichten hatte gehen können. Allerdings gestand er sich ein, dass ihm die Kommunikation mit ihm fehlte. Seit Stian bei ihm zuhause gewesen war, hatten sie keinen einzigen gemeinsamen Dienst gehabt.

«Hier.» Stian drückte ihm eine Schürze in die Hand. «Die werden wir brauchen.»

«Diarrhoe?»

«Ja.»

«Stuhlprobe?»

«Aiden ...», stieß Stian hörbar genervt aus. «Natürlich. Wenn wir hier Clostridien oder Noro haben, können wir den Laden dicht machen.» Das Dunkelgrün seiner Augen war aufgewühlt. Dieses leicht zerstreute Aussehen ließ ihn seltsam niedlich wirken. Aiden presste die Lippen aufeinander. Glücklicherweise war Stian so sehr mit der Schürze beschäftigt, dass er kaum auf ihn achtete.

Gemeinsam betraten sie das Zimmer, das deutlich nach Fäkalien roch. Er schätzte den Patienten auf hundertachtzig Kilo, klang dyspnoisch und sah ihn betroffen an.

«Hallo, ich bin Pfleger Aiden. Meinen Kollegen kennen Sie ja bereits. Verraten Sie mir Ihren Namen?», begann er freundlich.

«Ralf Tender. Das Ganze ist mir so unangenehm.»

«Wir helfen Ihnen, Herr Tender. Können Sie sich an die Bettkante setzen?»

«Nur mit Unterstützung.»

«Okay, dann machen wir das gemeinsam.» Aiden lächelte den Patienten an. Stian zog sich Handschuhe über, schob einen WC-Stuhl ans Bett und legte die Bettdecke beiseite. Sie würden dieses Zimmer grundreinigen müssen, so viel stand fest. Stian hatte mit seiner Beschreibung nicht übertrieben. Herr Tender musste abgeduscht werden. Stian hielt ihm ein paar Handschuhe entgegen, die er dankend annahm.

«Am besten macht ihr zwei das gemeinsam», meinte Herr Tender. «Einer links, einer rechts. Tut mir leid, Stian. Du warst heute schon so oft bei mir.»

«Ihnen muss das nicht leidtun, Ralf. Sie haben sich den Durchfall nicht ausgesucht.» Stian stellte sich auf die andere Seite des Betts, bereit zu unterstützen. Wenige Sekunden später saß der Patient an der Bettkante.

«Ich kann kaum stehen», informierte Herr Tender Aiden. «Und rüberrutschen klappt nicht wegen meines Gewichts.»

«Keine Sorge, wir bekommen sie schon auf den WC-Stuhl.» Er warf Stian einen kurzen, fragenden Blick zu. Dieser trat vor den Patienten. «Wir machen das wie vorhin.», sagte er. «Ich fahre das Bett hoch, Sie lehnen sich nach vorn und dann ziehen wir sie rüber.»

«Alles klar, Chef.»

Alles klar, fragte auch Stians Blick in seine Richtung. Aiden nickte kaum merklich. Auf drei setzten sie das Vorhaben um. Kurz darauf saß der Patient auf dem Stuhl und Stian verzog schmerzerfüllt das Gesicht. Aiden schob den Patienten ins Bad und duschte ihn ab. Mit Hilfe des Haltegriffs konnte sich Herr Tender hochziehen, sodass Aiden den Unterkörper waschen konnte. Ein paar

Minuten später war der Patient sauber und trocken.

«Möchten Sie eine Pflegehose anziehen?»

«Die wurde mir vorhin schon angeboten. Die passen leider nicht. Ich versuche rechtzeitig Bescheid zu geben, sollte ich wieder auf Toilette müssen.»

«Okay.»

«Ich habe neue Kleidung im rechten Schrank.»

Aiden holte einen neuen Satz frischer Wäsche. Als sie zurück ins Zimmer kamen, roch es leicht nach Zitrone und das Bett war neu bezogen. Stian desinfizierte sich soeben die Hände und Arme.

«Mann, du bist klasse», meinte Herr Tender an Stian gewandt. Dieser lächelte, doch es erreichte seine Augen nicht.

«Möchten Sie wieder zurück ins Bett?»

«Unbedingt.»

Auch das bewältigten sie gemeinsam. Nach einer weiteren, gründlichen Desinfektion von Händen und Armen, verließen sie das Zimmer.

«Danke», stieß Stian aus und wirkte zutiefst erschöpft.

«Kein Problem. Alles gut bei dir?»

Stian lehnte sich an die Wand und lächelte gequält.

«Ich habe Rücken. Diese ganze Prozedur habe ich heute mehrfach hinter mir. Ich glaube, ich werde alt.»

Stian hatte sichtlich Schmerzen, dass tat Aiden

leid. Verspannte Muskulatur kannte er zu Genüge.

«Dreh´ dich mal um.»

«Was hast du vor?» Nur zögerlich kam er der Aufforderung nach.

«Unterer Rücken?»

«Ja.»

Aiden stellte sich dicht neben Stian und legte ihm eine Hand auf die Stelle. Mit zwei Fingern fuhr er seitlich entlang der Wirbelsäule, bis er den Knoten fand.

«So habe ich mir das nicht vorgestellt, von dir an die Wand genagelt zu werden», presste Stian hervor.

«Interessant, dass du es dir vorgestellt hast», entgegnete Aiden und drückte zu.

«Ver ... dammt.» Stian zuckte zusammen und holte zischend Luft. «Wieso weißt du, wo es wehtut?»

«Betriebsgeheimnis.» Aiden fand die nächste Verhärtung.

«Du tust mir echt weh», keuchte Stian, lachte kurz auf, was in einem schmerzerfüllten Stöhnen unterging.

«Na ja, von hinten ...»

«Jungs, kommt ihr? Übergabe!», rief Sarah über den Stationsflur und unterbrach sie. Stian drehte sich hastig um. Sein Gesicht war hochrot, wodurch seine Augen zu glühen schienen.

«Bist du kaputt?», flüsterte er und hielt ihm die Hand an die Stirn. «Vielleicht Fieber.»

«Stian, ich bin vollkommen in Ordnung.»

Sein Gegenüber schluckte sichtlich. «Wenn du meinst.» Aiden lächelte und beugte sich zu seinem Ohr.

«Du hast doch angefangen», raunte er. «Ich reagiere nur darauf.»

Er ließ Stian sprachlos stehen und begab sich ins Dienstzimmer. Wenige Sekunden später folgte ihm sein Kollege, mied jedoch konsequent seinen Blick. Seine Gesichtsfärbung blieb konstant. Die anderen fragten, ob alles in Ordnung sei, worauf Stian nur kurz nickte.

Schau an, dachte Aiden, Stian konnte aus der Fassung gebracht werden. Aiden lächelte in sich hinein und verfolgte aufmerksam die Übergabe. Als Stian an der Reihe war, hatte dieser sich wieder gefangen.

Nach der Übergabe blieben sie noch ein paar Minuten sitzen und unterhielten sich. Aiden nahm zwar Notiz vom Gespräch, hatte jedoch mehr Freude daran, seinen Kollegen nervös zu machen. Als Aiden einen Mundwinkel hob, rutschte er unruhig auf dem Stuhl.

«Ich muss los», meinte Stian schließlich und sprang beinahe auf. «Habt´s ruhig. Den anderen einen schönen Feierabend.»

«Dir auch, Stian», meinte Aiden hörbar, ein dunkles Lächeln in seiner Stimme. Die anderen verabschiedeten sich ebenfalls. Aiden begegnete Sarahs Blick, der fragend auf ihn gerichtet war, doch diesen ignorierte er.

Als der Frühdienst verschwunden war, nahm er gemeinsam mit Stella und Renate die Arbeit auf. Er betreute die Patientengruppe mit Herrn Tender und hatte den Nachmittag über gut zu tun. Der Laborbefund fiel glücklicherweise negativ aus – weder Noroviren noch Clostridien. Wenigstens das.

Er arbeitete still vor sich hin, stand wenig im Austausch mit seinen Kolleginnen. Wenn er Hilfe benötigte, musste er mehr erklären, mehr koordinieren – ganz anders als bei Stian.

Unweigerlich wanderten seine Gedanken zu genau diesem Mann, spätestens, als Herr Tender ihn in den höchsten Tönen lobte. Es freute Aiden, dass sein Kollege so gut bei dem Patienten ankam, auch wenn er Rückenschmerzen davongetragen hatte. Er mochte die Zusammenarbeit mit Stian. Wie bei Sarah verband sie eine stille Kommunikation, die Worte fast überflüssig machte. Diese Ebene fehlte Aiden.

Ansonsten verlief der Dienst ruhig – weniger chaotisch als der Frühdienst – sodass er pünktlich Feierabend machen konnte. Trotzdem fühlte sich der Tag seltsam leer an.

«Ich hätte gern Pistazie, Stracciatella und Cookie.»

«Schaffst du überhaupt drei Kugeln, Oma?»

«Natürlich. Bitte in einer Waffel.»

«Okay.» Aiden grinste und machte sich auf

den Weg zum Tresen, um die Bestellung aufzugeben. Er selbst orderte sich einen Karamelleisbecher und einen Kaffee. Anschließend kehrte er zurück zu seiner Oma, die im Rollstuhl am Tisch saß und ihm zulächelte.

«Weißt du, was ich mich manchmal frage?»

«Bestimmt eine Menge», kommentierte Aiden trocken und wurde dafür liebevoll auf den Arm gehauen.

«Wenn ich dich so ansehe, frage ich mich, wie aus dir so ein toller Junge werden konnte. Du siehst gut aus, hast einen ganz wunderbaren Beruf und bist darin erfolgreich. Nur leider hast du das nicht von deiner Familie.»

«Du bist meine Familie. Vielleicht also von dir.»

«Charmeur. Aber außer der Augenfarbe und Haarlänge haben wir äußerlich nicht viel gemeinsam.»

«Scheinbar bin ich genetisch gesehen eine wilde Mischung.»

«Das trifft es gut.» Waltraut lachte warm. «Ich bin stolz auf dich, Aiden. Ich habe es dir viel zu selten gesagt.»

Sein Herz wurde schwer. Ihre Worte trafen ihn tief. Er schenkte ihr ein warmes Lächeln, doch seine Augen brannten ein wenig.

«Du bist die Einzige, die mir das überhaupt jemals gesagt hat.» Seine Stimme war belegt.

«Das ist so schade.»

«Ich bin dankbar, dass ich dich habe, Oma.»

Er griff über den Tisch und nahm ihre Hand.

«Du bist zu gut für diese Welt. Jetzt aber Schluss mit dem Sentimentalen. Erzähle mir was Aufregendes.»

«In meinem Leben passiert nicht so viel.»

Ihre Bestellung kam. Während Waltraut genüsslich an ihrem Eis leckte, löffelte Aiden aus dem Becher. Er ließ den Blick über die Einkaufshalle schweifen. Samstags war es immer extrem voll. Er mochte keine Menschenmassen. Innerlich seufzte er.

«Hast du jemand Neuen?»

«Mh?», gab er abwesend von sich.

«Na ja, für ... du weißt schon.»

«Oma!»

«Was denn? Für einen Schluck Milch braucht man keine ganze Kuh.» Aiden spuckte beinahe sein Karamelleis wieder aus. Er hatte immer gewusst, dass Waltraut es faustdick hinter den Ohren hatte, aber das übertraf alles bisher Dagewesene.

«Das sind Bilder im Kopf, die möchte ich gar nicht haben. Aber um deine Frage zu beantworten, nein.»

«Schade.»

Sie blickte über seine Schulter und ihr Gesicht hellte sich auf. «Wie wäre es mit dem da?» Unwillkürlich drehte Aiden sich um. Ein paar Tische weiter nahmen zwei Männer Platz. Der eine mit kurzen Haaren, der andere mit einem Wuschelkopf. Er kniff die Augen zusammen.

«Welchen der beiden?»

«Der mit den verstrubbelten Haaren. Der hat ein ganz niedliches Gesicht.» In diesem Augenblick drehte sich der Mann mit dem ganz niedlichen Gesicht um. Aiden wandte sich hastig ab.

«Und ist mein Arbeitskollege.»

«Der Neue?»

«Ja.»

«Wie wunderbar! Oder darfst du nichts mit Kollegen anfangen?»

«Wüsste nicht, dass ich so etwas unterschrieben habe.» Ihm wurde sein Fehler bewusst. Er hatte es nicht abgestritten. Das war gefundenes Fressen für seine Omi.

«Wie heißt dieser Mann?»

«Stian.» Aiden schloss ergeben die Augen. Das würde peinlich werden. «Bitte Oma, die beiden haben uns noch nicht gesehen. Vielleicht kann das einfach so bleiben.»

«Dieser andere Mann neben Stian gefällt mir nicht», überging Waltraut seinen Einwand. «Er sieht bevormundend aus.»

Waltrauts Einschätzungen waren selten falsch. In all den Jahren, die Aiden mit ihr verbracht hatte, hatte sie ein bemerkenswert gutes Gespür für die Menschen bewiesen. Vorsichtig warf er erneut einen Blick über die Schulter.

Der Mann neben Stian war … durchschnittlich. Durchschnittliche Frisur, durchschnittliches Gesicht, durchschnittliche Größe. Sie schienen in ein lockeres Gespräch vertieft. Zwischendurch lächelte Stian. Aber irgendwie war dieses Lächeln anders als das, was Aiden kannte. Er drehte sich weg.

«Das geht uns nichts an.»

«Spielverderber.»

«Iss lieber dein Eis», forderte er sie liebevoll auf. Es drohte bereits, ihr über die Hand zu laufen.

«Er hat sich auch einen Karamelleisbecher bestellt.»

«Wie wahrscheinlich jeder Zweite in dieser Eisdiele, weil Karamell lecker ist.» Anstatt sich dem Eis zu widmen, tauchte ein verschmitzter Ausdruck in ihrem Gesicht auf.

«Stian! Stian!», rief sie plötzlich lautstark und winkte wild mit der Hand. Aiden wurde blass und sank tiefer in den Stuhl. Seine Oma hatte den Verstand verloren. Stian musste ziemlich irritiert geschaut haben, denn sie legte nach: «Ja, genau dich meine ich. Komm mal rüber.»

Aiden tat das einzig Vernünftige. Er bettete seinen Kopf auf den Arm und hoffte, im Boden zu versinken.

«Hallo, kennen wir uns?»

Scheiße. Stian war tatsächlich gekommen.

«Nein, aber mein Enkel kennt Sie. Ihr arbeitet zusammen.» Aiden fluchte stumm und hob die Hand zum Gruß, beließ den Kopf jedoch auf dem Tisch.

«Ach, okay. Manchmal treffe ich Menschen, an die ich mich nicht mehr erinnern kann. Ich dachte, dass wäre so eine Begegnung. Aber dann kennen wir uns wirklich nicht. Meinen Namen kennen Sie ja bereits. Wie heißt eine so schöne Frau wie Sie?»

Aiden bekam einen Tritt gegens Bein. Man sollte es kaum glauben, aber seine Oma besaß Kraft. Während sein Schienbein pochte, konnte er die Herzchen in ihren Augen förmlich fliegen sehen. Oh Hölle. Stian hätte ruhig unhöflich sein können. Blöder Kavalier.

«Ich bin Waltraut, Aidens Oma. Verzeihen Sie, mein Enkel ist sonst nicht so ungehobelt.»

«Ach,» lachte Stian, «es geht bedeutend schlimmer. Hey, Aiden.»

Das Dunkelgrün funkelte belustigt. Dieses Lachen war echt. Vielleicht war das der Unterschied.

«Hey», entgegnete Aiden knapp. «Was machst du hier?»

«Eis essen.»

Aiden hörte das unterdrückte Glucksen deutlich und kniff die Augen zusammen. Da hatte jemand einen Clown gefrühstückt. «Ich bin mit Espen hier, mein Kumpel und ehemaliger Arbeitskollege», ergänzte Stian und milderte damit den vorherigen Schalk ab.

Bei genauerer Betrachtung musste Aiden seiner Oma zustimmen. Stian hatte ein niedliches Gesicht. Die verwuschelten Haare ließen ihn jungenhafter wirken als er war, aber das war Aiden bereits mehrfach aufgefallen. Er hätte gern seine Hand darin vergraben, dieses Grinsen mit einem Kuss weggeschoben – hart, fordernd, bis die Lippen nachgaben.

Aiden ertappte sich in den letzten Tagen oft bei solchen Gedanken. Er ließ sie zu, weil er sich ohnehin nicht dagegen hätte wehren können. Manchmal war es besser, Gedanken einfach ziehen zu lassen, selbst wenn diese in ungelegenen Momenten kamen. So wie jetzt.

Stian bemerkte seine Regung, denn das Grinsen verblasste und er schluckte sichtbar. Es konnte auch ein Nachteil sein, wenn jemand zu aufmerksam war.

«Na ja, Espen kommt gerade zurück. Ich gehe dann mal. Viel Spaß euch beiden.»

«Euch auch», antwortete seine Oma strahlend, während Aiden schwieg. Stian verschwand und Aiden löffelte gemächlich sein Eis, bevor er seine Oma fixierte und sicher war, dass sein Kollege außer Hörweite war.

«Du bist ziemlich durchtrieben, wenn ich das so sagen darf. Du hast den Moment abgepasst, in dem er allein war.»

«Ich bin doch nicht auf den Kopf gefallen.»

Aiden überlegte ernsthaft, ob er ein paar seiner charakterlichen Eigenschaften von seiner Oma geerbt hatte. «Er ist nett und gutaussehend.»

Unwillkürlich verzog Aiden das Gesicht. ´Nett` war ein Attribut, das Stian garantiert nicht hören wollte.

«Er ist komplett anders als die meisten. Ekelhaft aufmerksam, hat ein gutes Gespür für Menschen, beinahe ständig gute Laune. Und er liebt es, zu reden. Ach ja, nicht zu vergessen: Fragen stellen ist seine Superkraft.»

Waltraut begann zu lachen, während das Eis ihre Hand hinunterlief. «Scheint, als wäre er das komplette Gegenteil von dir, mein Lieber.»

Ja. Das kam hin. Stian trug bedeutend mehr Licht in sich als er. Skeptisch musterte er die Eiswaffel seiner Oma. Da war nichts mehr zu holen.

«Wollen wir shoppen? Du magst doch die Drogerie da hinten so gern.» Er brauchte dringend einen Themenwechsel. Musste raus aus der Eisdiele, bevor er auf ähnlich durchtriebene Gedanken kam wie Waltraut.

«Sehr gern! Könntest du mir noch eine Serviette holen? Ich habe gekleckert.» Er reichte ihr seine. Als sie die Eisdiele verließen, drehte er sich noch einmal um. Ein Blick aus unbekannten Augen erdolchte ihn, während der andere irgendwo im Eisbecher hing. Leise atmete er ein.

Seine Oma vor sich herschiebend, liefen sie durch das Einkaufszentrum und bummelten. Wann immer sie sich etwas ansehen wollte, blieb er stehen. Sie lachten viel und er genoss die Zeit mit ihr sehr. Er hatte früh gelernt, dass die Zeit endlich war. Umso dankbarer war er für jeden einzelnen Tag, den er mit seiner achtzigjährigen Oma verbringen konnte. Zwei Stunden später schleiften die Einkauftüten an den Rädern des Rollstuhls und Waltraut strahlte.

«Ich bin richtig erschöpft», äußerte sie, «aber

glücklich.» Aiden schenkte ihr ein Lächeln. Erschöpft war er auch. Das Schieben des Rollstuhls war durch seine Körpergröße anstrengend, die Beinfreiheit durch die Tüten eingeschränkt und die vielen Menschen waren ihm zu laut. Doch jede Mühe war das Strahlen seiner Oma wert.

«Das freut mich sehr. Brauchst du noch etwas oder möchtest du nach Hause?»

«Ich denke, ich habe alles. Du auch?»

«Ja.» Haargummis. Schwarz. Im Großpack, weil er sie ständig verlor.

«Dann können wir aufbrechen.»

Zufrieden fuhren sie zurück zur Seniorenresidenz. Er half Waltraut aus dem Rollstuhl ins Bett und klingelte nach dem Personal, um Schmerzmittel für sie anzufordern. Sie musste ihm das nicht sagen – solche Ausflüge waren für sie körperlich anstrengend und bescherten ihr Schmerzen. Dankbar nahm sie die Tablette.

«Das war schön, mein Engel.»

Er strich ihr über die Wange.

«Fand ich auch. Ruhe dich aus, ich komme morgen wieder vorbei.»

«Danke.»

Aiden blieb noch einen Moment im Zimmer sitzen, bis seine Oma die Augen schloss. Erst dann machte er sich auf den Heimweg.

Es war dunkel, als Aiden ein paar Straßen weiter parkte, weil er unmittelbar vor der Wohnung keinen Parkplatz fand. Nachdem er den ganzen Tag von unzähligen Menschen umgeben gewesen war, war das nicht schlimm. Er genoss die abendliche Stille. Ab und zu fuhr ein Auto vorbei, doch das waren erträgliche Geräusche. Kein Stimmengewirr. Keine Kinderschreie. Aiden atmete tief ein und erreichte die Straße des Wohnhauses. Dann begann es erneut.

Stimmen, die durch ein angekipptes Fenster drangen, irgendwo ein Türknallen, Geschirrklappern, Leben. Menschen waren immerzu laut. Aiden ging weiter, ein anderes Paar Stimmen wurde lauter, streitend. Ein Wort wurde dem anderen entgegengestellt. Wieder ein Knallen, irgendwo im Treppenhaus. In seinem Treppenhaus. Aiden seufzte. Er würde gleich Kopfhörer aufziehen und die Außenwelt ausblenden.

Als er die Tür zum Hausflur öffnen wollte, wurde diese vor ihm aufgerissen. Ein fremder Typ rempelte ihn achtlos an, stieß die Schulter an seinen Arm.

«Pass doch auf, Mann!», zischte er genervt und trat einen Schritt zur Seite, weil er das Fußgetrampel auf den Treppenstufen hörte und sich sicher war, dass noch jemand kam.

«Ich verstehe dich nicht!», schimpfte jemand. «Bleib doch stehen!» Die zweite Person rannte an ihm vorbei. Stian.

«Lass mich in Ruhe!», keifte der andere. Aiden stellte einen Fuß in die zufallende Tür und blieb stehen. Er sollte in seine Wohnung gehen und sich nicht darum kümmern, was andere für Probleme hatten, doch er konnte nicht. Die beiden anderen Männer standen auf dem Gehweg und diskutierten heftig.

«Ich kapiere nicht, warum das immer noch Thema zwischen uns ist!», rief Stian aufgebracht.

«Weil du mir ständig was vorspielst! Du kommst zu uns, suggerierst ein Familienleben, kümmerst dich um Melanie. Dann fragst du dich ernsthaft, warum ich mir Hoffnung mache?»

Autsch.

«Ich spiele gar nichts vor! Ich war dir gegenüber immer ehrlich gewesen! Ständig darf ich mir anhören, was ich alles falsch mache! Tut mir leid, wenn ich an eurem Familienleben teilnehmen wollte!»

«Du bist undankbar, Stian. Wenn du so weitermachst, kriegst du nie einen Kerl ab.»

«Wieso gehst du immer unter die Gürtellinie?»

«Es ist an mir, ehrlich zu dir zu sein», spie der andere aus. Aiden kam nicht umhin, dass er wütend wurde, je länger er zuhörte. Stian blieb einen Moment still.

«Es geht nicht nur darum», meinte er schließlich. «Du kommst nicht damit zurecht, dass ich hier lebe und einen einzigen Arbeitskollegen habe.»

«Ach Bullshit! Der würde ohnehin nie was von dir wollen. Ihr seid Lichtjahre voneinander entfernt. Vielleicht solltest du mal deine Ansprüche überdenken.»

Aiden presste die Lippen aufeinander und wollte dazwischen gehen, doch Stian überraschte ihn. Der wurde ruhig, schüttelte den Kopf und wandte sich zum Gehen.

«Fahr vorsichtig», verabschiedete er tonlos diesen Typen und ging. Der andere machte kehrt und lief fluchend weg.

Stian kam auf ihn zugelaufen, starrte auf den Boden, den Kiefer angespannt. Erst auf seiner Höhe sah er kurz auf.

«Hey.» Seine Stimme klang milde, das Lächeln war gezwungen. Stian lief an ihm vorbei. Auf dem ersten Treppenabsatz blieb er stehen und schaute runter.

«Ich habe für zwei gekocht. Hast du Hunger?»

Das war wie mit den Keksen bei seiner Oma. Selbst wenn Aiden vorm Platzen gewesen wäre, hätte er dieses Essen nicht ausgeschlagen. Es ging nicht um Hunger. Es ging darum, dass Stian um Gesellschaft bat. Ein Fortschritt zwischen ihnen.

«Klar.»

«Dann komm, wird sonst wieder kalt.»

Er folgte Stian. Es war das erste Mal, dass er in seinen vier Wänden war. Von dem, was er erkennen konnte, war die Wohnung relativ leer. Der Flur wirkte karg, aber das störte ihn nicht. Aiden schmiss seine Jacke auf den dort stehenden Stuhl und begleitete Stian in die Küche. Es roch gut, nach Zwiebeln und nach Knoblauch. Irgendeine

Soße mit Nudeln.

«Setz´ dich.» Stian deutete auf die Stühle am Tisch. Eingedeckt war letzterer bereits.

«Brauchst du Hilfe?»

«Nein.»

Stian richtete das Essen an und stellte einen Augenblick später den Teller vor Aiden ab, dann nahm er ebenfalls Platz. «Guten Appetit.»

«Danke, ebenso.»

Aiden spürte den unterschwelligen Frust seines Gegenübers. Stian aß stumm und blickte überwiegend auf das Essen, doch seinen Bewegungen haftete eine leise Aggressivität an. Er hatte Fragen, nicht wenige, doch für den Moment hielt er sich zurück. Um Stian den Gefallen zu tun, begann Aiden zu essen. Der erste Bissen berührte seine Zunge. Er hatte Mühe, es nicht umgehend wieder auszuspucken. Sein Mund brannte.

«Stian», keuchte er angestrengt, würgte diesen einzigen Happen hinunter und trank ein Glas Wasser hinterher. Selbst damit verschwand der heftige Salzgeschmack nicht.

«Ich weiß, schmeckt nicht. Aber ich will mich verdammt noch mal nicht beugen und auch noch das Essen scheiße werden lassen.» Ein weiterer Gabelbissen fand seinen Mund.

«Ernsthaft», Aiden zog ihm den Teller weg. «Tue dir das nicht an. Wir können Pizza bestellen.»

Wütend lehnte sich Stian zurück, spannte den Kiefer an und starrte vor sich hin. «Das ist alles so lächerlich.» Er schnaubte abfällig. «Espen versaut mir nicht nur den Abend, sondern auch das Essen.»

«Beides können wir retten, oder?»

Es war das erste Mal, dass Stian ihn wirklich ansah. Das Dunkelgrün schimmerte verletzt, ein humorloses Lächeln lag auf den schön geschwungenen Lippen.

«Vielleicht, aber du sollst kein Ersatz für einen Idioten sein.»

«Bin ich nicht. Ich werde nicht gezwungen, hier zu sein. Was hat der Typ eigentlich für ein Problem?»

Stian rieb sich den Kopf. «Ich bin sein Problem», offenbarte er zurückhaltend. «Fing vor drei Jahren an. Gefühle, die ich nicht erwidern konnte. Ich wollte nur Freundschaft. Dachte, dass wäre geklärt. Aber seitdem ich hier wohne, kommen die Allüren. Ziemliche Tiefschläge.» Stian drehte die Gabel auf dem Tisch.

«Freunde sollten einander nicht verletzen.»

«Tja ... Ich denke, dass er selbst auch verletzt ist und deshalb dieses Verhalten an den Tag legt.»

Aiden betrachtete Stian. Menschen neigten dazu, das Fehlverhalten von anderen in den Schutz zu nehmen. Er selbst war auch einmal so gewesen. Mittlerweile war er älter und verstand diese Denkweise, was nicht bedeutete, sie zu akzeptieren.

«Wieso verteidigst du ihn?»

Stian sah auf, runzelte die Stirn. «Ich versuche,

eine rationale Erklärung zu finden.»

Aiden schüttelte den Kopf. «Ich habe euch gehört. Was dir an den Kopf geschmissen wurde, war erbärmlich und zielte darauf ab, dir zu schaden. Verletzt zu sein, ist die eine Sache, das Selbstwertgefühl von jemanden niedermachen zu wollen, eine andere. Das passiert, wenn ein Ego angekratzt ist, hat aber nichts mit Rationalität zu tun.»

«Was willst du von mir hören?»

«Gar nichts. Ich rege mich darüber auf und hoffe, dass du diese Dinge nicht ernst nimmst.»

Dafür war es für diesen Augenblick zu spät, weil Stian sich bereits mit der Thematik beschäftigte und das Fühlen zuließ, sonst hätte er nicht so geknickt ausgesehen. Doch es bestand die Möglichkeit, dass er morgen darüber hinweg war.

«Vielleicht hat er mit einer Sache recht.»

«Welche?», fragte Aiden misstrauisch nach. Auch das Suchen von Fehlern bei einem selbst kannte er zu Genüge.

«Das ich zu hohe Ansprüche habe.»

«Ich bitte dich», stieß Aiden aus. «Es gibt niemanden, den ich kenne, der achtsamer auf sein Umfeld reagiert als du. Und wenn du keinen durchschnittlichen Typen willst, brauchst du dich damit auch nicht zufriedengeben. Jeder Mensch hat Ansprüche.»

Stian neigte den Kopf zur Seite, wirkte nachdenklich. Als würde er seine Worte mental abwägen.

«Ich würde gern etwas von dir wissen», forderte Aiden, der sich an eine Aussage erinnerte. «Was meinte dieser Espen, als er sagte, wir seien Lichtjahre voneinander entfernt?»

«Du hast echt alles gehört, oder?», wich Stian aus.

«Ziemlich.»

Sein Gegenüber seufzte und fuhr sich durchs Haar, ein paar Momente blieb es still. «Eigentlich bist du der Auslöser für diese gesamte Thematik», gestand Stian und wirkte resigniert. «Ich hatte Espen mal erzählt, dass ich nur einen Kollegen habe und dieser zudem meine stellvertretende Leitung ist. Daraufhin wog er sich in Sicherheit und äußerte, dass ich ohnehin keine Chance bei einem beruflich Höhergestellten hätte. Abgesehen davon wäre es unrealistisch, dieser könne zudem schwul sein. Heute hat er dich gesehen, gemerkt, dass du kein untersetzter Hornbrillenträger bist und begann zu sticheln. Deshalb diese Sache mit den Lichtjahren. Ich habe ihm nie Anlass dazu geben, sowas zu denken, dass kam von allein.»

Aiden spürte, wie seine Zurückhaltung erneut herausgefordert wurde. Wut flimmerte in einer Ecke seines Bewusstseins, heiß und blutrot. Die einzige Farbe in diesem emotionalen Geflecht. Er streckte die Finger, musste das Dehnen der Sehnen und Muskeln spüren. Selbstbeherrschung.

«Sorry, wenn du das jetzt falsch verstanden hast. Ich habe wirklich nie irgendwas in diese

Richtung erwähnt. Nicht, dass ich auf meine Leitung stehe, nicht, dass ich dich heiß finde und auch nicht, dass du schwul bist.» Stian schluckte sichtbar, unsicher. Aiden hob einen Mundwinkel, aber es lag keine Belustigung darin.

«Ich habe es nicht falsch verstanden.» Seine Stimme hörte sich selbst in seinen Ohren düster an. Das, was durch seine Gedanken zog, durfte er nicht benennen, weil auch das dazu geführt hätte, Stian zu verletzen, wenn er über diesen Espen urteilte. Schmutz. Menschlicher Abschaum. Seine mentalen Fäden waren geprägt von Verurteilung, obwohl er diesen anderen Menschen nicht kannte. Doch das Handeln, die Aussagen, all das führte dazu, dass Aiden das Bedürfnis verspürte, Stian zu schützen. Durch ein Klingeln wurde er aus diesem gedanklichen Netz fortgerissen. «Erwartest du noch jemanden?»

«Nein!»

Aiden stand auf. «Lass mich das machen.»

Er wusste instinktiv, wer davorstand. Als er die Tür öffnete, wurde seine Vermutung bestätigt.

«Stian, ich ...» Espen verstummte abrupt, als er Aiden erblickte. «Ich will zu Stian, kann ich durch?»

«Nein.» Nicht nachdem, was vorgefallen war. Aiden baute sich vor ihm auf. Espen war einen Kopf kleiner als er und fühlte sich durch seine Körperhaltung bereits bedrängt. Das war deutlich. Espen wich einen Schritt zurück.

«Und du bist wer, um das zu entscheiden?»

«Jemand, dem Stians Wohlergehen nicht scheißegal ist.» Aiden sprach mit stoischer Ruhe, obwohl es in ihm kochte. Seine Kontenance sorgte bei dem anderen für Aggression.

«Geh zur Seite!»

«Sonst was?»

Provokation sorgte für eine Reaktion, das hatte er in seiner Kindheit gelernt. Dementsprechend sah er die Faust kommen und fing sie mit Leichtigkeit ab. Mit einer Hand hielt Aiden sie fest, nutzte den Hebelarm und drehte Espen herum, sodass er die Faust auf dessen Rücken drückte.

«Ganz schlechte Idee.»

«Braucht Stian mittlerweile einen Aufpasser? Ist er so ein Feigling geworden?»

Aiden schluckte die Wut hinunter. Er würde niemals einen Menschen unnötig verletzen, vor allem nicht körperlich. Doch der Gedanke war da, um einen anderen zu schützen.

«Ich würde vorschlagen, du gehst jetzt.»

«Sonst was?», äffte Espen seine Worte nach.

«Hast du ein Problem», versicherte Aiden ihm und legte eine deutliche Warnung in seine Stimme. Diese schien anzukommen.

«Ich habe meinen verdammten Rucksack vergessen», stieß sein Vordermann aus und probierte sich aus dem Griff zu lösen. Erfolglos. Aiden streckte seine freie Hand nach hinten. Er bekam Stoff zu fassen und presste die Tasche auf Espens Brust. «Hier. Jetzt verschwinde.» Er führte Espen zur ersten Treppenstufe, versperrte die Sicht auf Stian, der in seinem Rücken stand und ließ den Mann vor ihm los. Er änderte seine Position mit jeder Treppenstufe, die Espen ging, um weiterhin den Blick auf Stian zu verhindern.

«Kranker Typ», spie Espen aus, dann verschwand er endlich. Aiden hatte schlimmere Beleidigungen gehört, die trafen nicht. Was ihn traf, war Gewalt. Er hatte sie zu oft erlebt, um sie zu dulden oder Verständnis dafür aufzubringen.

Einen Moment blieb er an der Treppenstufe stehen. Männer waren manchmal scheiße. Sie neigten zu übersteigerten Egos und Revierkämpfen, zu Überschusshandlungen. Am Ende war Gewalt jedoch Gewalt. Ob körperlich oder verbal spielte für Aiden keine Rolle.

Als ihn eine warme Hand an der Schulter berührte, zuckte er kurz zusammen. Anstatt sie wegzuziehen, wie es jeder andere tat, beließ Stian sie dort.

«Hat er dich verletzt?»

Aiden drehte sich um und spürte die Wärme von Stian abstrahlen. Die Nähe zu diesem Menschen beruhigte ihn.

«Niemand verletzt mich körperlich.» Nicht mehr. Nie wieder. Stian schwieg wenige Sekunden.

«Darf ich dir was sagen?»

Aiden neigte den Kopf, eine vage Andeutung eines Nickens.

«Du siehst todbringend schön aus.»

Diese Worte trafen ihn. Zu viel Beobachtung.

Zu viel Wissen. Zu viel Furcht, jemanden zu verletzen.

«Hab keine Angst vor mir», raunte er.

«Habe ich nicht.» Ein kurzes, vertrautes Lächeln erschien auf Stians Gesicht.

«Dann Danke?»

«Ja. Aber ich würde gerne wissen, wer du wirklich bist.»

Aiden hob die Hand zu seinem Gesicht und legte sie an seine Wange. Ein Bedürfnis, dem er hatte nachgeben müssen. Körperkontakt, vertraute und zeitgleich fremde Nähe. Mit dem Daumen glitt er über die weichen Lippen, was Stian dazu brachte, stocksteif zu verharren. Er überschritt eine Grenze, doch nichts hätte das verhindern können.

«Glaube mir, dass willst du nicht.»

«Zu schwarz?»

«Vielleicht.»

«Klingt es komisch, wenn ich sage, dass mir diese Schwärze gefällt?»

«Ein bisschen.»

«Gut», meinte Stian heiser. «Damit kann ich leben. Ich hatte Sorge, dass ein resolutes Ja kommt.»

Aiden war versucht, es zu tun. Sich hinunterbeugen, diese Lippen küssen. Langsam, auskostend. Der Körper vor ihm bebte, rief nach einer solchen Berührung. Dieses Dunkelgrün ließ ihn versinken, in dem Wollen, im Verlangen. Doch er konnte nicht. Ausnahmesituationen besaßen einen faden Beigeschmack. Er ließ die Hand sinken.

«Ich sollte auch gehen.» Dieser Abend hätte sie irgendwohin geführt. Vielleicht aufs Sofa mit Pizza, vielleicht schweigend in die Küche, vielleicht nackt ins Bett. Aiden wollte keine Reue heraufbeschwören. Im Nachhinein sah die Welt immer anders aus.

«Klar.» Stian wich seinem Blick aus. Er konnte die Enttäuschung greifen, die von ihm ausging und schwer zwischen ihnen hing. Lieber diese, als Bereuen, dennoch tat es ihm leid.

«Wir holen diesen Abend nach.»

«Bitte nicht.»

Stian wandte sich um und holte aus dem Flur Aidens Jacke. «Ich will weder versalzenes Essen noch das andere Theater erneut erleben.»

«Ich hatte eher an den besseren Teil gedacht.»

«Ich bin mir gerade nicht sicher, ob der wirklich besser ist», meinte Stian leise. «Danke für alles.»

«Stian ...»

«Alles gut, ich weiß, dass du Gründe hast. Wir sehen uns auf Arbeit.»

Stian klopfte ihm kumpelhaft auf die Schulter, bevor er die Tür hinter sich schloss und Aiden im Flur stehen ließ. Dieses Verhalten fühlte sich komplett verkehrt an.

Kapitel 6 – Stian

Stian stand vor dem Dienstplan. Krankmeldung über Krankmeldung – es gab kaum noch einen Namen, hinter dem kein ´K` vermerkt war. Er fragte sich ernsthaft, warum der Kelch der Erkältungswelle an ihm vorbeigegangen war. Stattdessen saß er auf dem sinkenden Schiff und musste die letzten Passagiere retten.

In dem Fall die Patienten, denn er schob eine Schicht nach der anderen. Natürlich hatte er dazwischen auch mal frei, doch die schlecht besetzten Dienste waren belastend. Jeder von ihnen hatte mindestens das doppelte Arbeitspensum zu leisten.

Unwillkürlich schweifte sein Blick zu den obersten Namen. Sarah hielt sich wacker, obwohl sie mittlerweile kränkelte. Aiden war mit beinahe allen Diensten in eine andere Schicht gerutscht oder sprang ein. Seit ihrem Treffen hatten sie keinen einzigen Dienst gemeinsam gehabt. Das war zwei Wochen her.

Stian wusste nicht, ob das Absicht war oder reinem Zufall geschuldet. Vielleicht war es beides. Dabei hatte er verstanden, dass Aiden nichts von ihm wollte.

Das wäre utopisch gewesen und zudem passte es perfekt in das Schema, das ihn die letzten Jahre begleitete: Menschen, die er interessant fand, fanden kein Interesse an ihm.

Das war okay. Er kannte es nicht anders. Egal ob freundschaftlich oder partnerschaftlich. Es blieb immer einseitig. Allerdings fehlte ihm das Arbeiten mit dem Gott der Unterwelt. Wenigstens die kollegiale Beziehung hätte Aiden ihm lassen können.

«Du siehst traurig aus.»

Eine Hand legte sich auf seine Schulter. Es war Hannah. Seit langem hatten sie mal wieder eine Frühschicht zusammen.

«Dieser Plan ist ja auch zum Weinen.»

«Wo du recht hast ...»

«Wird das wieder abnehmen oder muss ich mich daran gewöhnen?»

«Wir haben immer mal diese Phasen, aber bisher jede überstanden.» Aufmunternd lächelte Hannah ihn an. Doch es war nicht sein Anspruch, die Arbeit einfach nur zu überstehen. Stian wollte für seine Patienten da sein und ihren Bedürfnissen gerecht werden. Wunschvorstellung und Realität drifteten jedoch oft auseinander.

«Ich hoffe, die Durststrecke hält nicht mehr allzu lang an.» Die Personalnot zermürbte. Sie war erschöpfend. Allerdings war ihm klar, dass die Leitungen alles daransetzten, um die Station am Laufen zu halten.

«Stian! Ich habe dich schon gesucht.»

Sarah kam ins Dienstzimmer gelaufen, ein paar Zettel in der Hand.

«Was gibt es?»

«In all der Hektik habe ich dein Zwischengespräch vergessen. Das wäre eigentlich längst dran gewesen.»

«Okay.» Auch er hatte es vergessen. Bei all den Diensten, die er beinahe allein gestemmt hatte, war von dem Konzept der Einarbeitung ohnehin kaum noch etwas zu erkennen.

«Wollen wir es heute führen?»

«Sollte mein Mentor dafür nicht anwesend sein?», warf er ein. So war doch der damalige Plan gewesen …

«Ich glaube, dass kriegen wir nicht hin. Aiden ist gerade unser Springer vom Dienst. Einen Termin zu finden, an dem wir alle drei da sind, ist derzeit unmöglich. Tut mir leid.»

Zugegeben, eine andere Antwort hätte ihn überrascht. Er zuckte mit den Schultern. «Von mir aus können wir es heute führen.»

Sarah schien erleichtert und lud ihn in ihr Büro ein. Es war freundlich eingerichtet. Die Wände zierte ein sanftes Hellblau, darauf vereinzelt Bilder angebracht. Ein Regal mit Fachbüchern stand an der Wand, in der Mitte der Schreibtisch, darauf ein Monitor, diverse Unterlagen, ein paar Stifte. Davor eine Sitzgruppe.

«Nimm gerne Platz. Möchtest du etwas trinken?»

«Nein, danke.»

Sarah nahm sich ein Glas Wasser und setzte sich ihm gegenüber. Sie lächelte ihn an.

«Wie ergeht es dir bei uns auf Station?»

Stian war nicht vorbereitet, dementsprechend entschied er, aus dem Bauch heraus zu antworten. Er spulte die letzten Wochen gedanklich durch, versuchte, sein Empfinden auf einen Durchschnitt zu bringen.

«Ich habe mich eingelebt und fühle mich vom Team gut aufgenommen.»

«Das freut mich zu hören.» Sie blätterte kurz in ihren Unterlagen. «Ich habe mich vor ein paar Tagen mit Aiden kurzgeschlossen – wir sind uns einig, mit dir einen sehr wertvollen Kollegen gefunden zu haben. Selten hatten wir jemanden, der sich so schnell eingefügt hat.»

«Vielen Dank.»

«Hast du in irgendeinem Bereich Schwierigkeiten, in dem du Unterstützung benötigst?»

«Ich weiß es nicht», gestand er ehrlich. «Zu Beginn habe ich Defizite bei mir bemerkt. Ich habe sämtliche Krankheitsbilder nachgelesen, um auf dem aktuellen Stand zu sein und mir die Verfahrensanweisungen angeeignet. Vorher hatte ich mit invasiven Eingriffen am Herzen wenig zu tun. Zum Beispiel musste ich mich mit Koronarangiographien oder der Nachsorge nach Schrittmacherimplantationen vertraut machen.»

«Und jetzt?»

«Ich komme zurecht. Sicher fehlt mir noch vereinzelt Wissen, nur kann ich es nicht benennen. Dafür bräuchte ich eine Rückmeldung der Kollegen.»

«Wenn es so ist, merkt man dir das im Stationsalltag nicht an, Stian. Du erscheinst als kompetente Pflegekraft, die sich ihrer Aufgaben bewusst und in der Ausführung fokussiert ist. Mir war nicht klar, wie groß die Umstellung für dich war.» Sarah machte eine kurze Pause. «Hast du Aiden mal um Hilfe gebeten?»

Stian überlegte, ob das eine Fangfrage sein sollte, doch Sarah schien nur interessiert. Er schüttelte den Kopf. «Nein. Ich habe meine Defizite nicht explizit mit ihm besprochen.»

«Gab es dafür einen Grund?»

Ja, Stians Ego, aber das wollte er weder Sarah noch Aiden gegenüber zugeben. «Mein eigener Anspruch. Ich habe mich für einen neuen Bereich entschieden und wollte mich fachlich selbst weiterentwickeln. Wenn anschließend Fragen aufkamen, habe ich Hilfe gesucht.»

«Okay, gut. Bist du mit deiner Einarbeitung prinzipiell zufrieden?»

Tja, was sollte er dazu sagen ... «Das Konzept ist gut und ich sehe eure Bemühungen, aber zufrieden bin ich nicht.»

Sarah schien aufgrund seiner Ehrlichkeit tatsächlich überrascht.

«Möchtest du das näher ausführen?»

«Kann ich. Vorab: mein Mentor macht seine Aufgabe gut. Er hat mir alles auf Station gezeigt und ich habe mich aufgehoben gefühlt. Allerdings wurde mir die Möglichkeit genommen, nachts in Ruhe eingearbeitet zu werden. Wir hatten keine zusätzliche Pflegekraft, obwohl diese

Bemühungen dagewesen waren. Diese Schuld liegt bei keinem von euch, ich sehe, was ihr täglich leistet. Doch es ist eine Tatsache.

Zusätzlich finde ich es schwierig, von Einarbeitung zu sprechen, wenn ich die letzten drei Wochen weder mit meinem Mentor noch mit ausreichender Personalstärke gearbeitet habe. Ich erwarte nicht, dass ich andauernd begleitet werde, da ich gern eigenständig arbeite, doch ich bin mittlerweile eine vollwertige Kraft, die Dienste auffängt. Du hast gesagt, dass du dich kürzlich mit Aiden kurzgeschlossen hast, aber eigentlich hat er mich die letzten Wochen nur zu den Übergaben gesehen.»

Sarah nickte, trank einen Schluck. «Deine Kritikpunkte sind berechtigt und ich kann mich nur dafür entschuldigen, dass uns die Krankheitswelle überrannt hat. Wir wollten das Einarbeitungskonzept einhalten. Bedauerlicherweise war das schlicht nicht möglich.

Die nächtliche Situation hat mir Aiden geschildert. Diesbezüglich habe ich das Gespräch mit der PDL gesucht, leider ändert es nichts daran, dass du der Leidtragende warst.

Was die derzeitige Dienstverteilung betrifft, ist es tatsächlich eine einfache Rechnung. Du bist gut, du arbeitest eigenständig, bei dir brauchen wir uns keine Sorgen zu machen. Es ist eigennützig, aber damit können wir gewährleisten, dass alle Dienste besetzt sind. Aiden ist sich bewusst, dass er dadurch die Aufgabe als Mentor vernachlässigt, doch setzt großes Vertrauen in deine Fähigkeiten.»

«Es wäre schön gewesen, wenn er mir das persönlich gesagt hätte.»

«Sicher. Leider ist die gesamte Situation für uns alle herausfordernd. Er trifft keine leichtfertigen Entscheidungen und ich bin sicher, dass sich die Lage in den nächsten zwei Wochen wieder beruhigt, sodass ihr diese Chance erhalten werdet und das Abschlussgespräch im Resümee anders ausfällt als der derzeitige Zwischenstand. Dafür machen wir das schließlich.»

Sarah zwinkerte ihm zu. Stian war sich nicht so sicher, ob sich wirklich etwas änderte. In zwei Wochen hatte er zwei Wochen mehr Erfahrung, sich wieder Dinge selbst beigebracht, sich weiter mit der Materie beschäftigt. Irgendwann war der Drops gelutscht.

Die Krankheitsbilder änderten sich nicht, die Abläufe waren ihm klar, er hatte diverse Reanimationen hinter sich. Manche besser, andere schlechter verarbeitet. Aber das war ein Thema, das er nicht bei Sarah aufmachen würde. Es gab einen, bei dem er es getan hatte, doch das war alles. Er konnte ausschließlich an seiner Resilienz arbeiten.

«Gibt es etwas, dass du von deiner Seite aus besprechen möchtest?»

«Nein, ich habe alles gesagt. Ich mag euch als Team und freue mich, davon ein Teil zu sein.»

«Das freut mich sehr. Wir sind wirklich dankbar, dass wir dich bekommen haben. Was ich dir zum Schluss mit auf den Weg geben möchte, ist folgendes: Mach weiter so. Wir schätzen dich, trotz des kurzen Zeitraumes, sehr als Kollegen. Du bist kollegial, hast einen aufmerksamen Umgang mit den Patienten und zeigst dich verlässlich. So jemanden brauchen wir.»

Stian kam nicht umhin, dass ihn dieses Lob ehrte, jedoch auch ein wenig unangenehm war. Sarah schien keineswegs, als würde sie absichtlich übertreiben, sondern als würde sie es genauso meinen. Diese Art der Bestätigung tat gut, selbst wenn es an der Gesamtsituation nichts änderte.

Stian bedankte sich für das Gespräch und nahm seinen Dienst wieder auf. Die Station war voll und er hatte in seiner Patientengruppe alle Hände voll zu tun. Eine weitere Kraft wäre schön gewesen, aber so arbeitete er eine Aufgabe nach der anderen ab und versuchte, an alles zu denken.

Hannah ließ es sich nicht nehmen, ein paar Späße zu machen, dadurch lachten sie häufig miteinander. Wenigstens etwas, denn zur Pause kamen sie aufgrund des Arbeitsaufkommens nicht. Bis zur Übergabezeit war er vollends beschäftigt.

«Sollen wir heute getrennt die Übergabe machen?», erkundigte sich Hannah kurz vor Schichtwechsel. Sie waren ohnehin nur zu zweit und hatten die Patienten dementsprechend aufgeteilt, sodass es unsinnig gewesen wäre, gemeinsam die Übergabe zu halten.

«Ja, gern. Vielleicht schaffen wir es, wenigstens rechtzeitig Feierabend zu machen. Du kannst gern anfangen.»

«Danke.»

Als letzte Amtshandlung füllte Stian die Pflegewagen auf, sodass wieder alle Utensilien vorrätig waren. Er saß gerade in der Hocke, über ihm die Schublade des Schranks geöffnet, da diese generell aufging, wenn man die unteren Türen öffnete, und versuchte, Handtücher säuberlich ins Fach zu legen, als ihm auf die Schulter getippt wurde.

Stian erschrak und knallte mit dem Kopf gegen die Schublade.

«Vorsicht!»

«Ah verdammt», stöhnte er schmerzerfüllt, hielt sich die Stelle und schob wütend diese blöde Schublade zu.

«Warum immer dein Kopf, mh?», ertönte es reuevoll neben ihm. Aiden. Diese Stimme hätte er selbst dann erkannt, wenn sein auserkorener Peiniger nicht neben ihm in die Hocke gegangen wäre und automatisch seinen Schädel betrachtet hätte.

«Du willst mich ernsthaft umbringen, oder?» Sein Kopf tat verdammt weh.

«Tut mir leid.»

«Ja, danke. Was wolltest du denn?»

In den letzten Wochen war das Verhältnis angespannt. Stian versuchte, sich normal zu verhalten und Aiden wie jeden anderen zu behandeln, doch es fiel ihm schwer. Denn wenn er in diese kristallblauen Augen schaute, war da die Frage in ihm, warum er immer wieder in dieselbe Kacke griff. Zeitgleich verhielt Aiden sich, als wäre die Sache im Treppenhaus nie vorgefallen, was das Ganze nicht besser machte. Manchmal glaubte er, nachdenkliche Blicke zu bemerken, doch aus reinem Selbstschutz wollte Stian nichts hineininterpretieren.

«Eigentlich nur Hallo sagen.»

«Wäre auch ohne Schmerzen gegangen.»

«Brauchst du was zum Kühlen?»

«Nein.»

Mühsam stand Stian auf. Natürlich sah das bei Aiden geschmeidiger aus, was ihn nervte.

«Wir machen heute getrennte Übergaben. Ich weiß nicht, ob Lisa schon da ist oder wie ihr euch aufteilen wollt. Auf jeden Fall fängt Hannah an», informierte Stian ihn und rieb sich den Kopf.

«Okay, ich schau mal.»

Es stellte sich heraus, dass Stian das Glück hatte, Aiden die Übergabe zu geben. Sie setzten sich in den Pausenraum, um ebenfalls zu starten. Seit langem war Stian allein mit ihm. Die letzten Übergaben waren immer in Anwesenheit von anderen Kolleginnen erfolgt, sodass sich solch eine Situation nicht mehr ergeben hatte.

Stian nahm sich den Übergabezettel und begann, über die jeweiligen Patienten zu erzählen. Aiden machte sich kaum Notizen, stattdessen wirkte es, als würde er Notiz von Stian nehmen.

Ihm sollte es egal sein, sein Dienst wäre gleich beendet.

«Gut, ich denke, dass war´s. Wenn ich etwas vergessen haben sollte ...»

«Du hast nichts vergessen», meinte Aiden ruhig. «Das tust du nie.»

Stian zuckte mit den Schultern, weil er nicht wusste, was er darauf sagen sollte. Er faltete den Übergabezettel und starrte auf das weiße Rechteck in seiner Hand. Leider stand da keine Antwort auf die Frage nach dem Sinn des Lebens. Oder warum immer die Falschen etwas von ihm wollten. Je länger er den Zettel anstarrte, desto konkreter bildete sich ein Gedanke. Er konnte Aiden etwas mit auf den Weg geben. Die Chance nutzen, ein berufliches Gespräch zu führen, weil er dafür zuständig war.

«Ich habe heute das Zwischengespräch mit Sarah geführt», begann er zögerlich und spielte an den Ecken des Zettels. Vielleicht interessierte seinen Mentor zumindest das, wenn schon keine private Kommunikation möglich war.

«Wie ist es gelaufen?»

«Das weißt du besser als ich», antwortete Stian vage.

«Ich kenne Sarahs und meine Meinung, aber nicht deine.»

Stian schaute ihn kurz an. Diesen schönen, unwirklichen Mann, der sich dazu berufen gefühlt hatte, ihn zu beschützen und ihm danach aus dem Weg ging. Dieses Verhalten hatte ihm gegenüber noch nie jemand gezeigt. Zumeist war Stian Einzelkämpfer gewesen, selbst in einer Beziehung. Aidens Verhalten hatte ihn berührt und irgendwie tief getroffen. Dieser ganze Tag war ihm nachhaltig im Gedächtnis geblieben. Überschattet wurde er vor allem von Verlust.

«Ich werde kündigen. Ich habe festgestellt, dass dieser Bereich nichts für mich ist. Nächsten Monat höre ich auf», meinte Stian ernst geworden. Er presste die Lippen aufeinander und löste die Anspannung wieder. Aidens Miene blieb undurchsichtig.

«Aber danke für alles. Die Einarbeitung war zwar nicht kontinuierlich existent, doch du hast deine Aufgabe gut gemacht. Außer zum Schluss. Wäre schön gewesen, wenn ich noch ein paar Dienste mit dir gehabt hätte.»

Stian faltete den Zettel erneut und klopfte damit einmal auf den Tisch, bevor er aufstand und den Stuhl ran schob. Er spürte Aidens Blick bei jeden seiner Bewegungen. Kein Ton, kein weiteres Wort, aber aufmerksam wie eh und je.

Stian brauchte noch seine Tasche, dann konnte er die Station verlassen und endlich in den wohlverdienten Feierabend gehen. Er trat an den Schrank und schloss das Fach auf. Ein kurzes Stuhlrücken. Den Schatten spürte er unmittelbar danach.

«Fast Stian», raunte Aiden leise.

«Mh?» Er blieb bewusst ruhig, zog den Reißverschluss zu.

«Fast hätte ich es dir geglaubt.»

«Warum willst du es nicht glauben?»

«Weil es nicht passt. Schon gar nicht zu dir.»

«Ich bin mir nicht sicher, ob du dir ein Urteil über mich bilden kannst. Die letzten drei Wochen haben wir uns kaum gesehen.»

«Stian», grollte Aiden düster, «Verarsche mich nicht.»

«Das hast du verdient. Allein wegen der Kopfschmerzen», stellte er nüchtern klar.

«Du kleiner ...» Aiden pikte ihm in die Seite. Stian zuckte lachend zusammen und zerstörte die Spannung. «Ey Mann – selbst schuld.»

«Deine Kritik ist angekommen. Ich hoffe, Sarah hat dir erklärt, warum das so ist.»

«Ich will es nicht von Sarah hören», entgegnete er entschieden und wandte den Kopf kurz zur Seite. «Du wolltest zu Beginn meiner Anstellung eine offene Kommunikation. Selbst wenn ich nicht blöd bin, muss ich davon ausgehen, dass du jeden Dienst, der ansatzweise mit mir zu tun hat, absichtlich wegtauschst. Tatsächlich kann ich Privates von Beruflichem trennen, Aiden. Klingt blöd, aber ich vermisse dich auf Arbeit.»

«Und privat nicht?» Vielleicht bildete Stian es sich ein oder sein Schatten war definitiv nähergekommen, sodass er dessen Atem im Nacken spürte. Ein warmer Lufthauch, angenehm. Stian versuchte, die Nähe zu ignorieren, und schnaubte humorlos. Ausgerechnet Aiden wollte Bestätigung.

«Ich liege deswegen nicht weinend im Bett, falls du das meinst.»

«Ich glaube, du hast da was falsch verstanden», äußerte Aiden ruhig, aber bestimmt. Genervt drehte Stian sich um. Aiden stand dermaßen dicht, dass ihm kein Raum blieb. Nur diese einnehmende Präsenz, die wahnsinnig gut roch. Das nervte ihn ebenfalls. Es war die ewig gleiche Leier.

«Ich verstehe immer alles falsch, wenn du das noch nicht wusstest. Stian, es tut mir leid, aber ... Stian, ich will nichts von dir, weil ... bla. Es ist okay, alles gut, ich habe mir da nichts eingebildet, aber sei ein Kollege für mich.»

«Stian ...»

«Ja, was?»

Binnen weniger Sekunden hatte Stian eine Hand im Nacken und Lippen auf seinem Mund. Er wurde stocksteif, brauchte kurz, um zu realisieren, dass Aiden ihn küsste. Warme, weiche, kostende Lippen, die sich unsagbar sanft anfühlten. Sein ganzer Körper stand unter Strom.

Und dann traf ihn dieser Moment, unvorbereitet heftig. Für Sekunden glaubte er, ihn sich einzubilden. Ein Teil wollte sich fallenlassen, der andere ruderte noch hilflos am Rand.

Als Aiden mit dem Daumen sanft über seine Wange strich, löste Stian sich aus der Starre. Vorsichtig begegnete er diesem zärtlichen Mund und erwiderte den Kuss. Seine vorherige Wut verpuffte, stattdessen bildete sich Gänsehaut auf seinen Armen. Aiden löste sich langsam, legte die Stirn an seine, leise atmend.

«Falsch verstanden», flüsterte er rau. Dieses unsagbar schöne Kristallblau wirkte tiefer als sonst.

«Ich bin verwirrt», entgegnete Stian.

«Zu oft den Kopf angestoßen, hm?» Ein warmes Lachen begleitete diese Frage.

«Wahrscheinlich.» Seine Lippen kribbelten noch immer. «Hast du das wirklich getan?» Er konnte es nicht glauben, obwohl sein Herz wild klopfte.

«Ja.»

Unbeirrbar. Zärtlich. Nah. Stian schluckte. Als er sich nähernde Schritte hörte, wichen sie auseinander.

«Also dann, ruhige Schicht», sagte er abrupt. Die Tür öffnete sich und Hannah steckte den Kopf durch den Spalt.

«Willst du hier übernachten, mein Junge?»

«Nein, ich komme gleich.»

«Ich muss mit Stian noch kurz etwas wegen des Dienstplans besprechen», mischte sich Aiden ein.

«Oh, willst du dann vorgehen, Hannah?»

«Na gut. War schön mit dir. Bis morgen!»

«Bis morgen.»

«Du kannst lügen, ohne rot zu werden», flüsterte Stian, sobald sich die Schritte wieder entfernten.

«Es ist nicht gelogen. Hast du demnächst mal

Zeit für mich?», fragte Aiden unschuldig.

«Vielleicht?» Er kannte halbwegs seine Dienste, hatte aber keine Ahnung, wie Aiden arbeitete.

«Lass uns mal zum Plan gehen. Dort ist es übersichtlicher.»

Stian folgte ihm, noch immer neben der Spur. Aiden hatte ihn geküsst. Dieses überirdische Wesen hatte ihn tatsächlich geküsst. Aidens Geruch hing ihm leicht in der Nase, er trug ihn auf den Lippen. Verdammt. Stian versuchte, sich zu fokussieren. Spätestens, als sie nebeneinander vor den Aushängen standen. Konzentriert verglich er ihre Planung. Einen Augenblick später seufzte Stian.

«Tja ... soll wohl nicht sein.» Seine Schultern sanken hinab.

«Schichtdienst ist scheiße», konterte Aiden prompt.

«Wir hätten mehrmals zusammen Feierabend gehabt, wenn du nicht alle Dienste umgeändert hättest», bemerkte Stian nüchtern.

«Streu kein Salz in die Wunde, ich habe es verstanden.»

«Was ist mit dem Dienstag?», erkundigte er sich und deutete auf das besagte Datum.

«Geht nicht, da bin ich bei meiner Oma eingespannt.»

«Und der Donnerstag?»

Ein Donnerstag in zwei Wochen, weil sie davor komplett entgegengesetzt arbeiteten. Wenn Aiden frei eingetragen hatte, hatte Stian meistens

Spätdienst und Aiden am nächsten Tag früh. Die Übergänge passten nicht.

«Habe ich Quartalsbesprechung mit Sarah», meinte Aiden bedauernd.

«Sieht so aus, als hättest du keine Zeit für mich», stellte Stian fest. Wunderbar, dass er geküsst worden war und es zu nichts führte. Er hätte lieber auf die Erfahrung verzichtet, als nun in der Luft zu hängen. Auf der einen Seite der Geschmack nach mehr, auf der anderen die Enttäuschung. Es wäre seltsam gewesen, hätte Stian in dieser Hinsicht eine andere Erfahrung gemacht. Er wollte keinen Termin in zwei bis drei Wochen vereinbaren, um sich dann wieder annähern zu müssen. Das hatte er die letzte Zeit durch.

«Vergessen wir einfach, dass es die letzten Minuten gegeben hat», entschied er leise, was ihm schwerfiel. Er würde diesen Moment niemals vergessen können, aber es war besser so. «Bis demnächst.»

Als er sich abwandte, spürte er eine flüchtige Berührung an der Hand. Andere Finger, die seine streiften, bevor er sich vollständig löste. Stian schaffte es nicht, zurückzublicken.

Müde schleppte Stian sich nach Hause. Sein Kopf und Rücken schmerzten. Ersterer, weil er kaum zum Trinken gekommen war und Letzterer, weil er gefühlt die halbe Station positioniert und transferiert hatte. Er brauchte eine heiße, entspannende Dusche. Aber wenn er ehrlich war, eigentlich mehr als das. Fähige Hände, die seine verhärtete Muskulatur massierten. Nähe zu einem anderen Menschen. Beides nur Wunschvorstellungen. Doch das Wasser war real und rief nach ihm.

Obwohl der Frühling langsam Einzug halten sollte, war es erbärmlich kalt in der Dunkelheit. Stian hatte die Schultern hochgezogen und die Hände tief in den Jackentaschen vergraben. Richtig warm wurde ihm trotzdem nicht.

Morgen hätte er endlich frei. Er würde seelenruhig ausschlafen und die einsame Wärme unter der Decke genießen. Es erwartete ihn nichts und niemand.

Aiden hatte Frühdienst gehabt. Sie hatten sich nur im Vorbeigehen gesehen. Was auch immer das zwischen ihnen war, ließ ihn nicht los. Weil er diese Beziehung nicht greifen konnte. Sie war zugleich Möglichkeit und Nichts.

In den nächsten Tagen würden sie sich nicht begegnen. Vielleicht verschaffte ihm das den Raum, mal durchzuatmen. Die kurzen Sequenzen, in denen sie aufeinandertrafen, waren gespannt und erfüllt von kribbeliger Nervosität. Stian wollte in diese Sache nicht zu viel investieren, rein aus Selbstschutz.

Doch vergessen konnte er diesen verdammten Kuss nicht. Denn jedes Mal, wenn Aiden in der Nähe war, spürte er ihn. Auf seinen Lippen. Auf seiner Haut. In sich. Unmöglich, diesen Moment aus seinem Gedächtnis zu streichen, hatte er etwas angesprochen, wonach Stian sich sehnte.

Nach einem anderen Thema hingegen sehnte er sich nicht. Konfliktbehaftet und nachhaltig verletzend. Espen hatte sich gemeldet. Wochen nach dem Streit hatte sein ehemaliger Kumpel ihn um Verzeihung gebeten. Stian wusste nicht, was ihn mehr ärgerte. Die lapidaren Worte oder der Zeitpunkt. Das Einzige, was Stian bedauerte, war der fehlende Kontakt zu einem sozialen Umfeld. Ansonsten fand er Espens Verhalten weiterhin unmöglich, daran änderte auch dessen Entschuldigung nichts.

Er stieß den Atem aus, der weiße Wölkchen vor seinem Gesicht bildete. Wurde Zeit, nach Hause zu kommen und gedanklich abzuschalten. Er brauchte was zum Essen und hoffte, genug Lebensmittel vorrätig zu haben. In den letzten Tagen war er nicht mehr zum Einkaufen gekommen. Kurze Dienstwechsel, Überstunden, fehlende Motivation, sich vor einer Schicht aufzuraffen. Stian sah tagtäglich so viele Menschen, dass er in seiner begrenzten Freizeit keine Lust hatte, noch mehr davon zu treffen.

Er drückte die Tür zum Wohnhaus auf. Um niemanden zu wecken, ließ er sie kontrolliert ins Schloss sinken, dann drehte er sich um – und erstarrte.

Auf dem ersten Treppenabsatz lehnte er: sein persönliches Armageddon. Die Arme in den Hosentaschen vergraben, einen Fuß an die Wand gestellt. Nicht laut, nicht bedrohlich. Nur da.

Sein Haar lag offen, fiel wie Schatten um sein Gesicht und rahmte es. Aidens Aura füllte den Flur: dunkel, verlockend, unausweichlich. Stian schluckte. Mit dieser Begegnung hatte er absolut nicht gerechnet. Sekundenlang wusste er weder wie sein Kopf noch wie seine Beine funktionierten.

«Du kommst spät», meinte Aiden in die aufgeladene Stille.

Stian musste sich gedanklich sammeln. «Hast du gewartet?»

Ein kurzes Nicken.

Das überraschte ihn. «Ich hätte nicht gedacht, dich heute noch zu sehen.»

«Ich weiß.»

Musternd betrachtete Stian ihn. Nahm sich die Sekunden, verlor sich in dem Schwarz, das ihm leise Versprechungen zuflüsterte. Fragile Zuneigung flimmerte in der Luft, die ihn nervös machte. Langsam nahm Stian die Treppenstufen und blieb unmittelbar vor ihm stehen.

«Was möchtest du denn?», wagte er den Vorstoß. Aiden stieß sich von der Wand ab.

«Zeit mit dir verbringen.»

Stians Herz klopfte. Es schlug ihm bis zum Hals. Aiden hielt tatsächlich an seinem Vorhaben fest. «Ich habe meine Seele an den Teufel verkauft, aber meinen Dienst morgen weggetauscht. Also hätten wir diesen Abend inklusive des morgigen Tages zur Verfügung. Falls du willst. Es sei denn, du hast es geschafft, zu vergessen.»

Aidens Blick blieb ruhig, aber irgendetwas darin flackerte. Die Eindringlichkeit floss ihm heißkalt über den Rücken. Aiden hatte das seinetwegen eingefädelt. Er war ihm wichtig genug, um seine Planung anzupassen. Vielleicht wäre es nur eine begrenzte, gemeinsame Zeit, doch sie trug die leise Erfüllung von Sehnsüchten in sich. Stian war nicht stark genug, um abzulehnen. Es war so lange her, dass sich jemand um ihn bemüht hatte, dass er es einfach annehmen wollte.

«Was sagt man da? Ja, ich will?»

Aidens Mundwinkel zuckte kaum merklich. «Außerdem habe ich Pizza bestellt.»

«Spätestens jetzt gibt es kein Zurück mehr. Du bist ein wahrhaftiger Gott.»

«Aiden reicht», erwiderte er. Sanfte Belustigung schwang mit.

«Wofür habe ich so viel Aufmerksamkeit verdient?»

«Nicht ganz uneigennützig.» Aiden legte die Hand an seinen Hals, strich mit dem Daumen über seine stoppelige Wange. Seine Kehle war eng, er gefangen in diesem Eisblau. Die Spannung zwischen ihnen war träge und wog schwer. Wahrscheinlich spürte Aiden ganz genau, wie heftig sein Puls schlug und das er keineswegs so ruhig war, wie er es vorgab zu sein.

«Was hättest du gemacht, wenn ich Nein gesagt hätte?», flüsterte Stian.

«Dich mit unlauteren Mitteln zu überzeugen versucht.»

«Du bist ziemlich direkt.»

«Und du ziemlich nervös.»

Na ja, dass hier war anders als auf Station. Intensiver, intimer. Sie hatten sich lange nicht mehr richtig unterhalten und Stians Körper reagierte heftig auf Aidens Nähe.

Er griff selbst zu den unlauteren Mitteln, um die Spannung des Moments zu lösen. Zu schwach, um gegen sich selbst und seine Bedürfnisse anzukommen. Er wusste, wie Aiden schmeckte, wie sich seine Lippen anfühlten. Genau das brauchte er. Einfach aufhören zu denken, nur noch spüren. Seine Lippen fanden Aidens. Kein Zögern, nur echtes Wollen. Ein spürbares, stummes Lächeln, das ihn restlos auslieferte.

Der Kuss war anders als auf Station. Sie liefen keine Gefahr, von Kolleginnen erwischt zu werden und die Menschen aus dem Wohnhaus waren ihm egal. Da war nichts Zurückhaltendes.

Stian zeigte, was er wollte und bekam eine konkrete Antwort. Endlich konnte er die Hand in dem langen Haar vergraben und sanft daran ziehen. Aiden stöhnte an seinen Lippen, was ihn unter Strom setzte. Sein Verstand stieg völlig aus.

Mit einem Mal war Stian an die Wand genagelt. Wollende Lippen auf seinen. Zähne, die ihn sanft bissen. Eine Zunge, die an seiner rieb. Stian grub die Finger in das Shirt vor ihm, presste sich an den anderen Körper. Aiden küsste ihn besinnungslos. Keine Zweifel, unverfälschtes Verlangen.

Suchende Hände glitten unter seine Kleidung

und griffen in sein Fleisch, krallten sich in seinen Rücken. Erregung flutete seinen Körper und ließ seine Muskeln zucken. Er erwischte Aidens Unterlippe, sog daran, wollte mehr von dieser Hitze, die sich rasend ausbreitete. Aiden war überall. Stian konnte nicht mehr fliehen, war gefangen in diesem alles verzehrenden Mann, der ihn wahnsinnig machte.

«Ich hatte keine Ahnung, dass du so hungrig bist.» Stian schnappte nach Luft. Wieder Lippen, wieder eine Zunge, die sinnlich an ihm leckte. Er bekam keine Chance, klar zu denken.

«Ich weiß gutes Essen zu schätzen.»

«Aber ... die Pizza ... wird gerade kalt», brachte er hervor, bevor Aiden die Zähne in seinen Hals grub und ihm ein tiefes Stöhnen entlockte. Er neigte den Kopf zur Seite, um mehr zu bekommen. Diese Stelle liebte er. Stian genoss den feinen Schmerz.

«Wir können jederzeit aufhören», meinte Aiden und löste sich.

«Was?» Der plötzliche Abstand war wie kaltes Wasser, das auf die brennende Hitze traf. Verwirrt starrte Stian ihn an. Das Kristallblau glühte.

«Lass uns essen.»

«Du kommst jetzt mit deiner Selbstbeherrschung?» Stian war fassungslos. Er stieß ein abgehaktes Lachen aus und lehnte den Kopf an die Wand. «Ich gehe duschen. Ich habe mich nicht so gut im Griff.»

«Zehn Minuten?»

«Fünf, dann komme ich.»

«Vergiss es.» Aiden warf ihm einen finsteren Blick zu.

«Selbstbeherrscht und trotzdem so fordernd?»

«Stian», Aiden beugte sich zu seinem Ohr. «Du wirst heute noch unter mir liegen.»

Sein Körper erzitterte. Das war ein Versprechen und er verstand, dass Aiden kein Kind von Traurigkeit war. So verschlossen dieser sonst war, desto offener schien er mit seiner Lust umzugehen.

«Werden wir sehen, wer über wem liegt.» Eine stumme Herausforderung flackerte in seinen Augen auf, ein sinnliches Lächeln bildete sich auf den wunderschönen, leicht geröteten Lippen. Aiden gab den Weg frei. Stian bewunderte und hasste ihn zugleich für seine Beherrschung, während er innerlich komplett durcheinander war. Er schob sich an Aiden vorbei, ein letzter tiefer Blick, bevor er sich beeilte, in die Wohnung zu kommen.

Zeit zum Durchatmen besaß er keine. Stian wollte tatsächlich in wenigen Minuten wieder unten sein. Er war hungrig auf so viele Arten. Pizza und eine aussichtsreiche Nacht waren eine gefährliche Kombination. In Windeseile war er geduscht und frisch angezogen. Seine malträtierten Muskeln protestierten.

Mit nassem Haar lief er die Treppenstufen hinunter. Aiden hatte die Tür angelehnt, sodass er direkt in die Wohnung hineingehen konnte. Im Flur brannte Licht, dennoch hatte Stian das Gefühl, in ein Reich einzutreten, das ihm jede Kontrolle entzog. Es war ihr erstes, privates Treffen, das einen Anfang oder einen kurzweiligen Moment darstellen konnte. Was auch immer daraus wurde, Stian wollte es. Ganz. Jeder seiner Sinne war geschärft und auf Aiden ausgerichtet.

Er fand ihn im Wohnzimmer sitzend vor, den Arm lässig über die Sofalehne gelegt. Aiden wirkte entspannt, doch ihn umgab die Ruhe eines Raubtiers. Er wusste, dass ihm die Nacht gehörte und Stian seine Beute war.

Die Pizzakartons standen auf dem Tisch, ein herrlicher Duft schlug ihm entgegen. Warmer, gebackener Teig, flüssiger Käse, fettiger Belag. Er seufzte genüsslich.

«Du bist schnell», kommentierte Aiden und ließ den Blick über ihn gleiten. Vielversprechend. Heiß. Die schnelle Dusche hatte Stian nicht abgekühlt, wie er missmutig feststellte. Leise Erregung züngelte über seine Haut. Deshalb versuchte er, sich auf das Wesentliche zu fokussieren: «Und ehrlicherweise am Verhungern.»

«Such dir einen Platz aus. Was möchtest du trinken?»

«Wasser.»

Aiden stand auf, streifte ihn im Vorbeigehen sanft an der Hand und verschwand in der Küche. Stian sank aufs Sofa. Sein Rücken dankte es ihm nach dem anstrengenden Dienst.

Lautstark knurrte sein Magen. Das letzte Essen war Stunden her, weil sie wieder keine Pause hatten machen können.

«Thunfisch, Vier-Käse und Hawaii. Ist da etwas dabei für dich?» Aiden stellte das Glas vor ihm ab und schaute ihn fragend an.

«Alle drei perfekt», antwortete er. Prinzipiell aß er so gut wie alles. «Teilen wir?»

«Bis auf Hawaii. Ich mag keine Ananas.»

Aiden setzte sich neben ihn und schob ihm einen Pizzakarton rüber. Er öffnete die anderen Schachteln und nahm sich ein Stück. «Iss das, was du möchtest.»

«Danke. Guten Appetit.»

Aiden nickte und biss von der Pizza ab. Stian folgte seinem Beispiel und der erste Bissen war göttlich. Genießerisch schloss er die Augen und stöhnte mit vollem Mund.

«So gut?»

«Das ist der Himmel auf Erden. Außerdem war das Frühstück meine letzte Mahlzeit.»

«Also bei euch im Spätdienst auch nicht ruhiger als bei uns?»

«Nein. Die Ruhe ist generell verschwunden. Ging ziemlich schnell, seit ich bei euch bin.»

Stian biss erneut ab. Aiden hielt kurz inne mit dem Essen. «War das bei euch anders?»

«Bedingt. Gab auch auf der Pneumo immer wieder Phasen, die stressig oder herausfordernd gewesen waren, aber bereichsbedingt fehlten die Akutpatienten. Die waren die Seltenheit.»

«Bereust du es?»

Nachdenklich runzelte Stian die Stirn. «Nein.»

«Gut, wäre schade.»

Er betrachtete diesen unnahbaren, faszinierenden Mann neben sich, während er aß. Stian hätte ihn nie kennengelernt, wenn er nicht auf der Kardio angefangen hätte.

«Allein wegen dir hat es sich gelohnt», gab er zu. «Unabhängig davon, was zwischen uns vorgefallen ist, bist du eine beeindruckende Persönlichkeit.»

Aiden verzog leicht das Gesicht und schluckte. «Das musst du nicht sagen.»

«Ich weiß. Ich sage es ja auch nicht, weil ich muss. Du magst Komplimente nicht sonderlich, oder?»

«Nein.»

«Musst du mit leben, wird nicht das letzte Mal sein», prophezeite Stian und aß weiter. Wieder eine feine Zuckung des Mundwinkels. «Im übrigen hat sich Espen bei mir gemeldet. Er hat sich entschuldigt und dich wüst beschimpft.»

Stian spürte, wie Aiden sich neben ihm anspannte. Plötzlich ging diese verzehrende Schwärze von ihm aus. Als er zur Seite schaute, blieb Aidens Gesicht unleserlich – nur seine Aura pulsierte gefährlich. Was in ihm vorging, konnte er nicht greifen. Doch offenbar war Espen ein Thema, das ihn reizte. Schon damals, im Flur, hatte er nachhaken wollen, als Aiden ihm sonderbar erschienen war – wie jemand, der sich Beherrschung und Verteidigung antrainiert hatte. Kein Mensch eignete sich diese Fähigkeiten grundlos an. Offensichtlich hatte Stian einen Nerv getroffen.

«Sorry, ich hatte nicht vor, dich zu verärgern», sagte er ehrlich. «Ich dachte, dich interessiert es.»

«Tut es», drang es dunkel an sein Ohr. «Hat er dir wehgetan?»

«Nicht mehr als andere. Ich habe seine Entschuldigung ausgeschlagen, weil ich sein Verhalten unmöglich fand. Ich möchte keine hässlichen Menschen in meinem Umfeld – selbst wenn Espen erst so geworden ist.»

Stian warf die Pizzakante in den Karton und setzte sich weiter zurück, bis er sich an der Lehne des Sofas abstützen konnte. Nachdenklich betrachtete er Aiden. «Erzählst du mir, warum dein Schutzinstinkt so ausgeprägt ist?»

Kaum merklich neigte Aiden den Kopf nach unten und faltete den leeren Pizzakarton zusammen. Stian wusste, dass der Herrscher der Unterwelt ungern über sich sprach, aber es gab Dinge, die musste er in Erfahrung bringen. Das schwarze Haar verdeckte Aidens Profil, sodass er noch weniger als sonst enträtseln konnte.

«Es gibt Themen, über die spreche ich nicht», äußerte Aiden tonlos und schob den Karton zur Seite. Er wirkte nicht in sich zusammengesunken, sondern kraftvoll.

Eine Willensstärke ging von ihm aus, die ihn vielleicht nie hatte fallen lassen – und wenn doch, war er wie ein Phönix wieder auferstanden.

«Keinem oder mir gegenüber nicht, weil wir uns kaum kennen?»

Aiden setzte sich in den Schneidersitz ihm gegenüber. Das Kristallblau war wachsam, seine Haltung gerade.

«Beides. Wobei Letzteres nicht endgültig ist», gestand er.

Stian nickte. Das war ehrlich. «Okay.» Er fuhr mit den Fingern über den Stoff des Sofas, entdeckte ein langes Haar, das er aus den Fasern herauszog und auf den Boden fallen ließ. Als er aufsah, trafen sich ihre Blicke.

«Mach dir keine Sorgen.»

«Worüber?»

«Ich werde dir niemals absichtlich wehtun. Meine Fähigkeiten dienen nicht dazu, andere zu verletzen.»

«Ich weiß.» Stian lächelte, doch es war ein humorloses Lächeln. «Gerade das macht es so tragisch. Weil ich weiß, dass es zu deinem Verhalten einen Hintergrund gibt. Aber ich akzeptiere deine Skepsis mir gegenüber. Ich werde nicht weiter nachhaken.» Wieder zog er ein Haar aus dem Stoff. Zentimeterlang und schwarz. Er hätte es sich mindestens zweimal um den Hals wickeln können. Ob Aidens Bürste jedes Mal dunkel war, wenn er fertig war mit Kämmen?

Das Polster gab leicht nach. Aiden hatte sich zu ihm gesetzt, ihre Körper berührten sich. Er roch Shampoo. Kein herber Männerduft, sondern eine samtige, beinahe feminine Note. Finger legten sich auf eine Stelle an seinem Hals, strichen sanft darüber. Aidens Lippen verzogen sich. Es wurde ein teuflisches Lächeln, bei dem seine Schneidezähne hervorblitzten.

«Was?»

«Du bist gekennzeichnet.»

Stian seufzte. «Ich werde das Gespött der Station.»

«Wenn ich dir weitere Male verpasse, könnte es als Ausschlag durchgehen.»

«Du bist so durchtrieben!», empörte Stian sich. Er erntete ein raues Lachen und weitere, sinnliche Streicheleinheiten. Gänsehaut überzog seine Arme. Automatisch neigte er den Kopf zum Sofa, um seinen Hals zu entblößen. Aiden kam dieser stummen Aufforderung nach. Träge glitten dessen Fingerspitzen bis zu seinem Haaransatz, hinunter bis zur Halsbeuge. Stian schloss die Augen und genoss das feine Kitzeln auf der Haut. Als er Lippen und kurz danach einen sanften Biss spürte, stöhnte er auf.

«Wie lange ist es her bei dir?», flüsterte Aiden an seinem Ohr und nahm das Ohrläppchen zwischen die Zähne. Stian versuchte, sich zu konzentrieren, was alles andere als einfach war.

«Zwei, zweieinhalb Jahre», brachte er mühsam hervor. Er war längst in Aidens Fängen.

«Was für eine Verschwendung.»

«Ob du es glaubst oder nicht, es ist nicht jeder so gefragt wie du», konterte er heiser. «Und ehrlich gesagt verstehe ich überhaupt nicht, warum du was von mir willst. Ich bin ein Normalo. Abgesehen davon, dass ich es jedoch ziemlich heiß … Oh Gott.» Wieder ein Biss, intensiver als zuvor, ein schwacher Schmerz, der seinen Körper durchzog und seine Lust entfachte. Große, warme Hände schoben sich unter sein Oberteil, glitten über die Haut und griffen zu.

«Du bist kein Standard und ich kein Schwerenöter», raunte Aiden. «Abgesehen davon, finde ich dich ziemlich reizend.»

«Reizend?» Stian musste unwillkürlich lachen, was in ein Keuchen überging, als Aiden ihn weiter berührte. «Reizend klingt genauso wie nett», stieß er atemlos aus. Aiden drückte ihn nach hinten, sodass er rücklings aufs Sofa sank. Geschmeidig kroch er auf ihn zu.

«Was willst du lieber hören?»

Stian war eingerahmt von langem Haar und konnte kristallblauen Himmel sehen. Er war unfähig zu antworten, weil er so sehr gefangen war. Heiße, gierige Lippen verschlossen seine, denen er willig entgegenkam. Mit den Händen suchte Stian einen Weg durch die Haare und unter die Kleidung, berührte Aidens sündigen Körper und drängte sich an ihn.

Er wollte mehr von diesem Mann, zog kurzerhand dessen Shirt über den Kopf und bekam eine Ladung Haar ins Gesicht, was er beiseiteschob. Erneut ihre Lippen aufeinander, freie, glatte Haut, die glühte und von der er jeden Zentimeter erkunden wollte. Sein Herz schlug heftig und das Verlangen pulsierte in ihm.

Er griff in Aidens Haar, bog dessen Kopf nach hinten und leckte über die entblößte Haut. Aiden stieß einen dunklen Laut aus, eine Mischung aus Stöhnen und Knurren, der ihn elektrisierte. Eine Haarsträhne löste sich und kitzelte Stians Gesicht. Er versuchte, sie mit einer ruckartigen Bewegung wegzuwischen. Vergeblich. So schön er Aidens Haar fand, in diesem Moment war es unpraktisch.

«Hast du mal ein Gummi?»

Aiden hob beide Augenbrauen an, Stian seufzte. «Nicht so eines. Ich meine hierfür.» Er zog an einer dicken Strähne. «Am Ende reiße ich sie dir sonst versehentlich raus.» Aiden besaß eines, er trug es am Handgelenk. Er sank auf die Knie, warf den Kopf in den Nacken und band das Haar zurück. Diese Position war ziemlich verführerisch. Stian kniete sich ebenfalls hin.

Bevor Aiden fertig mit dem Zopf war, hatten seine Lippen eine Brustwarze gefunden, an der er spielerisch leckte. Er verteilte kleine Bisse und zog dann eine Spur aus Küssen zur anderen Brust. Aidens Hände legten sich auf seine Schultern, streichelten sanft seinen Nacken. Während Stians Hand auf Wanderschaft ging, fanden seine Lippen Aidens Mund. Ihre Zungen verflochten sich leidenschaftlich und der Kuss vertiefte sich, bis seine Finger schließlich den Hosenknopf ertasteten.

«Du spielst unfair», meinte Aiden zwischen zwei Küssen, seine Stimme abgehakt, sein Blick kontrolliert.

«Weshalb?»

«Du bist angezogen.»

«Achso.» Mit einem Grinsen umfasste er Aidens Härte und genoss das heisere Stöhnen an seinen Lippen. Gemächlich trieb er den pulsierenden Schaft durch seine Faust. Aiden erbebte.

«Ausziehen!», stieß dieser aus und rupfte an Stians Oberteil. Er tat ihm den Gefallen und schmiss es achtlos zur Seite, anschließend folgte die Hose. Kaum war er wieder auf den Knien, zog Aiden ihn ruckartig zu sich. Es war ein Spiel mit dem Feuer und er war dabei, zu verbrennen.

Als Aiden seine Länge umfasste, keuchte er auf. Fuck, es war so lange her, dass ihn überhaupt jemand berührt hatte. Der Herrscher der Unterwelt wandte eine Technik an, die ihn fast augenblicklich kommen ließ.

«Mach langsam.» Stian lachte atemlos. «Ich dachte, das sollte wie Fahrradfahren sein. Verlernt man nicht. Scheinbar ist mir die Kontrolle in den letzten Jahren flöten gegangen.»

«Stian?»

«Mh?»

«Hör auf zu denken.»

Aiden tat alles dafür, dass er es nicht mehr konnte. Er rieb ihre Längen aneinander, küsste ihn gierig, besaß die völlige Kontrolle, während Stian den Verstand verlor. Es war ein Fühlen,

Spüren, Fallenlassen, dem er nichts mehr entgegensetzen konnte. Das Ziehen in seinen Lenden kündigte den Orgasmus an.

«Beiß mich!», befahl er rau und entblößte seinen Hals. Aiden biss zu und das war der letzte Funken, bevor er heftig kam. Zuckend krallte er sich in den anderen Rücken, während der Schmerz seinen Hals hinab zog, er mühsam schluckte und die letzten Wellen verebbten. Als er allmählich klarer denken konnte, streichelte er Aiden zärtlich über den Kopf und gab ihm einen Kuss auf den Scheitel.

«Setz dich an die Lehne», raunte er ihm zu. Aiden war noch nicht gekommen. Das wollte er ändern. Als dieser seiner Aufforderung nachgekommen war, rutschte Stian zu ihm, gefangen in seinem Blick. Aidens Erregung stand zwischen ihnen.

«Warte mal, du musst nicht ...» Aiden verstummte, als Stian ihn in den Mund nahm. Es war ihm ein grundlegendes Bedürfnis, ihn kommen zu lassen. Mit jeder Bewegung spürte er das Pulsieren und Anspannen, nahm ihn tief auf oder saugte an der Eichel. Aiden stieß ein langgezogenes Stöhnen aus. Ihre Blicke begegneten sich. Das allererste Mal schien Aiden etwas entrückt, nicht mehr ganz kontrolliert.

Seine Lippen waren leicht geöffnet, seine Augen glänzten, einzelne Haarsträhnen hatten sich gelöst und ließen ihn verwegen aussehen. Stian nahm seine Hand hinzu, massierte den Schaft und umfasste die Hoden, während er abwechselnd saugte und leckte.

Eine kaum wahrnehmbare Bewegung, ein leises Keuchen, dann spürte Stian den heißen Schwall auf seiner Zunge. Stian schluckte, bis Aiden ihn leicht von sich schob und den Kopf auf die Lehne sinken ließ. Mit geschlossenen Augen lag er dort, sein Brustkorb hastig auf und ab bewegend, bevor er langsam ruhiger wurde.

Stian zwängte sich an seine Seite und schlang einen Arm um seine Mitte. Aidens Bauch war von seinem Samen bedeckt. Das Verlangen war gestillt, aber nun klebte alles. Sie brauchten definitiv eine Dusche.

Aus dem Liegen griff Stian nach dem Wasserglas auf dem Tisch und trank einen Schluck, um den Geschmack abzumildern. Träge glitten Finger durch sein Haar. Stian schloss die Augen und genoss die Berührung. Selbst wenn sie nichts sagten, wusste er, dass Aiden auf ihn achtete. Das war eine sonderbare Erfahrung. Die wenigen Männer, mit denen er geschlafen hatte, waren nach dem Sex direkt eingeschlafen oder verschwunden.

«Woran denkst du?», drang es leise zu ihm. Stian verzog das Gesicht. Er wollte Aiden nicht auf die Nase binden, dass er gerade an andere Männer gedacht hatte.

«Daran, dass ich deine charakterlichen Eigenschaften mag.»

«Nett und reizend?», nuschelte Aiden. Stian

lachte warm.

«So ähnlich.»

«Hast du denn Interesse?»

Stian runzelte die Stirn. «Was meinst du?»

«Mal deinen Teufelskreis zu durchbrechen.»

Stian hob den Kopf. Aiden betrachtete ihn aus gesenkten Lidern. Eine schwierige Sache. «Mal angenommen, ich würde ja sagen, was bekäme ich, rein hypothetisch, als Antwort?» Denn seine würde er sich genau überlegen, sollte Aiden ihm komplett falsche Signale gesendet haben. Ein kleiner, hoffnungsvoller Teil nahm das nicht an, doch er hatte nie andere Erfahrungen gesammelt.

«Rein hypothetisch faszinierst du mich und rein hypothetisch kann ich mir das mit dir vorstellen.»

«Rein hypothetisch: in welchem Ausmaß?»

«Keine Bettgeschichte. Was das betrifft, habe ich keine Geduld, Erwartungen zu erfüllen. Ich weiß prinzipiell sehr genau, was ich will.»

Das glaubte er Aiden sofort. Er musterte sein Gesicht, suchte nach Zweifeln oder einem Rückzug, doch fand er nichts als Offenheit.

«Lass es uns versuchen», meinte Stian ruhig, die Hypothesen weglassend. «Aber bitte keine Treffen im Wochentakt. Ich weiß, dass es mit dem Dienstplan schwierig ist und es Zeiten geben wird, in denen wir uns wirklich nicht sehen können, doch das sollten Ausnahmen bleiben.»

«Das hat dir ziemlich zugesetzt.»

«Ich war enttäuscht. Plötzlich küsste mich

jemand, bei dem ich mir nie eine Chance ausgerechnet hätte. Dann die ernüchternde Tatsache, dass es zeitmäßig überhaupt nicht passt. Wenn ich mich auf jemanden einlasse, dann vollständig. Ich will keine Termine machen müssen. Übrigens danke an dieser Stelle, dass du deine Seele an den Teufel verkauft hast.»

«Du hast mir gar keine andere Wahl gelassen», gestand Aiden und fuhr ihm durchs Haar. «Deine Resignation war so tiefgreifend, dass ich nicht anders gekonnt habe, als irgendwas zu tun. Ich wollte wirklich Zeit mit dir verbringen. Das war ernst gemeint. Also musste ich eine Möglichkeit schaffen.»

«Du bist ziemlich anders», offenbarte Stian. «Ich habe bisher niemanden kennengelernt, der sich in diesem Ausmaß reflektiert und einsichtig zeigt.»

«Ich stehe zu meinen Fehlern. Aber das erwarte ich auch von anderen, was es manchmal schwer macht.»

«Es sind gute Eigenschaften. Ich glaube, bei mir weißt du schnell, woran du bist.»

«Weil du ohne Unterlass redest?», feixte Aiden.

«Ey! Irgendwer muss deine Wortkargheit kompensieren.»

«Das schaffst du gut.» Belustigung klang in seiner Stimme mit, die Stian über den Rücken rieselte. Er legte den Kopf auf seinen Bauch, streichelte die winzigen Härchen, die Richtung Schritt führten. Allmählich kroch Kälte über sie hinweg und Stian sog die Wärme zwischen ihnen tief in sich auf.

Diese Situation war so unwirklich, dass er kaum glauben konnte, sie tatsächlich zu erleben.

Ob sie zusammenpassten, würde die Zeit zeigen. Er mochte diesen von Schwärze umgebenden Menschen, der ihm Rätsel aufwarf und wollte wissen, welche Geschichte sich hinter seinem Verhalten verbarg. Seine größte Hoffnung war, Aidens Vertrauen zu gewinnen.

Kapitel 7 – Aiden

Soll ich dir einen Tee bringen?» Sorgenvoll musterte er Waltraut, die kalkweiß unter der bunten Bettdecke lag. Immer wieder wurde sie von Hustenanfällen geschüttelt.

«Nein, mein Schatz.» Ein schwaches Lächeln huschte über ihre Lippen. Leider hatte die Erkältungswelle auch vor seiner Oma keinen Halt gemacht. Eigentlich hatte er einen Ausflug zum nächstgelegenen See geplant, um dort eine große Runde mit ihr spazieren zu gehen. Heute wurde daraus nichts.

«Ich hoffe, du wirst schnell wieder gesund.»

«Du solltest gar nicht kommen. Nicht, dass du dich bei mir ansteckst.»

«Mach dir keine Sorgen, ich habe ein gutes Immunsystem.»

«Meinst du, Viren und Bakterien machen vor dir Halt, weil sie mit deiner Finsternis verschreckst?»

Aiden lachte und zog den Ledermantel aus. Er warf ihn über einen Stuhl und nahm im Sessel Platz, der ein Stück vom Bett entfernt stand. «Davon gehe ich ehrlich gesagt aus.»

«Wenn das nur so einfach wäre ... Nimm dir ruhig einen Keks.» Auffordernd deutete seine Oma auf die geschlossene Kekspackung auf dem kleinen Tisch. Aiden griff danach. «Chocolate

Chip Cookies», las er laut. «Soll ich dir einen rüberreichen?»

«Bloß nicht. Das Krümelzeug bleibt mir im Halse stecken und bringt mich unter die Erde.»

«Lieber nicht.» Aiden nahm sich einen Keks und aß ihn entspannt. Sein Blick glitt durchs Fenster hinaus in den Garten der Seniorenresidenz. Die Sonne schien, der Himmel war klar. Es war ein schöner Tag.

«Was gibt es Neues bei dir?», erkundigte sich Waltraut heiser. Das Kratzen in ihrer Stimme tat ihm im Hals weh. Kaum merklich verzog er das Gesicht.

«Die Lage auf Station entspannt sich allmählich. Weniger Dienste für mich.»

«Was machst du mit deiner neu gewonnenen, unendlichen Freizeit? Pausenlos joggen?»

Er dachte an Stian. Unweigerlich zuckten seine Mundwinkel. Der würde ihm einen Vogel zeigen, wenn er seine Zeit lieber mit Joggen als mit ihm verbrachte. Stian war nicht anhänglich, hatte aber klare Prinzipien in einer Partnerschaft.

Aiden versuchte, die begrenzte Zeit, die sie zwischen Schichten und Schlafmangel besaßen, bestmöglich zu nutzen. Den einzigen freien Tag, den sie bisher gehabt hatten, hatten sie zuhause verbracht. Essen. Küssen. Schlafen. Reden. Wieder Essen. Wieder Schlafen. Ihr Zusammensein hatte sich schön angefühlt. In Stians Anwesenheit war sein Innerstes ruhiger.

«Nicht ganz», gestand er. «Ich treffe mich

regelmäßig mit Stian.»

«Ach, sag bloß!» Seine Oma hustete, ließ sich aber nicht beirren. «Ist das so eine Bettsache oder was anderes?»

Aiden fuhr sich mit der Hand durchs Haar. Beides. Mehr. Stian stellte Dinge mit ihm an, die an seiner Disziplin kratzten.

«Was anderes», gab er zu. Es auszusprechen, fühlte sich neu an. Die letzten Male waren nämlich in die Kategorie: Bettsache gefallen. Doch egal wie seine Antwort ausfiel, er wusste, dass dieses Wissen bei seiner Oma sicher war. Kein Hinterfragen. Kein Abwerten oder Beurteilen. Das kleine Heimzimmer war ein Zufluchtsort, in dem er über Gefühle reden konnte.

«Aiden, wie schön! Endlich!» Ihre Augen funkelten. «Stian ist ein hübscher, sympathischer Mann. Wann bringst du ihn mit? Vorgestellt haben wir uns ja schon.» Sie zwinkerte ihm zu.

Daran hatte er noch gar nicht gedacht. Die Zeit mit seiner Oma war für ihn immer privat gewesen – ein geschützter Teil seines Lebens, den er bislang niemandem gezeigt hatte. Kein Mensch war ihm je so nah gekommen. Wenn er an Stian dachte … verspürte er keine kategorische Abwehr. Keine innere Mauer, wie sonst.

Stian würde dieses Vertrauen zu schätzen wissen, vor allem weil Aiden über die anderen Dinge nicht reden wollte. Ihm war klar, dass er ihm in irgendeiner Hinsicht entgegenkommen sollte, wenn sie wirklich eine Beziehung aufbauen wollten. Leicht würde es sicherlich nicht werden. Doch seine Oma hatte recht. Sie kannten sich bereits, wenn auch nur flüchtig.

Aiden war es leid, kurzfristige, komplizierte Verhältnisse zu führen. Und Stian war ein Mann, der ihm ebenbürtig begegnete. Eine außergewöhnlich vielversprechende Ebene. Beruflich wie privat.

«Ich werde mit ihm sprechen. Wenn es dir wieder besser geht und es bei uns passt, würde ich sonst Ende der Woche mit ihm vorbeikommen.»

«Ich hege die Hoffnung, dass ich bis dahin fit wie ein Turnschuh bin.»

«Du übertreibst maßlos. Du kannst froh sein, wenn du fit wie ein ausgetretener Turnschuh bist. Wir telefonieren ja davor. Du hältst mich auf dem Laufenden.»

«Meinst du, ich lass mir hübschen Herrenbesuch entgehen?» Sie schnalzte mit der Zunge. Ein Geräusch, das sofort in einem Hustenanfall endete. Aiden hoffte ernsthaft, dass es ihr bald besser ging. Waltraut war bereits ein paar Tage krank und die Erkältung hielt sich hartnäckig – wie bei vielen seiner Kolleginnen.

«Das ist meiner», meinte Aiden entschieden. Waltraut gluckste.

«Ich verstehe schon. Sollen wir dann den heutigen, geplanten Ausflug nachholen?»

«Ja, das dachte ich.»

«Gut. Ich gebe mein Bestes.»

Das tat seine Oma immer. Sie war ein kleines,

taffes Stehaufmännchen, vor dem er riesigen Respekt hatte. Sie hatte vor ihrem Ehemann ihr eigenes Kind beerdigt. Trotz dieser Schicksalsschläge war sie nie gebrochen worden.

Aiden nahm sich einen weiteren Keks. Ein wenig Nervennahrung konnte er gut gebrauchen. Die nächsten harten Dienste würden kommen. Außerdem hatte er in den letzten Wochen ein paar Kilo abgenommen, was bei seiner Statur auffiel. Er wollte nicht zu dünn werden. Er mochte es nicht, wenn die Beckenknochen hervorstachen.

Als er den fünften Keks vertilgt hatte und Waltraut aus dem Husten gar nicht mehr herauskam, bereitete er ihr einen Bronchialtee zu. Zusätzlich holte er vom Personal ein Kirschkernkissen, das er ihr behutsam auf die Brust legte. Sorgenvoll betrachtete er seine Oma, hielt sich mit gut gemeinten Ratschlägen jedoch zurück.

«Danke. Du sollst aber nicht arbeiten, wenn du bei mir bist.»

«Ich würde das auch für dich tun, wenn ich kein Pfleger wäre.»

Vorsichtig nahm sie einen Schluck. «Das tut gut. Entspannt sich alles ein bisschen.»

«So soll es sein. Kann ich noch etwas für dich tun?»

«Deine Zeit sinnvoll nutzen. Ich danke dir für deinen Besuch, aber ich werde mich gleich schlafen legen, damit ich euch Ende der Woche zur Verfügung stehe.»

«Okay. Wenn du was brauchst, rufe mich an.»

«Natürlich, mein Schatz.»

Er hauchte ihr einen Handkuss zu und verließ das Zimmer. Aiden drückte ihr die Daumen, dass die Genesung voranschritt.

«Bist du sicher, dass das kein Fehler ist?» Stian schaute skeptisch zu ihm auf. «Wie lang ist das her, drei oder vier Wochen?»

«Vier.»

«Hast du die Tage gezählt?»

«Nein, ich bin nur aufmerksam.»

«Ach so nennt man neuerdings die Sehnsucht nach dem besten Kollegen der Welt.» Anzüglich wackelte Stian mit den Augenbrauen. Aiden kam nicht umhin, als zu lachen.

«Manchmal bist du ein kleiner Spinner.»

«Gib es zu, du hast mich vermisst.»

«Natürlich.» Aiden lauschte in Richtung Flur, reges Treiben, Stimmengewirr, flüchtig ein Blick aus der Tür, dann beugte er sich zu Stian hinunter und raubte sich einen kurzen, sinnlichen Kuss. «Das hier auch.»

Stians Blick glühte. «Vielleicht ist das doch keine so gute Idee, zusammenzuarbeiten. Ich habe da eine Kleinigkeit unterschätzt.»

Aiden nahm neben ihm Platz. «Das hättest du dir früher überlegen müssen.» Beiläufig legte er eine Hand auf Stians Oberschenkel und streichelte die Innenseite.

«Ist das dein Ernst?», empörte er sich und

versuchte, die Hand wegzuschieben. Aiden ließ sich nicht beirren. «Das Gute ist, in dieser Position kann ich dich seelenruhig betatschen, ohne dass es jemand sieht.»

«Aber das Problem an dieser Sache ist, dass alle die Auswirkungen nach der Übergabe mitbekommen werden.»

«Hast du dich nicht im Griff?», meinte Aiden belustigt.

«Wie denn? Du trägst eine Maske aus Unschuld im Gesicht, während du meinem Schritt immer näherkommst», zischte er durch zusammengebissene Zähne. «Ernsthaft, wir müssen uns um deine Unersättlichkeit kümmern.»

«Ich wüsste da was.» Aiden hob einen Mundwinkel. Sie hatten noch nicht miteinander geschlafen. Schuld daran war der Zeitmangel. Allmählich wurde die Situation auf Station besser, aber sie befanden sich immer noch in der Spanne, in der es keine Übereinstimmung ihrer Dienste gab, bis auf heute.

Dazwischen hatten sie sich nur kurz gesehen, aber mehr als ein gemeinsames Essen oder ein Handjob war nicht möglich gewesen. Zwischen Tür und Angel wollte er Stian nicht nehmen, sondern wenigstens einen Abend zusammen verbringen und ihr erstes Mal vollkommen auskosten. Für Stian war es ohnehin eine Weile her.

«Wie sieht es nach Dienstende bei dir aus?»

«Eigentlich hatte ich vor, meinen Freund nach langer Zeit mal wiederzusehen.»

Aiden wandte sich ihm zu. Es war das erste Mal, dass Stian ihn so nannte. Freund. Diese Bezeichnung traf ihn unvermittelt. Er konnte sich kaum erinnern, wann er zuletzt so bezeichnet worden war.

«Das passt gut», erwiderte er, seltsam ergriffen.

Noch ehe sie weitersprechen konnten, kam die Frühschicht ins Dienstzimmer und reichte ihnen die Übergabezettel. Dankend nahm Aiden einen entgegen.

«Werdet ihr noch mehr?», fragte Stella und schaute sie beide an.

«Eigentlich stand Lisa noch auf dem Plan.»

Diese kam in diesem Moment ins Zimmer gehechtet, völlig atemlos.

«Sorry, ich habe keinen Parkplatz gefunden.»

«Alles gut, du bist pünktlich», meinte Aiden. Es war exakt Dienstbeginn.

«Habt ihr heute beide Spätschicht?»

«Ja», antwortete Stian.

«Krass, dass ich das noch mal erleben darf. Hades persönlich und seine rechte Hand.»

«Hat sich herumgesprochen, dass Stian zur dunklen Seite gehört?», wollte er wissen. Aiden war sich sehr sicher, dass sie nichts nach außen hatten dringen lassen. Das konnte es nicht sein.

«Ob du ihn bekehrt hast, keine Ahnung, aber eure Kommunikation miteinander, die einfach stumm erfolgt, ist schon beeindruckend. Das fiel nach den ersten Diensten auf.»

«Keine Sorge, wir schließen dich nicht aus.»

«Ihr wisst schon, dass ich anwesend bin, oder?», schaltete Stian sich ein. «Und normalerweise kann ich für mich selbst sprechen.»

«Achso, ich dachte, du besprichst dich gedanklich mit Hades.»

Stian verdrehte tatsächlich die Augen und beugte sich zu Aiden. Für Lisa hörbar flüsterte er: «Wir müssen sie heute gut im Auge behalten. Sie ist nicht koscher.»

Übertrieben ernst nickte Aiden. «Vor dem Fahrstuhl steht noch ein Bett mit Gittern. Notfalls müssen wir sie mit Mullbinden fixieren.»

«Okay.»

Lisa wechselte mit ihnen jeweils einen Blick, bevor sie in schallendes Gelächter ausbrach. «Ihr seid verrückt.»

Als alle am Tisch saßen, begann Stella mit der Übergabe. Sie übernahmen die drei Gruppen aus dem Frühdienst. Nach zwei weiteren Teilübergaben teilten sie sich auf. Lisa übernahm die Überwachung, während Aiden und Stian die restlichen Zimmer betreuten. Es versprach ein arbeitsintensiver Dienst zu werden, was derzeit leider ein Dauerzustand war.

Zusammen mit Stian ging er in den hinteren Teil des Stationflurs. Vor einem Pflegewagen hielten sie inne. Aiden benötigte Pflasterstreifen und Tupfer, weil er einen Zugang ziehen musste, Stian Einwegspritzen mit Kochsalzlösung zum Durchspülen.

«Den hätten sie ja mal auffüllen können», kommentierte Stian, während er wild in der Schublade nach dem benötigten Material suchte.

«Stellst du Ansprüche?»

«Ne. Ich hasse es, mit Nichtigkeiten anfangen zu müssen, statt mit der eigentlichen Arbeit.» Stian nahm sich zusätzlich Combistopper aus dem Fach.

«Ich gebe dir recht. Allerdings besitzen nicht alle Kolleginnen den Anspruch, die Station ordentlich zu hinterlassen.»

«Da bleibt die Arbeit an anderen hängen, was nicht zielführend ist. In solchen herausfordernden Phasen wie jetzt, wäre es schön, gemeinsam an einem Strang zu ziehen, weil wir alle genug zu tun haben. Ich möchte nicht andauernd für andere nacharbeiten, was ich zwangsläufig muss, weil ich die Materialien ebenso benötige.»

«Höchstwahrscheinlich wirst du das nicht ändern können.»

«Ich bin dafür ja auch nicht zuständig», konterte Stian. «Außerdem erledige ich meine Arbeit vernünftig, weil das mein Anspruch ist.»

Zugegeben, Aiden fand ihn ziemlich niedlich, wenn er sich aufregte. Stians dunkelgrüne Augen funkelten, sein Gesicht war leicht erhitzt, das Haar wuschelig.

Er kam nicht umhin, diesen Mann äußerst attraktiv zu finden und bedauerte zutiefst, dass sie eine Schicht absolvieren mussten. Dennoch hörte er auch die berechtigte Kritik.

«Soll ich das als offizielle Beschwerde annehmen?»

«Ja, weil es nicht das erste Mal ist.»

Aiden nickte ernst. «Ich kümmere mich drum.»

«Danke.»

«Ich helfe gleich, die Pflegewagen aufzufüllen, aber erstmal muss ich den Zugang ziehen.»

«Und ich Infusionen anhängen beziehungsweise abnehmen. Bis gleich.»

Sie lösten sich voneinander. Für einen Moment schaute Aiden ihm hinterher und musste unwillkürlich lächeln.

Die nächsten Stunden verbrachten sie damit, ihre Arbeit zu erledigen. Sie hatten in ihren Patientengruppen drei Patienten, die regelmäßig positioniert werden und mit neuem Inkontinenzmaterial versorgt werden mussten. Wenn es möglich war, forderten sie gegenseitig Hilfe vom jeweils anderen ein und standen gemeinsam am Bett, oft genug jedoch allein. Aiden musste feststellen, dass mehrere Bereiche nicht aufgeräumt waren.

Der Spülraum sah furchtbar aus, Wäschesäcke waren nicht ausgewechselt worden und im Medikamentenraum war gefühlt nichts mehr an Ort und Stelle. Das Suchen hielt auf und nervte ihn.

Lisa kam auf ihn zu und regte sich berechtigterweise über dieselbe Thematik auf. So chaotisch hatte er die Station selten vorgefunden.

Ein paar Minuten später stand er mit Stian

wieder an einem Patientenbett. Gemeinsam zogen sie die Frau zum Kopfende, damit sie aufrecht sitzen konnte und besser Luft bekam.

«Ich bin bei mir fürs Erste durch. Benötigst du noch Hilfe?», erkundigte sich Stian.

«Nein. Ich muss nur noch Frau Tamke für die morgige Koro vorbereiten. Frag Lisa und dann macht Pause.»

«Alles klar.»

Aiden sammelte die benötigten Utensilien zusammen. Der Eingriff war über die Radialis geplant, doch um bei eventuellen Komplikationen auf eine andere Arterie ausweichen zu können, bereiteten sie die Patienten ebenfalls im Leistenbereich vor.

Für Frau Tamke war es nicht der erste Eingriff dieser Art. Dementsprechend kannte sie das Prozedere und ließ das Rasieren über sich ergehen. Sie war gesprächig und nutzte die Zeit, sich mit Aiden zu unterhalten. Angst hatte sie keine und sie freute sich auf die baldige Entlassung. Als Aiden das Zimmer verließ, lächelte sie ihm freundlich zu.

Lisa und Stian saßen bereits im Pausenraum, als er dort eintraf. Aiden nahm sich einen Kaffee und setzte sich zu ihnen an den Tisch. Stian schenkte ihm ein flüchtiges Lächeln, bevor er sich wieder aufmerksam Lisa zuwandte. Aiden nahm still an ihrer Konversation teil.

«Du hast was Besseres verdient», meinte Stian voller Überzeugung an seine Kollegin gewandt. «Ein Typ, der sich nicht bei dir meldet oder es nur tut, wenn er etwas von dir will, hat kein Interesse an einer aufrichtigen Beziehung.»

«Das sagt sich leicht. Wenn wir zusammen sind, ist er total nett und zuvorkommend.»

«Wie oft seid ihr danach im Bett gelandet?»

Lisa wurde rot.

«Na bitte. Nur, wenn er was will. Männerlogik, leicht zu durchschauen.»

«Aber Stian ...», quengelte Lisa gefrustet. «Was soll ich machen?»

«Dir jemanden suchen, der dich nicht nur in der Kiste haben will oder dich ausnutzt. Offensichtlich möchte du das nicht.»

Stian nahm sich eine Paprika aus der Brotdose und knabberte an dieser, Lisa spielte an der Tischkante.

«Ich möchte nicht weiter über mich sprechen. Erzähle mir lieber, wie wir dich verkuppeln können. Ist ja nicht auszudenken, dass jemand wie du Single bleibt.»

Stian kaute unbeirrt weiter. «Du brauchst mich nicht zu verkuppeln.»

«Es muss doch einen heißen Kerl für dich geben, der ernste Absichten hegt.»

«Gibt es bestimmt», meinte Stian vage. Aiden bemerkte, dass er absichtlich den Blickkontakt mied. Gemächlich trank er einen Schluck und lehnte sich im Stuhl zurück.

«Sag bloß! Du hast jemanden klar gemacht?»

«Hatten wir nicht eben davon gesprochen, dass es nicht nur ums Eine geht?»

«Weich nicht aus. Erzähle mir alles! Sieht er heiß aus? Wo hast du ihn kennengelernt?»

«Hier im Krankenhaus. Ich würde sagen, er ... sieht ganz passabel aus.»

Der Schluck, den Aiden gerade nehmen wollte, landete in der falschen Röhre. Husten kämpfte er die Flüssigkeit hinunter und erntete zwei überraschte Blicke. Empört schaute er Stian an. «Du beschreibst diesen Typen als passabel?», presste er keuchend hervor. Stian klopfte ihm hilfsbereit auf den Rücken. Obwohl er nicht lächelte, war das Funkeln in seinen Augen deutlich zu erkennen. «Weißt du, meistens werde ich als nett bezeichnet. Da erscheint es mir nur fair, jemanden zu daten, der annehmbar ist.»

«Wird ja immer schlimmer», röchelte er und nahm vorsichtig einen weiteren Schluck, um das Kratzen in der Kehle loszuwerden.

«Es geht ja nicht nur um die äußeren Attribute, sondern vor allem um die inneren Werte. Also, falls es euch beide interessiert: Ich mag diesen Mann. Und ich kann mir vorstellen, dass es langfristig passt.»

«Oh wie aufregend!» Lisa hibbelte auf dem Stuhl herum. «Auf welcher Station arbeitet er? Vielleicht kenne ich ihn ja.»

«Kann gut sein», wich Stian aus. «Da die Sache zwischen uns noch frisch ist, möchte ich keine weiteren Infos geben.»

«Wie unfair. Jetzt sitze ich auf heißen Kohlen und werde die ganze Zeit rätseln.»

«Komme nur nicht auf die Idee, die Station wegen ihm zu wechseln», kommentierte Aiden, inzwischen wieder bei Atem, aber merkwürdig gerührt. Dass Stian ihn mochte, hinterließ ein eigenartiges Gefühl in der Brust. Das kannte er nicht. Selten hatte jemand zu ihm gestanden. Aiden bewunderte ihn dafür, dass er einen Weg gefunden hatte, ihn zu schützen und sich gleichzeitig zu ihrer Beziehung zu bekennen. Aiden fiel so etwas nicht leicht.

«Keine Sorge, Hades. Ich muss deine rechte Hand bleiben.» Stian zwinkerte ihm zu.

«Mal abgesehen davon, dass du nun vergeben bist, würdet ihr zwei auch ein kompatibles Paar abgeben», meinte Lisa nachdenklich. «Ihr versteht euch gut.»

«Jetzt bringe ihn nicht in Verlegenheit.» Stian schenkte ihm ein entschuldigendes Lächeln. Lisa warf ihnen beiden einen Blick zu. In dem Moment, als sie erneut etwas sagen wollte, ertönte eine Patientenklingel. Aiden erhob sich. «Ich gehe.» Er würde die restliche Pause im Anschluss nehmen, in der Hoffnung, dass die anderen beiden ihrer Arbeit wieder nachgingen.

Tatsächlich dauerte sein Aufenthalt in dem Zimmer länger, da der Patient eingenässt hatte und das Bett neu bezogen werden musste. Gut zwanzig Minuten später trat Aiden wieder auf den Flur und atmete leise aus.

«Alles okay?»

Kaum merklich zuckte er zusammen. Er hatte

Stian nicht bemerkt. «Alles gut, danke.»

«Ich habe dir einen frischen Kaffee hingestellt. Beende deine Pause. Lisa und ich haben alles im Griff.» Stians Blick wirkte forschend. «Habe ich vorhin etwas Falsches gesagt?», fragte er leiser.

«Nein.»

Ein kurzes Nicken.

«Meinst du, sie ahnt etwas?»

«Bestimmt. Frauen besitzen eine gute Intuition.»

«Tut mir leid, wenn ich dich in Bedrängnis gebracht habe.»

Aiden neigte den Kopf leicht zur Seite. Bevor er etwas erwidern konnte, klingelte das Diensttelefon. Es war ein Kollege einer anderen Station, der einen bestimmten Gerinnungshemmer benötigte. Im Vorbeigehen streifte er flüchtig Stians Hand, bevor er zum Medikamentenraum lief. Sie würden später sprechen.

Danach nahm Aiden den Rest seiner Pause und trank dankbar den Kaffee. Stian hatte an ihn gedacht. Es war nicht das erste Mal. Und es waren diese unzähligen Kleinigkeiten, die ihre Verbindung ausmachten.

Die letzten Stunden des Dienstes verliefen ruhig. Sie arbeiteten Hand in Hand, unterstützten sich und waren froh, als der Feierabend näher rückte und die Nachtschicht übernahm. Nach der Übergabe gingen Aiden und Stian gemeinsam zu den Umkleiden.

«Du bist still», bemerkte Stian. In seinen

Worten lag mehr als bloße Feststellung – eine unausgesprochene Frage.

Aiden zuckte mit den Schultern. «Vor allem bin ich müde.»

«Hast du schlecht geschlafen?»

«Ja.»

«Woran liegt es?»

«Stian, bitte», seufzte Aiden. «Ich kann gerade nicht …» Die letzten Stunden hatten ihm seine Energie geraubt. Manchmal hatte er diese Tage, an denen er sich ausgebrannt fühlte. Streng genommen hatte er mehrere Nächte ziemlich beschissen geschlafen – er kroch auf dem Zahnfleisch.

Wenn ihm der Schlaf fehlte, wurde die Membran zu seinen Erinnerungen zu dünn und sie fanden einen Weg in die Gegenwart. Es kostete ihn enorme Kraft, seine mentale Stärke aufrechtzuerhalten und nicht das Chaos übernehmen zu lassen. Heute hatte er den Schlafmangel kaum kompensieren können.

«Schon okay.»

Aiden hasste den Ausdruck auf Stians Gesicht. Dieses Zurückziehen von ihm, als würde er eine Mauer errichten. Im Fahrstuhl überbrückte Aiden die Distanz zwischen ihnen, vergrub den Kopf an Stians Halsbeuge und sog seinen Geruch tief ein.

Er brauchte Nähe. Sein Inneres war ein einziges Durcheinander und Körperkontakt hatte ihn immer beruhigt. Schon damals – als die Welt noch in Ordnung gewesen war, bevor er angefangen hatte, die meisten Menschen zu verachten.

In Stians Nähe fand er einen paradoxen Ruhepol: chaotisch, aber tröstlich. Er wollte ihn, mit jeder Faser. Sein Geruch war warm und würzig, eine Mischung, die ihn erdete und zugleich seine Sinne berauschte. Das Pling des Fahrstuhls ließ Aiden zurückweichen.

«Ich gehe kurz duschen. Wie sieht es bei dir aus?» Stian biss sich auf die Unterlippe, als wolle er die Frage am liebsten zurücknehmen. Aiden runzelte die Stirn.

«Heute nicht.» Er würde sich kurz frisch machen, geduscht hatte er erst morgens. Außerdem verspürte er wenig Lust darauf, obwohl ihn die Vorstellung, Stian nackt unter dem Wasserstrahl zu sehen, durchaus reizte.

«Okay, du brauchst nicht auf mich zu warten, sondern kannst gern vorgehen.»

«Ich dachte, wir laufen zusammen nach Hause», hakte Aiden ruhig nach, während sie zu den Spinden liefen. Ein paar andere Kollegen befanden sich im Gang, machten ihnen Platz. Stian zog einen Kugelschreiber und Notizblock aus der Kasaktasche und kritzelte hastig etwas hinein.

«Wir müssen uns nicht treffen, wenn du lieber deine Ruhe willst und ich dir zu viel rede.»

Aiden las die Worte. Er hatte offenbar falsche Signale gesendet oder Stian sie schlicht missverstanden. Nichts lag ihm ferner, als wieder einen Abend allein zu verbringen. In der letzten Zeit

hatten sie sich nur für flüchtige Momente gesehen. Stian war der Erste, der ihm fehlte. Der Erste,
den er um sich haben wollte.

«Ich warte auf dich», meinte Aiden entschieden und zog sich um. Stian verschwand wortlos
zu den Duschen. Kurze Zeit später trug Aiden
seine private Kleidung, in der er sich wesentlich
wohlerfühlte als in Farbe. Als er die letzte Schnalle
der Schuhe zuzog, kam Stian zurück, bereits halb
angezogen. Es fehlte nur noch das Oberteil.

«Ich bin immer wieder überrascht, wie schnell
du bist.»

Stian zuckte mit den Schultern. «Hab kein
aufwendiges Aussehen, um das ich mich kümmern müsste.» Stumm verfolgte Aiden, wie Stian
die letzten Kleidungsstücke überzog. Alles, was er
hätte erwidern können, wäre nicht für die Ohren
der anderen bestimmt gewesen.

Gemeinsam verließen sie die Umkleiden und
nahmen den Weg zum Ausgang. Draußen war es
finster, alle paar Meter flackerten Lichtkegel der
Straßenlaternen oder Autoscheinwerfern. Ihr
Atem vermischte sich mit der Kälte. Stian zog die
Schultern ein klein wenig hoch, starrte auf den
Gehweg – der Zug um seinen Mund wirkte ver-
härmt.

Einzelne Pflastersteine waren auf dem Weg
erhaben und stellten eine Stolperfalle dar. Doch
Aiden war sich sicher, dass Stian diese nicht wahr-
nahm.

«Ich mag deine Anwesenheit», durchbrach er

die Stille. Seine Gedanken wogen schwer und das Bedürfnis, Stian entgegenzukommen, war neu und anders. Er wollte nicht, dass Stian falsche Schlüsse zog oder Bedenken hatte – begründet darin, weil sie sich zu wenig kannten und Aiden ungern über sich sprach. Schon gar nicht darüber, was in ihm vorging.

Seine Gefühle waren schwarz. Alles, was Dunkelheit beinhaltete, hielt er unter Verschluss. Dennoch gab es vereinzelte Lichtblicke. «Und ja, ich benötige Ruhe, aber die finde ich nicht, wenn ich allein zu Hause bin. Ich suche sie ziemlich oft.» Er hielt kurz inne, schluckte, weil er verdammt noch mal nicht gut darin war, Zugeständnisse zu machen. Aiden suchte nach Worten. «Ehrlich gesagt finde ich sie in dir.»

Stian blieb ein paar Sekunden still. «Ich bin doch zentralnervös in deiner Nähe», erwiderte er schließlich, als könne er selbst kaum glauben, dass er jemandem Ruhe spenden konnte.

«Mag sein, aber es färbt nicht auf mich ab. Ich genieße es, wenn du da bist.» Aiden hätte tiefer graben müssen, um zu erklären, warum das so war. Tatsache war: In den letzten Jahren war ihm niemand begegnet, der die Fähigkeit besessen hatte, ihn zu regulieren. Stian hatte sie von Natur aus.

Ihre ersten Begegnungen, ihr erstes Treffen hatten ihm gezeigt, wie es war, wenn die Gedanken innehielten. Wenn der Druck wich, seine Fassade aufrechterhalten zu müssen. Er musste weniger gegen die Schwärze ankämpfen, die ihn sonst vereinnahmte.

«Wehe, dass ist in ein paar Wochen anders», meinte Stian mit belegter Stimme. Aiden streckte seine Finger aus, berührte sanft seinen Handrücken. Ein kleines Zeichen. Über Körperkontakt fiel es ihm leichter zu sprechen und er wusste, dass Stian verstand. Ihr Wohnhaus kam in Sichtweite und Aiden zog den Schlüssel hervor.

«Kommst du mit zu mir?», fragte er und hielt Stian die Tür auf.

«Ja. Aber ich werde heute nicht alt. Ich bin ziemlich müde, genauso wie du.»

«Wir könnten direkt ins Bett gehen.»

«Wäre der Abend dann nicht vergeudet?»

«Nein. Außerdem werden wir bestimmt nicht sofort einschlafen», hielt Aiden dagegen. Ihm schwebten andere Dinge vor. Küssen. Kuscheln. Zweisamkeit. Davon hatten sie viel zu wenig erlebt.

«Da wäre ich mir nicht so sicher.»

«Wir könnten miteinander reden.» Stian zuliebe würde er das tun, selbst wenn sein Kopf für heute eine Sendepause forderte.

«Ah, deine Lieblingsbeschäftigung», feixte Stian und trat in die Wohnung. Er entledigte sich der Straßenkleidung. «Ich weiß dein Angebot zu schätzen.» Dem schelmischen Grinsen nach zu urteilen, überlegte er es sich ernsthaft.

«Hast du noch Hunger?» Er selbst hatte vergessen, wann er die letzte richtige Mahlzeit zu sich genommen hatte.

«Nein, danke. Aber hast du zufällig ne Zahnbürste für mich? Sonst muss ich schnell hoch.»

«Bestimmt.» Aiden ging ins Bad, kramte im Schrank, in dem er Pflegeartikel aufbewahrte und wurde fündig. Er legte die Zahnbürste auf einen Stapel Handtücher.

«Liegt auf dem Fensterbrett.»

«Perfekt. Ich verschwinde kurz.»

Aiden selbst ging in die Küche. Die letzten Kaffees hingen brennend in seinem Magen, doch auf Kochen verspürte er keine Lust. Im Stehen biss er in einen Apfel, vielleicht nicht die beste Wahl bei der Übersäuerung, aber besser als nichts. Da fiel ihm ein, dass er irgendwo eine Packung Kekse von seiner Oma hatte. Kauend durchsuchte er mit einer Hand den Vorratsschrank. Gefüllte Cookies, Triple Chocolate. Okay, dass würde einen Zuckerschock geben und kurzfristige Energie. Er naschte den dritten Keks, als Stian zu ihm in die Küche kam.

«Irgendwie passt es gar nicht zu dir, dass du Süßes isst.»

«Warum nicht?», entgegnete er mit halbvollem Mund und hielt sich die Hand davor.

«Weiß nicht, du wirkst gesundheitsbewusst. Treibst du Sport?»

«Ich jogge.»

«Zur Hölle, ernsthaft?»

«Ja, für die mentale Gesundheit.» Aiden nahm das nächste Cookie.

«Willst du auch einen?»

«Nein, ich habe eben Zähne geputzt. Dann war der Eisbecher kein notgedrungenes Übel in der Eisdiele?»

«Ich liebe Karamell. Und Eis. Also nein, dass war eine sehr bewusste Entscheidung.» Da blitzte ein Gedanke auf. «Warte mal!» Er begab sich zum Tiefkühler und durchsuchte die Fächer. «Ha!» Sein Abendessen war gerettet. Ein ganzer Becher Eiscreme mit Karamellsoße.

«Du bist unglaublich.» Belustigt schüttelte Stian den Kopf. Aiden nahm einen Löffel aus der Besteckschublade, öffnete das Eis und kratzte darauf herum.

«Komm her, hier.» Auffordernd hielt Aiden ihm den Löffel entgegen. Dass das ein Fehler war, bemerkte Aiden erst, als Stian Augenkontakt haltend die Lippen darum schloss und das Eis genüsslich in den Mund nahm. Dieser Mann spielte ganz bewusst mit ihm und sorgte beinahe dafür, dass er den Becher zurück ins Gefrierfach stellte, um sich diesem Spiel ausführlich zu widmen. Stattdessen steckte er sich einen gefüllten Löffel in den Mund. Die kalte Süße lenkte ihn ab.

«Karamelleis mit Zahnpastageschmack ... gibt wahrhaft Besseres», kommentierte Stian und verzog leicht das Gesicht.

«Selbst schuld.»

«Du hast gesagt, wir gehen ins Bett – nicht, wir essen Eis und gehen dann.»

«Ich kann nichts dafür, dass du mich auf diesen Gedanken gebracht hast.»

«Also bin ich wirklich schuld?»

«Ja», meinte Aiden voller Überzeugung. «Willst du noch einen?» Ruckartig wurde ihm der Becher samt Löffel entrissen. «Ey, das ist Mundraub!»

«Handraub, aus dem Mund habe ich dir nichts geklaut.» Frech grinsend steckte Stian sich den Löffel in den Mund und stöhnte genüsslich. «Beim zweiten Mal ist es besser.» Aiden verschränkte die Arme vor der Brust. Innerlich lachte er. Offenbar wirkte er auf Stian angefressen, denn dieser streckte ihm den gefüllten Löffel versöhnlich entgegen. Seine Hand zitterte.

«Du bist tatsächlich nervös», stellte Aiden fest. Er hätte gedacht, dass sich das mit der Zeit legte.

«Habe ich dir gesagt.»

«Fühlst du dich unwohl?» Bevor das Eis den Boden küsste, aß er es.

«Nein, aber deine Anwesenheit stellt ziemlich verrückte Dinge mit mir an.»

«Und welche?»

«Zum Beispiel werde ich nervös.»

Er schnaubte belustigt, wurde dann jedoch ernst: «Brauchst du nicht. Ich will dir keine Angst einjagen.»

«Wenn ich mir über eine Sache im Klaren bin, dann dass das keine Angst ist», meinte Stian mehrdeutig und schaute ihn ebenso an. Aiden neigte sich zu ihm und kostete von den kalten, süßen Lippen. Was auch immer es war, es sollte nichts Bedrohliches für Stian sein.

«Sicher?», flüsterte Aiden.

«Definitiv.»

«Gut. Willst du das Eis noch essen?»

«Nein. Von mir aus können wir ins Bett.»

Das stand in seinem Sinn. Aiden musste nicht länger aufbleiben. Der Schlafmangel forderte seinen Tribut. Er hatte wilde Albträume gehabt, war wieder und wieder wachgeworden. Er hoffte auf eine bessere Nacht.

«Okay, ich komme gleich nach.»

Aiden räumte den Eisbecher weg, verstaute die angebrochene Kekspackung und verschwand anschließend im Bad. Er unterzog sich einer Katzenwäsche, bevor er nackt ins Schlafzimmer ging. Stian lag eingemummelt unter der Decke.

«Ist fröstelig hier», drang es gedämpft hervor.

«Ich finde es angenehm.»

«Als Vampir würde ich das bestimmt auch sagen.» Aiden gluckste, schob sich unter die Bettdecke und rutschte unmittelbar an Stian heran. Haut an Haut, überall, wo sie sich berührten.

«Besser?»

«Ja. Du bist ziemlich warm.»

«Irgendwelche Vorzüge muss ich ja haben, wenn mein Aussehen nur passabel ist.»

«Woher hast du es? Dein Aussehen, meine ich. Hat die Natur eine Schippe draufgelegt oder sind es ausschließlich deine Gene?»

«Ich glaube, du siehst mich übertriebener als ich bin.»

«Wenn ich unseren Kolleginnen Gehör schenke, untertreibe ich eher.»

Aiden zog die Augenbrauen in die Höhe und schlang einen Arm um ihn.

Sie lagen sich gegenüber, dass dunkle Grün schimmerte in dem warmen Licht der Nachttischlampe. Stian wirkte ernst und neugierig, eine faszinierende Mischung.

«Beides», beantwortete Aiden seine Frage. «Ich habe das Haar und die Augenfarbe meiner Mutter. Der Rest ist passiert.»

Stian streckte die Hand aus, fuhr die Konturen seines Gesichts nach – Augenbrauen, Nase, Lippen. Am Kinn hielt er inne.

«Was ein gelungenes Zufallsprodukt. Michelangelos David hat ernsthafte Konkurrenz.» Dann legte er erneut einen Finger auf Aidens Lippen, sah ihm direkt in die Augen. «Aber abgesehen davon zählen für mich wirklich andere Dinge. Ich glaube hier drin,» – er legte eine Hand auf sein Herz – «verbirgt sich ein wunderbares Wesen. Ich hoffe, du lässt es irgendwann zu, dass es mir vertraut.»

«Du siehst zu viel», meinte Aiden leise und legte seine Stirn an Stians. Ihr Atem vermischte sich, Minze verschmolz mit Eis.

«Ist das schlimm?», raunte Stian, seine Stimme durchdrang seinen Körper, ließ ihn sacht summen.

«Ich weiß es nicht. Es macht Dinge leichter, aber auch schwerer.»

«Dann lass´ uns uns zuerst um die leichten kümmern», bot Stian flüsternd an und neigte sich vor. Aiden überbrückte den letzten Abstand und küsste ihn zärtlich. Träge glitten ihre Münder übereinander, unsagbar sanft, was ihm ein völlig neues Gefühl bescherte. Dieser Kuss traf unglaublich tief, sodass Aiden kurz zurückweichen musste. Dunkelgrün erschien die Zuflucht, leicht wankend, diese dargereichte Hand, Vertrauen in einem Menschen zu finden.

Aiden schluckte. Das Schwarz verschob sich, er konnte es nicht aufhalten. Stattdessen beugte er sich erneut vor, nahm die anderen Lippen in Besitz, versuchte, nicht zu denken. Stian half ihm dabei.

Er ließ seinen Körper sprechen und Antworten finden. Mehr Berührungen, mehr Streicheleien. Ein sanftes, lustvolles Brennen, das seinen Leib durchzog und durch fähige Hände weiter befeuert wurde. Zeitgleich umfassten sie ihre Härten und stöhnten in den Kuss hinein. Aiden fühlte. Intensiv und klar.

Er zog Stian näher zu sich heran, drang tiefer mit der Zunge, wollte alles von ihm. Leidenschaft und Zärtlichkeit wogten miteinander. Er genoss Stians Geschmack, diese Mischung aus Minze und Eis, sauberer, neutraler Haut, als er ihm in den Hals biss und ein gefälliges Keuchen geschenkt bekam. Die kontinuierliche Reibung an seiner Länge, die immer wieder in der Stärke variierte, ließ Aiden in den Bewegungen fahrig werden, die Lust benebelte sein Hirn. Er schob sich auf Stian, begrub ihn unter sich, küsste ihn innig. Für einen Moment löste er sich, schaute auf ihn hinab, betrachtete das leicht erhitzte Gesicht, die geschwollenen Lippen, die ihn dazu einluden, weiterzumachen.

«Ich will dich, Stian. Schläfst du mit mir?» Aiden rieb verlangend ihre Unterleiber aneinander. Die Lust war wie Strom, die durch seine Adern floss. Stian stöhnte unter ihm.

«Ja», stieß er mit angerauter Stimme aus. Lasziv rekelte er sich, was Aiden den Verstand kostete.

«Wenn du weiter so machst, wird das nichts.» Stian lächelte verrucht. «Du meinst das hier?» Wieder eine verheißungsvolle Bewegung. Aiden knurrte. Er zog die Nachttischschublade auf, holte Gleitgel, Kondom und Handschuh hervor.

«Was hast du damit vor? Doktorspiele?», fragte Stian skeptisch.

«Warte es ab, du wirst es mir danken.» Mit einem Flapp saß der Handschuh. Großzügig verteilte Aiden das Gel. «Misstrauisch?», kommentierte er Stians zweifelhaften Blick.

«Ich ahne, was du vorhast.»

«Das hat keinen hygienischen Grund. Es gleitet besser.»

Bevor Stian komplett die Lust verlor, fing er dessen Lippen ein und gab ihm keinen Grund mehr, Fragen zu stellen. Sinnlich leckte er an seiner Zunge, saugte sanft daran und ging mit der Hand auf Wanderschaft. Das Ziel gefunden, umkreiste er mit dem Daumen den Eingang, übte mäßig Druck aus und steigerte die Intensität des Kusses.

Stian keuchte an seinem Mund. «Ja», stieß er rau aus und nickte kurz, was Aiden als Zustimmung nahm. Leicht drang er in ihn ein.

Ein Schnappen nach Luft folgte, Aiden zog ihn näher zu sich. Der Moment war alles. Intensiv. Verletzlich. Hingebungsvoll.

«Du hattest recht», meinte Stian heiser.

«Habe ich meistens.» Lachen vermischte sich mit Lauten der Lust. Atemlos. Hitzig. Stian drängte sich an ihn, berührte seine Haut, berührte ihn irgendwo in sich. Aiden fingerte ihn noch ein Stück tiefer. Der Körper unter ihm zuckte, wand sich verlangend.

Er rutschte hinab und umschloss mit dem Mund die glänzende Eichel. Aiden kostete die ersten Lusttropfen, verteilte sie mit der Zunge, während er Stian weiter dehnte.

«Fuck!», stieß dieser abgehakt aus, drängte sich ihm haltlos entgegen. Diese unverfälschte Hingabe steigerte seine eigene Lust. Aiden saugte fester. «Hör auf, ich komme gleich.» Mit einem letzten Zungenschlag entließ Aiden ihn und positionierte sich neu.

«Bereit?»

«Keine Ahnung, versuchen wir es einfach.»

Aiden zog den Handschuh aus, dafür das Kondom über und verteilte Gleitgel auf seiner Länge. Er beugte sich über Stian und hielt den Augenkontakt, während er vorsichtig vordrang.

«Langsam, okay?»

Aiden nickte konzentriert. Mit leichtem Druck drückte er ein paar Mal gegen den Widerstand, bis er diesen behutsam überwand und von einer atemraubenden Enge empfangen wurde. Er keuchte abgehakt. Stian streichelte seinen Nacken, seine Schultern, bescherte ihm angenehme Schauer. Ihre Blicke verflochten sich, innig, zärtlich.

Sacht begann er, sich zu bewegen, suchte Stians Hals, vergrub sanft die Zähne darin. Hitze sammelte sich zwischen ihren Leibern, während seine Bewegungen intensiver wurden. Mit jedem Stoß wurde Stian geschmeidiger, kam ihm entgegen, trank von seinem Mund das Keuchen.

Aiden spürte den herannahenden Orgasmus und hielt inne, was ihn alles an Kraft kostete. Er umfasste Stians tropfende Härte und trieb sie durch die Faust.

Erst als er merkte, dass Stian unter ihm bebte, nahm er den Rhythmus wieder auf. Finger krallten sich verlangend schmerzhaft in seine Schultern, zogen ihn hinunter. Lippen pressten sich hart auf seinen Mund. Sein gesamter Körper spannte sich an, Stian zuckte.

Mit einem heiseren Schrei ergoss sich dieser zwischen ihnen und mit dem nächsten Stoß beförderte Aiden sich über die Klippe. Heftig pumpend kam er und sank atemlos auf ihm zusammen.

Sein Herz schlug hart in der Brust, sein Atem ging keuchend, ein leichter Schweißfilm stand ihm auf der Stirn. Träge Finger streichelten seinen Kopf und gaben ihm das Gefühl, nicht völlig entrückt zu sein. Einen Moment später drehte er sich zur Seite, zog das Gummi ab und legte es zum Handschuh auf den Boden. Sein Bauch klebte von Stians Sperma, die Luft war erfüllt von Sex, die Stille durchdrungen von ihrem schweren Atem.

Er neigte den Kopf, um Stian anzusehen. Dunkelgrün ruhte auf ihm, tiefgründig, befriedigt. Stian tastete nach seiner Hand und verflocht ihre Finger miteinander. Das Summen der Lust verebbte allmählich, doch ein anderes Gefühl, nach dem er nicht greifen konnte, blieb.

Minuten vergingen, in denen keiner von ihnen ein Wort sagte. Es war ein angenehmes, gesättigtes Schweigen, in dem sie einander nah waren. Aiden schloss die Augen. Er genoss die Schwere seines Körpers, die vollkommene Entspannung, streichelte träge mit dem Daumen über Stians Handrücken.

«Kann ich dich etwas fragen?»

«Mh», brummte Stian schläfrig neben ihm.

«Hast du Lust am Sonntag einen Ausflug zum See zu machen mit Waltraut und mir?»

Blinzelnd heftete sich der Blick auf ihn.

«Du willst mich offiziell deiner Familie vorstellen?», vergewisserte Stian sich. Aiden nickte. Mehr als diesen Teil würde er niemals kennenlernen können. Denn der Teil, der von der Sippe noch lebte, den wollte Aiden niemals wiedersehen.

«Gern. Ich freue mich drauf.»

Stian drehte sich zur Seite und gab ihm einen zärtlichen Kuss, bevor er aufstand. «Ich verschwinde kurz im Bad.»

Aiden griff behelfsmäßig nach einem Taschentuch und wischte sich die Rinnsale von der Haut. Er würde später duschen, jetzt wollte er die Augen zu machen und schlafen. Als Stian zurück ins Bett kam, nahm er ihn in den Arm, zog die Decke zurecht und wünschte ihm eine gute Nacht. Es brauchte nicht lang, bis Aiden in der Wärme des anderen Körpers einschlief.

Kapitel 8 – Stian

Der Flur der Residenz war lichtdurchflutet. Sonnenstrahlen fielen durch die großen Fensterscheiben, die den Gang säumten. Die Wände waren in einem angenehmen Orangeton gestrichen, es roch nach Kaffee und Wäschezusatz.

Das Frühstück schien gerade durch zu sein. Geschirrklappern und verschiedene Stimmen vermischten sich zu einem unverständlichen Gewirr. Irgendwo röhrte ein Staubsauger, eine Tür wurde geschlossen. Die Geräuschkulisse war eine andere als im Krankenhaus.

Seine Hände schwitzten, in seiner Brust ein chaotischer Bienenschwarm, der unentwegt summte. Sie hatten einen Auftrag und der ließ ihn flau im Magen werden. In seinem Leben hatte Stian viele erste Mal hinter sich, doch dieses toppte alles. Er hatte die Nacht schlecht geschlafen, sein Inneres aufgewühlt, ein Mix aus Vorfreude und Übelkeit. Weil es kein zufälliges, sondern geplantes Treffen war.

Zwei betagte Damen saßen auf ihren Rollatoren, in einem Gespräch vertieft. Als sie in die Nähe kamen, schauten die beiden Frauen auf. Freudige Lachfalten erschienen auf den Gesichtern.

«Aiden!», begrüßte die eine Dame seinen Freund. Stian lief leicht versetzt hinter ihm.

«Na ihr zwei Schönen! Genießt ihr die Sonne?»

Stian blinzelte. Obwohl er nur Aidens Rückansicht genießen konnte, wusste er, dass dieser dieses unbestimmte Lächeln auf den Lippen trug. Sein Tonfall, im Abgang eine Nuance tiefer, galt normalerweise nur intimen Momenten.

«Was für ein Kavalier! Die letzten Tage war es grau – also ja. Selbst wenn es für uns alten Weiber draußen zu kalt ist, nutzen wir die Sonne. Holst du Waltraut ab? Und wer versteckt sich da hinter deinem Rücken?»

Also erstens: Stian versteckte sich nicht. Zweitens: Er kannte sich nicht aus und war darauf angewiesen, dass Aiden ihm den Weg zeigte. Doch wer auch immer diese ältere Dame war, ihm gefiel ihr Humor.

«Ich glaube nicht, dass Stian sich versteckt.» Aiden trat einen Schritt zur Seite und offenbarte ihn damit zwei neugierigen Blicken. «Und ja, wir wollen Waltraut mitnehmen.»

«Was für ein Hübscher!», rief die Dame entzückt aus und betrachtete Stian. «Wenn ich dreißig Jahre jünger wäre ... .»

«Hätte ich bestimmt keine Chance, weil ihnen die Männer reihenweise zu Füßen lägen», erwiderte er geehrt und grinste.

«Noch so ein Kavalier! Ach Rosie, was sind das nicht für charmante Männer!»

Rosie kicherte hinter vorgehaltener Hand und wirkte trotz ihrer geschätzten neunzig Jahre mädchenhaft. «Wir wollen euch gar nicht aufhalten. Viel Spaß euch», meinte diese, ihre Stimme glich einem hohen Krächzen. Behutsam tätschelte sie der anderen Dame den Arm und flüsterte hörbar: «Nun lass die beiden und bringe sie nicht in Verlegenheit.»

Sie verabschiedeten sich voneinander und setzten ihren Weg fort. Verblüfft schaute Stian kurz zurück. Die Damen unterhielten sich wieder innig. Als sie außer Hörweite waren, beugte Aiden sich in seine Richtung. «Hanni lässt nichts anbrennen, pass bloß auf», raunte er belustigt. Aidens Lockerheit überraschte ihn.

«Eifersüchtig?» Stian erntete einen undeutbaren Blick aus Kristallblau, ein feines Zucken um den Mundwinkel.

«Nein.»

«Ah, da ist sich jemand seiner sehr sicher», kommentierte Stian lässig. Im nächsten Moment bogen sie ab und er landete mit dem Rücken an einer Wand. Hungrige Lippen pressten sich auf seine. Kurz, heftig, ließen ihn nach Luft schnappen.

«Vorsicht.»

«Ist das eine Drohung?»

«Nein, ein Versprechen», wisperte Aiden und strich ihm über den Mund, bevor er sich abwandte. Stian schaute ihm perplex hinterher. «Warte, ich will dir nicht hinterherrennen!» Er holte den Abstand auf, sah das delphische Lächeln auf seinen Lippen und schnaubte. Aiden machte ihn wahnsinnig. Je länger er ihn kannte, desto mehr entdeckte er Seiten an ihm, die er ihm zuvor nicht zugetraut hätte.

Stian kam nicht umhin, dieses leichte, spielerische Besitzverhalten zu mögen, weil es ihm zeigte, dass er irgendetwas in Aiden auslöste. Was für ihn immer noch völlig unwirklich war. Doch die gemeinsame Zeit war intensiv, sie entdeckten sich mit jeder weiteren Stunde, die sie verbrachten. Aiden schenkte ihm Momente, die ihn berührten. Ziemlich heftig, ziemlich tief.

«Ich bin aufgeregt», gestand Stian, als sie vor einer Tür anhielten und Aiden im Inbegriff war, anzuklopfen.

«Ich auch.» Skeptisch schaute er seinen Freund an. Er wirkte wie immer. Wenn das seine Aufregung war, wollte Stian nicht wissen, wie er aussah, wenn er hysterisch wurde.

«Das hilft mir nicht.»

«Was bereitet dir Kopfzerbrechen?»

«Weiß ich nicht. Vielleicht mag sie mich doch nicht. Dann haben wir ein Problem, weil das der wichtigste Mensch in deinem Leben ist. Überhaupt, wie soll es weiter ...»

«Stian, meine Oma hat quer durch eine Eisdiele nach dir gerufen, um dich kennenzulernen. Der erste Eindruck ist längst vorüber. Glaube mir, sie mag dich.»

Stian seufzte. «Na gut, wagen wir es.»

Aiden lächelte ihm aufmunternd zu, bevor er klopfte und eintrat.

«Ah! Da seid ihr ja.»

«Pünktlich wie immer», meinte Aiden, trat zu seiner Oma, die im Sessel am Fenster saß und umarmte sie herzlich. Befangen hielt Stian sich im Hintergrund, die Tür im Nacken, um vielleicht doch die Möglichkeit zur Flucht zu haben. Unbewusst verschränkte er die Finger.

Er betrachtete die beiden, während sie ihre Begrüßung austauschten. Waltrauts ehrliche Freude, ihren Enkel zu sehen, flimmerte in der Luft. Aidens Ausstrahlung war plötzlich nicht mehr finster. Liebevolle Wärme pulsierte zwischen ihnen. Vertrauen besaß mit einem Mal ein Aussehen.

Je länger er die Szene betrachtete, desto bewusster wurde ihm, was Aiden ihm schenkte. Seine Kehle wurde eng. In diesem Moment wandten sie sich ihm zu. Innerlich richtete er sich auf.

«Stian! Wie schön, dass du kommen konntest.»

«Hallo Waltraut, die Freude ist ganz meinerseits.» Nach alter Schule gab er ihr einen Handkuss und lächelte freundlich.

«Oh! Ein Mann mit Manieren», rief Waltraut entzückt aus. Sie war eine hochgewachsene Frau, die tiefgraues, langes Haar hatte und wachsame, kristallblaue Augen. Die Ähnlichkeit war unverkennbar. «Ich muss schon sagen, mein liebster Enkel, du hast einen Glücksgriff gelandet.» Sie zwinkerte Stian zu.

«Ich weiß», bestätigte Aiden nüchtern, nahm

sich einen Keks aus der Packung, die auf dem Tisch stand und aß ihn im Stehen. «Geht es dir wirklich gut genug?»

«Ich sitze, habe einen Schlüppi an und hoffentlich auch die restliche Kleidung. Also ja mein Junge.»

«Warst du krank?», fragte Stian interessiert. Er wollte teilnehmen an ihrer Verbindung, selbst wenn er kein Teil war. Aufmerksam musterte er Aidens Oma. Waltraut war ein wenig blass, aber da er sie nicht wirklich kannte, wusste er nicht, ob das ihre Standardhautfarbe war.

«Also dafür, dass ich dir ständig in den Ohren hing, Stian mitzubringen, hast du offensichtlich wenig über mich erzählt», richtete sie an ihren Enkel und klopfte ihm auf den Arm. Es war also nicht Aidens Wunsch gewesen, ihn mitzunehmen. Etwas in Stian sackte zusammen.

Die Nervosität, die ihn bis hierhin begleitet hatte, verschwand. Sie wurde von einer dumpfen Schwere abgelöst, die ihm flau im Magen werden ließ.

Er hatte gedacht, dass Aiden ihn tatsächlich vorstellen wollte. Dass dieser Besuch bedeutsam war. Doch der intime Moment nach ihrem ersten Mal wurde nun von einem Schatten überlagert, der Stians gute Laune fast vollständig abflachen ließ. Er bemühte sich, eine freundliche Miene beizubehalten, aber innerlich war er traurig.

«Ich respektiere, dass Aiden nicht allzu viel erzählt», äußerte er diplomatisch. Aiden stand noch immer neben dem Sessel, sein Rücken gerade, ein Zucken seines Gesichtsausdrucks. Die Mauer war vollständig hochgezogen und versperrte Stian den Zugang. Damit hatte er nicht gerechnet. «Dafür kannst du es mir ja persönlich erzählen.»

Waltraut schaute zu ihrem Enkel, eine stille Kommunikation zwischen ihnen, bevor sie eine wegwerfende Handbewegung in Stians Richtung machte.

«Ach weißt du, welcher alte Mensch hat keine Gebrechen. Mich hat eine Erkältung ans Bett gefesselt, aber mir geht es wieder gut.»

Aiden setzte sich in Bewegung, ging an Stian vorbei, als wäre er nicht anwesend. Kein Kommentar zu Waltrauts Bemerkung, kein rettender Satz, der sagte: Ich wollte dich hier haben. Stian sah ihn an. Aiden tat nichts für, sondern gegen ihn. Seine Brust zog sich unangenehm zusammen.

Er wandte sich ab, zwang sich zu einem Lächeln, das auf den Lippen zitterte. Er hätte nichts lieber getan, als dieses Zimmer kommentarlos zu verlassen.

«Brauchst du noch etwas, bevor wir losfahren?», meinte Aiden und nahm eine Jacke aus dem Schrank, an dessen Kleiderbügel ein Schal drapiert war. Fragend schaute er seine Oma an und bewusst an Stian vorbei.

Er kam sich völlig fehl am Platz vor.

«Meine Tasche.»

Als Aiden die Sachen zusammengesammelt hatte, machten sie sich auf den Weg. Waltraut fuhr neben ihrem Enkel im Rollstuhl den Flur entlang, Stian bildete das Schlusslicht. Krampfhaft suchte er nach einer glaubhaften Möglichkeit, dieser Situation zu entfliehen.

Er wollte kein Beiwerk sein. Wollte nicht nur hinterhertrotten oder unerwünscht sein. So viel Stolz besaß er, als dass er das nicht mit sich machen lassen musste. Das Schlimme daran war, dass Aiden ihm das bisschen Zugeständnis nahm, das er zuvor erhalten hatte.

Die beiden unterhielten sich und Stian schwieg. Beim Auto angekommen, half er Waltraut dabei, auf dem Beifahrersitz Platz zu nehmen, während Aiden den Rollstuhl in den Kofferraum verfrachtete. Dennoch schien dieser jeden seiner Schritte zu beobachten. Als Waltraut sicher saß, schloss er vorsichtig die Tür. Über das Autodach hinweg schaute er Aiden an.

«Ich könnte hierbleiben.»

Aiden hielt in der Bewegung inne. Die Kofferraumklappe stand noch einen Moment zwischen ihnen, bevor er sie langsam schloss.

«Warum? Meine Oma möchte dich dabeihaben.»

«Ja, genau», stieß Stian aus, «*deine* Oma.» Das Ende des Satzes hatte er kaum hörbar von sich gegeben. Er öffnete die Autotür und setzte sich hinter den Beifahrersitz. Wenige Sekunden später nahm Aiden vorne Platz und fuhr los.

Stian schaute aus dem Fenster, sah Häuserreihen vorbeiziehen, Vorgärten, Laternenpfähle. Die Lüftung des Autos dröhnte in seinen Ohren, die leise Musik war kaum zu hören. Er fröstelte.

«So Stian, ich bin neugierig. Erzähle mir etwas über dich.»

Er schluckte seinen Ärger hinunter. Wenn es Waltrauts Wunsch war, ihn dabeizuhaben und kennenzulernen, würde er sich zusammenreißen.

«Was möchtest du wissen?», entgegnete er freundlich. Den Blick zum Rückspiegel vermied er.

«Kommst du von hier? Hast du Familie, Geschwister?»

«Die Antwort auf all deine Fragen lautet tatsächlich: Nein.»

«Oh, tut mir leid.»

«Muss es nicht. Ich bin freiwillig hierhergezogen und meine Familie hat sich von mir abgewandt, als ich mich geoutet habe. Das ist ein paar Jahre her.»

«Ah, da bin ich ja direkt in ein Fettnäpfchen getreten.»

«Ich kann offen drüber sprechen, sonst hättest du keine Antwort bekommen», meinte er ehrlich.

«Bedeutet das, dass du niemanden hast?»

«Na ja ...» Bis vor kurzem hatte er eigentlich einen Kumpel gehabt – und nun Aiden, zusätzlich die Kolleginnen von der Arbeit. Aber Familie? Die besaß er wirklich nicht. «Ja, so gesehen lebe ich allein.» Stian wusste nicht, was Aiden seiner Oma über die Art ihrer Beziehung erzählt hatte, dementsprechend hielt er sich mit Äußerungen zurück.

«Wie schade! Ein umso glücklicher Zufall, dass ihr euch getroffen habt.» Sie tätschelte Aiden den Arm, der ihr kurz zulächelte. Nachdenkliches Kristallblau begegnetem ihm. Zumindest hatte Aiden nicht verschwiegen, dass sie in irgendeiner Form eine Verbindung besaßen. Was die gesamte Situation jedoch nicht besser machte.

«Ja.» Mehr konnte er nicht sagen. Er mochte Aiden. Eine einfache Tatsache, die in diesem Moment wehtat.

«Und wie gefällt es dir auf der Kardiologie?»

«Ganz gut. Ich hatte ein paar Anlaufschwierigkeiten, doch mittlerweile habe ich mich eingefunden.»

«Wie macht sich mein Enkel dort?», Waltraut klang schelmisch. Stian fiel es zusehends schwerer, auf ihre lockere Art einzugehen, weil er sich nicht wohlfühlte. Kurz kam ihm der Gedanke, Aiden völlig anders darzustellen, als er sich auf Station zeigte, doch er verwarf ihn. Waltraut konnte durchaus stolz auf ihn sein.

Humor und Lässigkeit kosteten ihn Kraft – also ließ er sie bleiben. Ernst meinte er: «Ich bin zwar nicht allzu lang auf der Station, doch er wird von jedem sehr geschätzt. Er ist fair und aufmerksam zugleich. Einen besseren Kollegen kann man sich nicht wünschen.» Stian hielt kurz inne.

«Manchmal ... ist er sogar nett.»

Waltraut lachte aus vollem Halse, was in ein kurzes Husten überging. Vielleicht hatte sie sich gesundheitlich ein wenig überschätzt.

«Die Betonung liegt auf ´manchmal`», ging Aiden auf ihn ein. Stian schaute aus dem Fenster. Es wäre schön gewesen, wenn Aiden heute nett zu ihm gewesen wäre.

«Ich ahne, warum ihr euch mögt», kommentierte seine Oma.

Der eine mehr als der andere, dachte Stian. Im Bett war das anders. Da gab Aiden ihm das Gefühl, der wichtigste Mensch auf der Welt zu sein. Vertraute, aufregende Nähe, die ihn einnahm und suggerierte, dass seine Bedürfnisse und Empfindungen eine Daseinsberechtigung hatten.

Jetzt saß er mit ihm in einem Auto, die Stimmung angespannt, weil Aiden ihn gar nicht dabeihaben wollte. Stian verstand dieses widersprüchliche Verhalten nicht.

Das feine Band von Zuneigung und Nähe war in den letzten Tagen stärker geworden und Stian war voller Zuversicht gewesen, dass das zwischen ihnen echt war. Doch wahrscheinlich hatte er sich wieder hoffnungslos verrannt.

Nach einer halben Stunde erreichten sie ein Waldstück, in dem der See lag, den sie als Ziel auserkoren hatten. Er half Waltraut beim Aussteigen und führte sie zum Rollstuhl.

«An deiner Seite fühlt man sich, als könne einem nichts passieren.» Sie lächelte ihn herzlich an. Stian bemühte sich, eine sichere Stütze zu sein, war jedoch peinlich berührt. Von irgendeinem Menschen musste Aiden seine aufmerksame Art haben. Er ahnte, von wem.

«Vielen Dank.»

«Würdest du mich ein Stück begleiten? Ich möchte versuchen, bis zum See zu laufen.» Sie hakte sich bei ihm unter.

«Gern.»

«Oma.» Aiden klang warnend.

«Mach dir keine Sorgen, ich vertraue Stian.» Wenigstens einer aus dieser Familie. Aiden war keineswegs begeistert über ihr Vorhaben, dafür brauchte er den Mund nicht aufmachen. Seine gesamte Haltung drückte den Widerwillen aus.

«Ich passe gut auf sie auf», meinte Stian, als sie auf seiner Höhe waren. Alles in Aidens Körpersprache schrie «Hoffentlich!» – auch wenn er es nicht aussprach. Stian verstand seine Sorge, aber der offensichtliche Zweifel an seinen Fähigkeiten nagte.

Stian hatte in den letzten Jahren unzählige Menschen sicher begleitet, weitaus immobilere als Waltraut. Doch gerade jetzt sah Aiden ihn nur als unerwünschtes Beiwerk und nicht als den erfahrenen Pfleger, der er ebenso war.

Waltraut war nicht gangunsicher. Sie schritt einer Königin gleich an seiner Seite.

Sie gingen langsam und plauderten miteinander, während Aiden sich im Hintergrund hielt und den Rollstuhl schob.

Stians Nacken kribbelte unangenehm – die eindringlichen Blicke ließen sich nicht ignorieren.

Als der Zuweg endete, erstreckte sich vor ihnen ein kleines Waldstück, durch dessen Bäume das Wasser des Sees schimmerte.

Das Sonnenlicht durchbrach die Baumkronen, warf Strahlen zwischen die Stämme und erhellte fleckenweise den Boden. Moose und überwuchertes, morsches Altholz wirkten verwunschen, die Luft war erfüllt von fernen Vogelrufen und dem leisen Knacken und Knarzen des Waldes. Er atmete tief ein.

Der Geruch von Harz und Nadeln vermischte sich mit feuchter Erde und Laub. Es war ein wunderschöner Ort.

Die Schritte neben ihm wurden langsamer, sodass er sein Tempo anpasste und Waltraut beobachtete. Genauso wie Aiden besaß sie die Fähigkeit, ihren Gesichtsausdruck zu verschließen. Keine Erschöpfung. Kein Schmerz. Nur ein leichtes Stocken in der Bewegung.

«Möchtest du weiterlaufen?», erkundigte Stian sich. «Oder lieber den Rollstuhl benutzen?»

«Du bist aufmerksam», stellte sie fest. «Eine kurze Pause täte mir gut.»

Sofort war der Rollstuhl hinter ihr, sodass sie sich hinsetzen konnte. Aiden legte ihr eine dünne Decke um die Schultern.

«Soll ich schieben?», bot Stian an.

«Nein, ich mach das», schlug Aiden die Hilfe aus. Stian vergrub die Hände in den Jackentaschen und lief neben ihnen her. Er versuchte, sich auf die Schönheit der Umgebung zu konzentrieren, doch es misslang ihm. Die Aura neben ihm war eine Wand. Egal, was er tat oder sagte, er prallte an ihr ab. Sie besaß nicht mal Risse.

Der Weg unter seinen Füßen bestand aus brauner Erde, die an manchen Stellen ins Schwarze tendierte. Stöcker unterschiedlicher Größe lagen auf dem Boden, Rinde, Nadeln, Laubreste. Alte Fußabdrücke, Anhäufungen von Erde, vielleicht von Würmern.

Vor ihnen breitete sich ein riesiger See aus. Bei wärmeren Temperaturen war der bestimmt beliebt. Ein großer Spielplatz lag rechts von ihnen mit mehreren, überdachten Grillplätzen, linksseitig begann ein Rundweg.

Die Frische von Wasser mischte sich mit dem Geruch des Waldes, die Naturgeräusche mit ihren Schritten und den ruhigen Stimmen, von denen seine kein Teil war.

Stian runzelte die Stirn. Er sollte umdrehen, versuchen, nach Hause zu kommen. Zu oft hatte er in seinem Leben das Gefühl bekommen, unerwünscht oder wertlos zu sein. Aiden war heute Meister darin. Stian erkannte ihn nicht wieder. Waltraut hingegen schien interessiert, ihn näher kennenzulernen, doch das wog die kratzenden Empfindungen nicht auf.

«Stian?»

Irgendetwas streifte ihn an der Wange, wovor er automatisch zurückzuckte. Kristallblaue Augen fixierten ihn – durchdringend, intensiv.

«Ich habe nicht zugehört.»

«Habe ich bemerkt. Wo bist du gedanklich?»

«Hier.» Er wäre gern weiter weg gewesen, mental und körperlich. Aiden hielt inne, schien ihm nicht zu glauben. Erst da bemerkte er das Handy in dessen Hand.

«Könntest du kurz dableiben? Ich muss Sarah zurückrufen.»

Stian war versucht, zu schnauben, stattdessen nickte er kaum merklich. Während Aiden sich entfernte, schaute er ihm hinterher. Das Stechen in seiner Brust wurde nicht weniger. Innerlich seufzte er.

«Sollen wir weiterlaufen?»

Er wollte weiterhin höflich bleiben. Doch der wachsame, nachdenkliche Ausdruck in anderen kristallblauen Augen ruhte auf ihm. Er wollte sich abwenden. Überall hingen unausgesprochene Worte. Egal ob das gegenüber Aiden oder seiner Oma war. Allmählich zweifelte er an seinem eigenen Verstand. Er musste weg von dieser Familie, die ihn mit Blicken ständig zu sezieren schien. Wahrscheinlich hatte er Idiot in Großbuchstaben auf der Stirn stehen.

«Lass uns zu der Picknickbank dort hinten. Ich habe Kekse dabei.» Waltraut klopfte vielsagend auf die Tasche, die auf ihrem Schoß lag. Sie zwinkerte ihm zu und für einen Moment nahm ihre offene, fürsorgliche Art die Schwere aus seinem Herzen.

Unwillkürlich stieß er ein leises Lachen aus. «Okay. Halte dich gut fest.»

Er schob Waltraut eine kleine Anhöhe hinauf und schließlich an den Tisch. Sie beförderte die Packung Gebäck zutage und stellte sie auf die Platte.

«Butterkekse gefüllt mit Karamell. Mit Schokolade überzogen.»

«Ich liebe Karamell.»

«Irgendwie dachte ich mir das.» Waltraut lächelte warm. «Bediene dich.»

«Vielen Dank.» Stian nahm einen Keks und biss hinein. Das Gebäck zerging auf der Zunge und der süße Geschmack lenkte ihn für einen Moment ab.

«Darf ich fragen, wie lange das mit deiner Familie her ist?»

Stian kaute, schluckte. «Ungefähr zehn Jahre.» Mit den Augen suchte er die Gegend ab. Aiden telefonierte noch.

«Seitdem schlägst du dich allein durch?»

«Ja. Mit Achtzehn wollten sie mich rausschmeißen, also hatte ich zugesehen, dass es soweit nicht kam. Nach der Schule habe ich die Ausbildung zur Pflegekraft gemacht und konnte dadurch in ein Wohnheim ziehen. Der Rest fügte sich dann.»

Er nahm sich einen weiteren Keks. Waltraut schaute zu ihrem Enkel. «Warum hast du diesen Beruf gewählt?»

«Ich wollte etwas Sinnvolles bewirken und für

Menschen da sein, weil ich aus eigener Erfahrung wusste, wie es war, im Stich gelassen zu werden. Die Berufswahl habe ich nie bereut.»

Waltraut blieb einen Moment still, dann holte sie leise Luft. «Hat Aiden dir mal erzählt, warum er in die Pflege gegangen ist?»

«Nein.» Aiden hatte ihm so gut wie gar nichts über sich erzählt. «Ich weiß, dass es dafür einen Grund gibt. Man müsste blind sein, um das nicht erkennen zu können.»

«Ich würde dir gern ...»

Stian schüttelte den Kopf und unterbrach Waltraut: «Nein. Ich bitte dich, mir nichts zu sagen. Ich respektiere Aidens Entscheidung, über bestimmte Dinge nicht zu sprechen. Wenn er der Meinung ist, bereit dafür zu sein, wird er es tun.»

Nach heute war Stian keineswegs mehr überzeugt davon, ob Aiden jemals bereit wäre. Die nächsten Tage arbeiteten sie wieder entgegengesetzt. Diese Zeit würde Stian nutzen, um sich über einiges im Klaren zu werden. Vielleicht hatte das, was sie versuchten, keinen Bestand. Vielleicht würde Aiden ihm gegenüber nie Vertrauen aufbringen.

Das Problem an der Sache war, dass es da mittlerweile Gefühle gab, die er nicht ignorieren konnte. Weil Aiden auch andere Seiten besaß. Schöne, tiefgründige. Er mochte seine Art, sein Umfeld wahrzunehmen, mochte es, dass er aufmerksam und sensibel war. Die berufliche Kompetenz imponierte ihm, die Dunkelheit zog ihn magisch an. Sie waren sich in vielen Bereichen sehr ähnlich. Alles Tatsachen, die nicht von der Hand zu weisen waren. Wenn Nähe zugelassen wurde, war sowohl die zwischenmenschliche als auch die körperliche wahnsinnig intensiv. Umso verletzender war der heutige Rückschritt.

«Du bist wahrlich beeindruckend, Stian.»

Fand er nicht. Er besaß Prinzipien, griff oft in Mist und war der Inbegriff eines lebenden Pechvogels, was Beziehungen betraf. «Und ich wünsche mir für dich, dass mein Enkel den Mut aufbringt.»

Ihre Worte rührten ihn. Mühsam schluckte er Karamell mit Schokolade. Er beobachtete Aiden dabei, wie er das Handy in die Manteltasche steckte und auf sie zukam.

«Danke», sagte er aufrichtig und schenkte Waltraut ein echtes Lächeln. Dann klingelte sein Handy. Mit gerunzelter Stirn starrte er darauf. Es war Sarah.

«Entschuldige bitte, ist meine Leitung.»

«Kein Problem.»

«Stian hier.»

«Hallo Stian, ich bin´s Sarah. Ich rufe an, weil wir eine Krankmeldung reinbekommen habe. Hättest du Kapazitäten, morgen anstatt eines Spätdienstes einen Frühdienst zu machen?»

Er überlegte einen Moment. Außer auszuschlafen hatte er nichts geplant.

«Kann ich machen, ja.»

«Oh wirklich? Vielen lieben Dank! Dann trage ich das ein und wir sehen uns morgen.»

«Alles klar, bis morgen.»

«Schönen Tag dir noch.»

«Gleichfalls.» Er legte auf. Mittlerweile war Aiden wieder zu ihnen gestoßen und stand neben seiner Oma.

«Hast du nicht eben mit Sarah telefoniert?»

«Ja.»

«Dann hättest du sie ja an mich weiterreichen können», meinte er gedankenlos und steckte das Handy wieder weg.

«Und ihr erklären müssen, warum wir Zeit zusammen verbringen?», erwiderte Aiden und schaute ihn an. Für Sekunden wusste Stian nicht, was er darauf entgegnen sollte. Diverse Möglichkeiten durchfluteten sein Hirn, allesamt nicht nett. Am Ende verzichtete er darauf, irgendetwas zu sagen. Seine Mundwinkel hoben sich bekümmert, seine Brust brannte stärker. Stumm stand er auf.

«Sollen wir jetzt weiterlaufen?», richtete er an Waltraut.

«Ehrlich gesagt ist mir kalt. Wenn es euch nichts ausmacht, würde ich gern wieder nach Hause. Vielleicht bin ich doch noch nicht so fit.»

Waltraut war nicht auf den Kopf gefallen. Sie musste mitbekommen haben, dass zwischen ihnen die Luft zum Zerschneiden dick war. Stian war ihr dankbar, sich selbst als Vorwand zu nehmen. Keiner von ihnen erhob Einwände.

Auf dem Rückweg war die Rollenverteilung

dieselbe wie zuvor. Aiden schob den Rollstuhl, Stian lief abseits. Sie unterhielten sich kaum, eher redete Waltraut und berichtete von den anstehenden Terminen in der nächsten Woche. Sie musste zu zwei Ärzten, wollte zum Friseur und mit Aiden in die Drogerie fahren, wenn dieser Zeit hatte. Höflich, wie sie war, lud sie Stian ebenfalls dazu ein.

Die Autofahrt zur Seniorenresidenz verschmolz mit seinen Gedanken. Er starrte aus dem Fenster, wusste nicht, was er denken oder fühlen sollte. Er benötigte dringend Abstand.

Es war zu viel Ablehnung für einen Tag und die Gewissheit, dass Aiden nicht zu ihm stand, hatte ihm den Rest gegeben. Sicher, sie hatten nie wirklich darüber gesprochen, wie sie sich gegenüber ihren Kolleginnen verhielten, doch dieses resolute Abschmettern hatte ihn heftig getroffen.

Zuhause bei Waltraut angekommen, half Stian ihr wieder aus dem Auto. Da Aiden noch nicht so weit war mit dem Aufklappen des Rollstuhls, hielt sie sich am Autodach fest. Stian nutzte die Gelegenheit.

«Ich würde gleich aufbrechen und nicht mehr mit reinkommen. Vielen Dank für den heutigen Tag.» Schön wäre übertrieben, denn es war alles andere als das gewesen.

«Ich habe mich sehr gefreut, ein bisschen Zeit mit dir zu verbringen. Komm gern wieder.»

«Eine Möglichkeit ergibt sich bestimmt.» Stian nahm sie herzlich in den Arm. Er mochte

Waltraut, doch so schnell würde er sie nicht wiedersehen. Das hielt er nicht aus. Neben ihnen räusperte Aiden sich vernehmlich. Sie gingen langsam auseinander und Stian half ihr ein letztes Mal beim Hinsetzen.

«Bis bald, Stian», meinte Waltraut und lächelte ihm zu. Er nickte.

«Was hast du vor?» Mit hochgezogenen Augenbrauen schaute Aiden ihn an.

«Ich gehe nach Hause.»

«Wir sind zusammen hergekommen.»

«Ich weiß, ich laufe. Du kannst bei deiner Oma bleiben.»

In Aidens Gesicht zeigte sich eine Regung. Zu schnell, um von ihm gelesen werden zu können, zu lang, um unbemerkt zu bleiben.

«Warte. Bitte», meinte Aiden eindringlich. Stian presste die Lippen aufeinander. Eigentlich passte ihm das nicht. Aiden schob Waltraut in den Eingangsbereich der Residenz, in der sie es warm hatte, beugte sich zu ihr hinunter und sagte etwas. Sie nickte. Aiden sollte bloß nicht auf den Gedanken kommen, ihn nach Hause bringen zu wollen. Stian trat unruhig auf der Stelle. Er wollte aufbrechen.

«Ich fahre dich», meinte Aiden, als er in seine Nähe kam und damit seine Befürchtung wahrwerden ließ.

«Vergiss es!», stieß er aus.

«Bitte?»

«Ich sagte, ich laufe. Akzeptiere das.»

«Stian ...»

Er schnaubte abfällig. «Nein, nichts Stian. Ich laufe!» Alles andere verkniff er sich. Er wollte seine Gefühle nicht auf der Straße breittreten. Generell wurde genug auf ihnen herumgetrampelt. Mit schweren, schwarzen Lederstiefeln. Aiden schien endlich zu verstehen, dass er es ernst meinte.

«Pass auf dich auf», bat dieser.

Ihm entglitten sämtliche Gesichtszüge. Ungläubig stieß er die Luft aus, drehte sich um und ging.

Stian brauchte über eine Stunde, um den Wohnblock zu erreichen. Unter normalen Umständen hätte er für diese Strecke vielleicht zwanzig Minuten gebraucht, doch er war so durcheinander gewesen, dass er sich in dem Park, den er durchqueren musste, auf eine Bank gesetzt und versucht hatte, seine Gedanken an der frischen Luft zu ordnen.

Am Ende war eine erbärmliche Traurigkeit geblieben. Mit dieser Emotion hatte er keinen Antrieb mehr gefunden.

Als er die Treppen erklomm, waren seine Knochen schwer. Die letzten Stunden waren psychisch anstrengend gewesen. Er hatte weder eine Lösung noch ein Ventil für seine Emotionen.

Es wäre viel zu früh, doch er würde sich einfach ins Bett legen und schlafen. Bei Frühdiensten kam er ohnehin schwer hoch, sodass ihm ein paar Stunden mehr Schlaf guttun würden.

Stian registrierte die schwarze Gestalt auf den Treppenstufen, die in den dritten Stock führten, nicht sofort. Erst, als diese sich bewegte und ihm damit einen riesigen Schrecken einjagte, riss er den Kopf herum. Aiden lehnte an der Wand, die Hände in den Taschen und durchbohrte ihn mit seinem Blick.

Stian hätte gehofft, ihn heute nicht mehr zu sehen. Sein Innerstes war aufgerieben, seine Gedanken chaotisch. Aidens Anwesenheit sorgte dafür, dass alles verstärkt wurde. Er fand keine Worte, die er diesem Menschen sagen konnte, weil es zu viel war. Also schloss er schweigend die Wohnungstür auf.

«Kann ich reinkommen?» Die gemochte Stimme drang ruhig zu ihm, schallte durch den Treppenflur, versackte im leeren Raum. Stian war erschöpft von seinen Gefühlen und zu müde zum Wegrennen. Also ließ er die Tür offenstehen, betrat den Wohnungsflur und zog Jacke und Schuhe aus. An seiner Kleidung haftete die Kälte. Er ging in die Küche und stellte den Wasserkocher an.

«Sprichst du nicht mehr mit mir?»

Aiden setzte sich an den Küchentisch.

«Prinzipiell schon», meinte er. Aus dem Schrank nahm er eine Tasse.

«Könnten wir das klären?» Aiden klang fordernd.

Stian drehte sich um, lehnte mit verschränkten Armen an der Küchenzeile. Er betrachtete sein Gegenüber. Unter der stoischen Fassade schien Unruhe zu herrschen. Die erste, ehrliche Emotion seit Stunden. «Sag du es mir.»

«Vielleicht solltest du dafür aussprechen, was dich stört.»

Stian schnaubte fassungslos. «Ist deine Wahrnehmung heute in irgendeiner Form eingeschränkt? Du willst mir nicht ernsthaft weismachen, dass du dir das nicht zusammenreimen kannst.»

«Ich will es von dir hören.»

Stian lachte ungläubig und hielt sich den Nasenrücken. Er bekam Kopfschmerzen. Von dem Denken, von diesem Mann, der in seinem Verhalten völlig ambivalent war. «Okay», entschied Stian, «dann sage ich dir, was mich stört: Du hast mich heute behandelt, als sei ich wertlos und dich damit deiner eigenen Worte gestraft, dass du mir niemals absichtlich wehtun würdest.

Ich bin davon ausgegangen, dass es dir wichtig sei, mich deiner Oma vorzustellen, wurde jedoch eines Besseren belehrt. Das Ganze ging gar nicht von dir, sondern von ihr aus.

Außerdem vertraust du mir nicht. Das hast du mich die gesamte Zeit spüren lassen. Wenn es nach dir gegangen wäre, wäre ich nicht ansatzweise in die Nähe deiner Oma gekommen. Entweder hast du alles abgeblockt oder an dich gerissen. Und zum Schluss musste ich feststellen, dass du nicht zu mir stehst. Also sag du mir, ob wir das klären können und woran ich mich gerade festhalten soll.»

Der Wasserkocher klickte. Abwartend blieb Stian auf der Stelle stehen, spürte den heißen Wasserdampf neben sich aufsteigen. Er empfand überraschenderweise Erleichterung, die Dinge benannt zu haben. Sicherlich hätte er sie in den Schlaf genommen und nachts hin und her gewälzt, wie sich selbst.

Aiden lehnte den Kopf an die Wand und schaute ihn unter halb gesenkten Lidern an, schien abzuwägen, was er sagen sollte. Still, ohne Stian daran teilhaben zu lassen. Als nach weiteren Sekunden keine Antwort kam, wandte er sich um, suchte im Schrank nach einem Tee und brühte diesen auf.

«Es war nicht meine Absicht, dich zu verletzen», drang es leise zu ihm. Stian verzog den Mund.

«Sicher? Weil du alles dafür getan hast, immer weiterzugehen.»

«Das wollte ich nicht.»

«Gut. Wie erklärst du das?»

Stian nahm die Tasse zum Tisch und setzte sich auf den anderen Stuhl. Forscher als sonst schwenkte er den Teebeutel im heißen Wasser. Aidens Finger zogen wahllose Kreise über die Tischplatte.

«Der heutige Tag war nicht einfach für mich.»

«Ah.» Was sollte er zu dieser logischen Erklärung sagen. Sie gab ihm sämtliche Antworten auf seine Emotionen. Stian glaubte ihm sogar, dass der Tag nicht einfach für ihn war. Doch für ihn war er katastrophal verunfallt. «Dann ist ja alles gesagt.»

«Anstatt mich abzubügeln, könntest du mir eine Chance geben, die Sache auszuführen.»

Stian riss den Kopf hoch. Im Vergleich zu Aiden besaß er keine Selbstbeherrschung, vor allem dann nicht, wenn er verletzt am Boden lag. Dieser Satz ließ ihn kochen. Seine Nerven waren am Ende und er hätte ein bisschen Entgegenkommen erwartet.

«Ich bügle dich ab? Ich gebe dir jede Chance. Abgesehen davon stehe ich kurz davor, entweder auszurasten oder zusammenzubrechen. Möchtest du das? Der heutige Tag war einer der schlimmsten für mich, weil ich dich verdammt noch mal mag. Auf diese Idee scheinst du aber gar nicht zu kommen.

Es tut weh, Aiden. Allein das ich mit dir hier sitze und versuche ein Gespräch zu führen, ist schmerzhaft. Ich bereite mein Gefühlsleben vor dir aus, damit du eine Ahnung davon hast, was in mir vorgeht. Was weiß ich von dir?»

Stian schluckte das Brennen hinunter und starrte Aiden an. Er war aufgewühlt, seine Hand zitterte. Er wollte schreien, weinen, wütend sein, war alles und nichts, weil die Emotionalität so stark war, dass sie beinahe an Taubheit grenzte.

Aiden griff über den Tisch und fing seine be-

bende Hand ein. Seine Finger waren warm, verschränkten sich mit seinen, hielten ihn fest, weil er im Inbegriff war, zu fallen. Wenigstens das bemerkte sein Gegenüber.

Aiden strich mit dem Daumen über Stians Handrücken, vorsichtig, als hätte er Angst, ihn in den Abgrund zu stoßen. «Ich bin dir dankbar, dass du mir sagst, was du fühlst», kam er seinem Ausbruch entgegen. Endlich mal eine Reaktion.

Obwohl Aidens Mimik beinahe ausdruckslos war, wütete ein Sturm unter der Oberfläche. Das Kristallblau war wachsamer, heller. Seine Aura hatte sich verändert.

«Ich ... habe nie ... mit anderen Menschen darüber gesprochen, was mich bewegt», setzte er fort, seine Stimme belegt, als wären die Worte fremd auf seiner Zunge. Was sie wahrscheinlich waren. «Meine Oma ist die einzige Ausnahme. Der einzige Mensch, der mich nicht infrage stellt oder verurteilt, sondern mich versteht.» Aiden stockte, schien mit den Informationen zu hadern und doch einen Vorstoß wagen zu wollen.

Stian hatte ihn noch nie so unruhig erlebt, obwohl er scheinbar bewegungslos auf dem Stuhl saß. «Sie hat mich großgezogen. Deshalb ist diese Verbindung inniger als gewöhnlich.» Aiden hielt inne, drückte seine Hand, suchte Augenkontakt. «Ich tue mich schwer damit, anderen zu vertrauen. Das ist ein generelles Problem, kein spezifisches, das dich betrifft. Und es betrifft dich auch nicht.»

«Aiden ...» Stian verzog das Gesicht. Er wollte keinen Blödsinn aufgetischt bekommen. Es war offensichtlich, dass Aiden mit dem Thema Vertrauen ein schwerwiegendes Problem hatte, auch ihm gegenüber. Er hatte gehofft, dass es anders wäre, doch dem war nicht so.

Aiden bemerkte Stians unausgesprochenen Einwand und hielt inne, als müsse er einen neuen Ansatz finden.

«Ich habe heute etwas getan, was ich noch nie zuvor gemacht habe. Ich habe mein kleines Heiligtum einem anderen Menschen gezeigt ... nämlich dir. Waltraut hat bisher keinen meiner Partner kennengelernt. Du bist der Allererste.»

Pause.

Stian war für einen Moment wie erstarrt. Aiden besaß keinen Grund, ihn anzulügen. Vielleicht hatte das entgegengebrachte Vertrauen ein anderes Gesicht. Was sich dennoch mit seinem Verhalten widersprach.

«Wenn dem so ist, warum hast du mich plötzlich abgeblockt?», hakte Stian nach. Er wollte ihm glauben. Glauben, dass er Aiden wichtig genug war, um diesen Vorstoß zu wagen. Doch es passte nicht zusammen. Aiden schluckte sichtbar.

«Mein Kopf hat ausgesetzt», gestand er, seine Stimme rau. «Waltraut ist ein besonderer Mensch für mich, den ich unter keinen Umständen einer Gefahr aussetzen möchte. Ich kannte die Situation nicht, tue mich schwer damit, Verantwortung abzugeben. Ich wusste nicht, dass ich so reagiere.»

Stian nickte, diese Erklärung konnte er nachvollziehen. «Mit einer Sache hast du tatsächlich recht», gestand Aiden. «Zumindest halb. Ja, dieses Treffen ging von meiner Oma aus. Ich selbst wäre nicht auf die Idee gekommen, dich mitzunehmen – das liegt an meinem bisherigen Verhaltensmuster. Nichtsdestotrotz wollte ich dich dabeihaben. Ich stehe hinter meinen Entscheidungen. Hätte ich es nicht gewollt, hätte ich dich niemals gefragt.»

Das klang nach Aiden. Manche Lösungen waren simpel, aber nicht weniger schmerzhaft.

«Es wäre einfacher gewesen, hätte ich im Vorfeld von deinen Bedenken gewusst. Dann hätte ich anders auf dich eingehen können», meinte Stian. «Oder anders gedacht.» So hatte er sich komplett außen vor gefühlt – bei Aidens Gefühlsleben und seiner Verbindung zur Oma.

«Ich kann es nicht rückgängig machen», meinte Aiden leise.

«Nein, leider nicht. Das Blöde daran ist, dass ich deine Gründe verstehe. Jetzt, wo du darüber sprichst, macht dein Verhalten Sinn, auch wenn es nichts daran ändert, dass es daneben war. Aber ja ... es ist plausibel.»

Aiden neigte den Kopf, dicke Strähnen seines Haars rutschten ihm auf die Schulter, dann starrte er auf die Tischplatte. «Zur letzten Sache ...», begann er zögerlich. «Ich hatte keine Lust auf die Fragen von Sarah. Natürlich hätte ich das Handy weiterreichen können, aber wozu? So hattest du die Entscheidung, ob du das Telefonat annimmst oder nicht. Es war rein beruflich und außerdem in unserer Freizeit.»

«Ich habe darüber nicht nachgedacht, ehrlich gesagt. Da ich ohnehin angefressen war, war das ein weiterer Punkt, der auf meine Liste kam.» Stian seufzte. «Aber abgesehen davon: Würdest du dazu stehen, dass wir zusammen sind?»

«Natürlich.»

Aiden streichelte mit dem Daumen über seinen Handrücken, als müsse er sich versichern, dass Stian noch da war. Die Berührung war tröstlich und besänftigte ihn. Sie war so sehr Aiden, dass es schmerzte. Dieser Mann konnte es einfach nicht – direkt über Gefühle zu sprechen.

Stian legte die andere Hand auf ihre verflochtenen Finger. Feingliedrig und lang waren Aidens. Er hatte schöne Hände. Unter der Haut zeichneten sich deutlich die grünlich schimmernden Adern ab. Nachdenklich fuhr er die Konturen nach.

«Soll ich dir noch irgendetwas erklären?», fragte Aiden in die Stille.

«Nein. Ich finde diesen Tag miserabel verlaufen, aber ich verstehe die Situationen.»

«Es tut mir leid.»

«Mir auch. Danke, dass du mir aufgelauert hast.»

«Andernfalls hättest du nicht mit mir geredet, oder?»

«Nein. Was solche Sachen betrifft, kann ich stur sein. Manchmal möchte ich zuerst meine Wunden lecken.»

Aiden löste ihre Hände voneinander und stand auf. Er ging um den Tisch herum, beugte sich zu Stian hinunter. Warme, sanfte Lippen legten sich auf seine. Der Kuss war unsagbar zärtlich.

«Ich will nicht, dass du das überhaupt musst», flüsterte Aiden. «Ich bemühe mich, versprochen.»

Stians Herz setzte einen Schlag aus. Die Ernsthaftigkeit in seinen Augen ließ keinen Zweifel an seinem Versprechen. Vielleicht klappte es nicht immer, doch dieses Zugeständnis bedeutete Stian viel. Er verschloss die anderen Lippen, forderte sich einen zweiten, sanften Kuss.

Er liebte den Geschmack, das Gefühl, brauchte letzteres mehr denn je. Weil es schön und wie Balsam für sein wundes Inneres war. Aiden küsste ihn unglaublich behutsam. Als sie sich voneinander lösten, schenkte dieser ihm ein warmes Lächeln und streichelte ihm federleicht über die Wange.

«Wollen wir ins Wohnzimmer gehen?», fragte Stian, weil sich seine Erschöpfung Bann brach.

«Ja, aber ich kenne deine Wohnung nicht. Du solltest vorlaufen.»

Stian dachte angestrengt nach. Tatsächlich. Bisher hatte es Aiden ausschließlich in die Küche geschafft. «Ich zeige sie dir.»

Als Erstes führte er ihn ins Schlafzimmer – das

lag direkt auf dem Weg. Es war praktisch und schlicht eingerichtet. Der nächste Raum war das Bad. Stian öffnete die Tür, anschließend gingen sie zu einem weiteren, bisher ungenutzten Raum, in dem noch zwei, drei Kartons standen, weil ihm noch ein Schrank fehlte, um alles unterzubringen. Letztlich erreichten sie das Wohnzimmer, in dem ein gemütliches Big Sofa stand, was der zentrale Punkt des Raumes darstellte. «Das Einrichten ist noch nicht vollständig abgeschlossen. Ein paar Sachen fehlen mir.»

Sie legten sich aufs Sofa. Aiden schlang einen Arm um seine Mitte. «Was willst du holen?», erkundigte er sich.

«Lampen, einen Schrank, vielleicht Bilder.»

«Möchtest du keine von dir aufhängen?»

«Ich habe kaum welche. Selfies würden egomanisch wirken, oder?»

«Wahrscheinlich, wobei ich dich gern anschaue.»

«Du musst das nicht sagen.» Warmer Atem kitzelte seine Haut, als Aiden näher zu ihm rutschte. Anstatt weiter darauf einzugehen, betrachtete er ihn sekundenlang. Er schien nachdenklich. «Das mit deiner Familie habe ich nicht gewusst», meinte er schließlich.

«Ich weiß. Du hast nie danach gefragt.»

«Ist es schlimm für dich?»

«Was? Das du nie danach gefragt hast oder das ich eine Familie habe, die mich verstoßen hat?»

«Letzteres.»

Stian zuckte mit den Schultern. «Gibt Schöneres.»

«Und warum?»

«Sie fanden es abartig, dass ich auf Männer stehe. Erst war meine Homosexualität eine Krankheit, die man irgendwie heilen müsste. Als ihnen klar wurde, dass es keine Medizin dagegen gab, dämmerte ihnen, was sie herangezogen hatten. Das musste spätestens mit Achtzehn weg.»

Aiden schien nicht schockiert. Eine Reaktion, die Stian nachdenklich stimmte. Allen, denen er davon erzählt hatte, hatten in irgendeiner Form betroffen gewirkt. Aiden nicht. Da lag eine Härte in seinem Blick, die weder Stian noch seinen Worten galt.

Ihm dämmerte, dass er vielleicht ganz ähnliche Erfahrungen gemacht hatte. Doch wenn Stian danach fragte, würde er sicherlich keine Antwort erhalten. So weit war Aiden nicht. Also schwieg er dazu, in der Hoffnung, dass Aiden ihm irgendwann einen Teil seiner Geschichte anvertrauen würde.

«Ich bin meinen Weg gegangen», setzte er nach, um die Schwere dieser Tatsache abzumildern. Das war er definitiv. Erfolgreich hatte er die Ausbildung absolviert, war den Schritt in die Eigenständigkeit gegangen, ohne Unterstützung von außerhalb. Aus ihm war etwas geworden und zumeist hatte er sogar soziale Kontakte besessen.

«Das sehr zielführend, du bist ein herzensguter Pfleger. Darauf kannst du stolz sein», meinte

Aiden überraschend. Stian ließ den Blick über sein Gesicht schweifen. Kristallblau stand in hartem Kontrast zum Pechschwarz, wirkte tiefer und bewegter als gewöhnlich. Sanft streichelte Stian ihm über die Wange, schob eine Haarsträhne hinter sein Ohr.

«Und du?», raunte er. «Kannst du stolz auf dich sein?»

Aiden schenkte ihm ein trauriges Lächeln. «Nein.»

«Schade. Dabei gibt es so viel Potential.» Ihre Hände verflochten sich miteinander, Stian rutschte näher. Stirn an Stirn lagen sie auf dem Sofa. Er inhalierte ihn, badete in Aidens Körperwärme. Ein bisschen sorgte diese Zweisamkeit dafür, dass die vergangenen Stunden in den Hintergrund rückten.

«Willst du wissen, warum ich Pflegekraft geworden bin?», meinte Aiden mit geschlossenen Augen, schluckte. Stian hatte das Gefühl, dünnes Glas in der Hand zu halten, das jederzeit zerbrechen konnte. Mit dem Daumen streichelte er über Aidens Handrücken. Wahrscheinlich hatte Waltraut seine Entscheidung weitergetragen.

«Wenn du bereit bist, sehr gern.»

«Das werde ich nie sein, Stian. Zudem ist es keine schöne Geschichte.» Aiden holte tief Luft und stieß sie wieder aus. «Simpel gesagt bin ich Pfleger geworden, weil ich mich einst machtlos gefühlt habe.» Aiden hielt inne, löste ihre Verbindung und schob die Hand unter Stians Oberteil auf seine Taille. Die Berührung seiner nackten Haut bescherte ihm Gänsehaut. «Als ich Neunzehn war, habe ich meine Mutter verloren. Herzinfarkt. Sie ist zuhause in der Küche zusammengebrochen. Ich war gerade von der Schule gekommen und habe versucht, sie zu reanimieren.

Damals hatte ich keine Ahnung. Mehr als erste Hilfe konnte ich nicht. Am Ende hat diese nicht gereicht. Ein Moment, in dem ich mir geschworen habe, nie wieder machtlos zu sein.

Natürlich kann ich heute nicht über Leben oder Tod entscheiden, aber ich habe das Fachwissen, um immer mein Bestes zu geben, professionell, nicht laienhaft. Für mich stand schon zu Beginn der Ausbildung fest, dass ich auf der Kardiologie anfange.»

Fassungslos richtete Stian sich auf. Diese Erfahrung war heftig. «Das ist schrecklich und ehrenhaft zugleich», meinte er mitgenommen. Er hatte immer vermutet, dass Aiden nicht ohne Grund diese Schwärze in sich und nach außen trug, aber diese Erfahrung war schlimm.

Er bewunderte ihn für seine Stärke, sich jeden Tag seinem eigenen Schicksal auszusetzen. Zeitgleich grenzte es an Selbstbestrafung. Nun verstand Stian, warum Aiden ihm damals sagte, jedes Mal gegen seine eigenen Dämonen anzukämpfen. «Es tut mir unsagbar leid.»

«Das muss es nicht. Es ist lange her.» Der Blick aus Aidens Augen traf ihn heftig. Darin stand ein ganzes Universum an unterdrückten Emotionen.

Niemals hatte Aiden so verletzlich gewirkt.

«Du bist nicht darüber hinweg», flüsterte er bewegt.

«Vielleicht, aber verdammt gut in meinem Beruf.»

Stian wusste nicht, was er tun sollte. Aus reiner Verzweiflung küsste er Aiden. Worte hätten ihn nicht weitergebracht. Ja, Aiden war fantastisch, doch dessen Seele war seit Jahren am Bluten. Er hatte das übermächtige Bedürfnis, diese Blutung zu stillen. Egal wie, Hauptsache Aiden fühlte sich nicht mehr verantwortlich für den Tod seiner Mutter. Denn das war etwas, dass er höchstwahrscheinlich nicht hätte verhindern können.

Behutsam küsste er die Lippen, die leise nach Vertrauen schmeckten. Aiden besaß eine ganz eigene Art, ihm dieses zu vermitteln. Mittlerweile hatte Stian das verstanden. Es war keine Entschuldigung für den miserabel verlaufenen Tag, doch sie hatten darüber gesprochen. Das war mehr, als er zu Beginn erhofft hatte. Nun besaß er ehrliche, intime Informationen, die er behütete.

«Ich danke dir», wisperte Stian, fuhr mit den Fingern zärtlich über Aidens Wange. «Du sagst immer, dass ich keine Angst vor dir haben brauche und das möchte ich zurückgeben. Habe keine Angst vor mir. Alles, was du mir gibst, werde ich beschützen. Immer.»

Vorsichtig legte er ihm die Hand auf die Brust, in Höhe des Herzens. Das gleichmäßige Schlagen war stark. Aiden sagte nichts. Das brauchte er nicht. Stian spürte, wie angespannt er war. Doch diese Anspannung war anders als sonst. Der Blick aus den kristallblauen Augen ging ihm unter die Haut. Aiden verstand die Botschaft hinter seinen Worten.

Er beugte sich vor und küsste ihn zärtlich. Stian bekam Gänsehaut. Er war heillos in seinen Gefühlen verloren. Er genoss diesen kostbaren, stillen Moment, in dem sie sich das erste Mal auf anderer Ebene näherkamen. Das stellte etwas mit seinem Herzen an. Stian wusste, woher dieser bittersüße Schmerz herrührte. Aiden hatte es geschafft, ihn einzunehmen.

Das Wort, das er dachte, war fragil, aber unwiderruflich mit dem Mann neben ihm verknüpft. Er hoffte nur, dass sein Herz am Ende nicht starb.

Kapitel 9 – Aiden

Das Dienstplanprogramm war seit Minuten geöffnet, ohne dass Aiden weitere Dienste eingetragen hatte. Sein Hirn war im Stanby-Modus, sein Körper abgeschaltet. In der letzten Nacht hatte er wachgelegen. Das missglückte Treffen mit Stian und seiner Oma war mehr als ausreichend Grund gewesen, sein Hirn stundenlang zu beschäftigen. Aus dieser Perspektive betrachtet, hatte er diese schlaflose Nacht definitiv verdient, doch er hätte gern seine Arbeit erledigt.

Aiden hatte Leitungstag, an dem er aus dem Stationsalltag außen vor war. Es sei denn, es gab Notfälle, dann unterstützte er. Auf seine Aufgaben konnte er sich jedoch nicht konzentrieren. Die Tür zu seinem Büro stand offen, sodass er das Stimmengewirr vom Flur deutlich hörte. Stian und Hannah hatten beide einen Clown zum Frühstück verspeist, denn sie rissen einen Witz nach dem anderen.

Es störte Aiden nicht, aber er ließ sich ablenken. Vielleicht sogar ganz bewusst. Er lauschte zu gern der erheiterten, männlichen Stimme, genoss das ausgelassene Lachen, die gute Laune, die Stian auf Station verbreitete. Die meisten Patienten, denen Aiden über den Weg gelaufen war, hatten ihm zugelächelt. Die erhellende Stimmung seines Freundes färbte auf die anderen ab. Nach den letzten Wochen konnte vor allem das Personal gute Laune gebrauchen und er bewunderte Stian dafür, dass er sie nicht verloren hatte.

Aiden gähnte. Glücklicherweise war Sarah nicht da, sonst hätte sie bemerkt, dass er die meiste Zeit vor sich hinstarrte, weil er gedanklich nicht bei der Sache war.

Der Dienstplan musste spätestens morgen fertig sein. Wenn das weiter so ging, würde Aiden Überstunden machen müssen. Worauf er keine Lust hatte, weil er Stian sehen wollte. Es passte gut, dass dieser den Frühdienst machte, weil es bedeutete, einen weiteren Abend gemeinsam zu haben. Vorausgesetzt, Stian willigte ein und er wurde mit seiner Arbeit fertig.

In den nächsten fünf Minuten kam er jedoch genauso schlecht voran, weil seine Gedanken immer wieder abdrifteten.

Zum gestrigen Tag. Zu Stian, den er vor den Kopf gestoßen hatte. Zu diesem tiefen Gefühl …

Aiden stand auf. Das brachte alles nichts. Er schlenderte in die Küche und nahm einen Kaffee. Bestimmt der sechste an diesem dösigen Morgen.

«Anstatt literweise Kaffee zu trinken, solltest du vielleicht mal etwas essen.»

«Kontrollierst du mich?», richtete er neckisch an Stian, der in die Küche gekommen war. Er genoss seine Anwesenheit sehr.

Stian hatte ihn gestern aus der Wohnung verbannt, weil er vor dem Frühdienst allein schlafen wollte. Nach der Intensität ihres Gesprächs war

Abstand vielleicht auch nicht die schlechteste Idee gewesen.

«Nein, ich sorge mich um dich», konterte er. Aiden lächelte. «Hier, iss wenigstens einen Apfel.»

«Ach, was Gesundes. Hast du Schokolade für mich?» Aiden brauchte Energie. Am besten etwas richtig Süßes. Vielleicht besaß sein Hirn dann eine Chance, vernünftig zu laufen.

«Ich kann dir intravenös Glukoselösung verabreichen.»

Aiden verzog das Gesicht. «Lass mal, so krass bin ich nicht.»

«Schade, dabei hast du so wunderschöne, gut sichtbare Venen.»

«Gib es zu, du willst mir unbedingt einen Zugang legen.»

«Sicher.» Stian grinste breit. «Ich kann Hannah fragen, ob sie was Süßes hat. Obwohl ... warum reiche ich dir nicht?» Übertrieben niedlich klimperte Stian mit den Wimpern. Aiden spuckte ihm beinahe den Kaffee entgegen.

«Was hast du heute eingenommen?»

«Nichts. Deine Anwesenheit beflügelt mich.»

«Ah.»

Innerlich war er erleichtert, dass Stian ihn völlig normal behandelte und den lockeren Umgang mit ihm nicht verloren hatte.

«Kommst du gut voran?», erkundigte Stian sich und zog die Besteckschublade auf.

«Wie oft hast du mich heute in der Küche

gesehen?»

«Zu oft für jemanden, der angestrengt arbeitet. Okay, verstehe.» Stian nahm ein Messer und zerteilte den Apfel. «Kann ich dir helfen?»

Aiden trank einen Schluck. «Leider nein. Obwohl, du kannst gleich mal ins Büro kommen.»

«Oh, sag nicht, das wird mein Kündigungsgespräch.»

«Glaube mir, darüber brauchst du dir keinerlei Sorgen zu machen.»

Stian drückte ihm einen Teller mit Apfelschnitzen in die Hand. «Ich komme gleich nach, ich muss kurz zu einem Patienten und nach der Infusion schauen. Soll ich Material für einen Zugang mitbringen?»

«Immer noch nein.» Belustigt schüttelte Aiden den Kopf und ging zurück ins Büro. Er steckte eine Apfelspalte in den Mund und kaute darauf herum. Das war eine eigenartige Sache mit diesen Dingern. Sobald sie von jemand anderem geschnitten waren, schmeckten sie besser. Stian hatte sie beinahe perfekt gleichgroß geteilt.

«Klopf, klopf. Was gibt es?»

Die schlichte Wahrheit war, dass Aiden ihn vermisste. Der gestrige Tag hatte Spuren hinterlassen. Aiden fühlte sich eigenartig, hungerte, doch wusste nicht, wonach. Stians Nähe half, dieses Brennen zu lindern. Als die Tür geschlossen war, zog er ihn an sich und küsste ihn verlangend. Aiden gestand es sich ungern ein, doch er brauchte ihn. Ein riesiger Teil fürchtete dieses

Bedürfnis – weil es neu war und Aiden sich niemals von anderen abhängig machte. Doch dieses Brauchen hatte mit Gefühlen zu tun, die er nicht händeln konnte. Stian wühlte ihn auf.

Aiden intensivierte den Kuss, griff in Stians Haare, zog sanft daran. Ein leises Stöhnen drang an seinen Mund. Aiden wollte ihn, am besten hier, doch er zügelte sich. Aufreizend leckte er an der anderen Zungenspitze, bevor er wieder Abstand nahm. Stian wirkte atemlos.

«Das gab es», gestand Aiden und hob einen Mundwinkel.

«Wie soll ich jetzt bitte mit klarem Kopf arbeiten?»

«Ich vertraue auf deine Fähigkeiten.»

«Aiden!», empörte Stian sich mit gesenkter Stimme. «Du bist unmöglich!»

«Bedürftig», rutschte es ihm heraus. Körperliche Nähe war zwischen ihnen viel zu kurz gekommen. Nach gestern wollte er jedoch nicht aufdringlich werden. Auch Küssen oder Kuscheln waren fantastisch.

Er fasste Stian gern an. Der lehnte den Kopf an die Wand und schaute ihn unter gesenkten Lidern an. «Hast du nach deinem Dienst was vor?»

«Ich habe an ein Treffen mit dir gedacht.»

«Gut. Dann komm zu mir. Ich erwarte dich.» Das war ein vielsagendes Versprechen, das Aiden dem emotionalen Abgrund näherbrachte.

Mehr Nähe bedeutete mehr von ihm selbst. Weiter, immer weiter, bis Stian ihn vollständig eingenommen hatte. Er nickte.

«Prima, und jetzt sei fleißig.»

Bevor Aiden tätig werden konnte, presste Stian die Lippen auf seine. Hart, leidenschaftlich, vielleicht ein Vorgeschmack auf seine späteren Absichten. Aiden konnte nur hoffen, dass der Dienstplan am Ende vertretbar war.

Als Stian das Büro verließ, fühlte sich der Raum ein Stück leerer an. Aiden ergab sich seinem Schicksal, aß die Apfelspalten, während er den Dienstplan ins Programm einpflegte. Mit Disziplin schaffte er es, konzentriert zu arbeiten. Zwischendurch störte ihn das Diensttelefon, doch abgesehen davon kam er tatsächlich voran.

Zwei weitere Kaffee später war er beinahe fertig. Die Übergabe war längst durch und Stian hatte sich von ihm mit einem Zwinkern verabschiedet. Er freute sich auf den Feierabend. Hunger hatte Einzug gehalten und der viele Kaffee ging ihm auf den Magen. Blöderweise hatte er sich nichts zu Essen eingepackt.

Er schaute auf die Uhr. Er könnte ohne schlechtes Gewissen gehen und Stians Einladung folgen, doch eine Sache musste er zuvor erledigen. Aiden suchte die Nummer seiner Oma im Handy.

«Hallo, mein liebster Enkel», ertönte es nach wenigen Sekunden erfreut.

«Hallo Oma», begrüßte er sie warm. Streng genommen war Aiden ihr einziger Enkel. «Wie geht es dir?»

«Ich ruhe mich aus. Für mich alte Frau war der

253

gestrige Ausflug anstrengend.»

«Du hast dich übernommen.»

«Mag sein, aber ich wusste nicht, wann ich wieder die Gelegenheit bekomme, euch beide zu sehen. Ist alles in Ordnung zwischen euch?»

Waltraut hatte nach dem Ausflug mit ihm gesprochen, ihm davon erzählt, wie Stian die Möglichkeit ausgeschlagen hatte, Informationen über ihn zu erhalten.

Ein Moment, der ihm bewusster denn je gemacht hatte, sich daneben benommen zu haben. Nur in diesen Stunden war Aiden nicht in der Lage gewesen, aus seiner Haut herauszukommen. Festgefahren in der Angst, dass irgendetwas Unvorhergesehenes passierte.

Mittlerweile war alles geklärt, dennoch hing es Aiden nach, dass er Stian verletzt hatte. Das war niemals seine Absicht gewesen. Das aufrichtige Vertrauen, was Stian ihm entgegenbrachte, ließ seine Kehle eng werden.

«Ja, es ist alles in Ordnung.» Er räusperte sich, seine Stimme belegt.

«Das ist schön. Vielleicht können wir ja irgendwann einmal gemeinsam Kaffee trinken.»

«Bestimmt.» Aber Aiden machte keine Versprechungen. Er würde es Stian überlassen, zu entscheiden, ob er ein weiteres Treffen in Erwägung zog und dazu bereit war oder vorerst Abstand gewinnen wollte.

Aiden war nicht sicher, ob seine Selbstbeherrschung derzeit ausreichen würde, um seine Emotionen, so gern er sie abgeschaltet hätte, zu regulieren. Stian sorgte für Chaos in ihm, kratzte permanent an seiner Mauer, ließ ihn Dinge sagen, die er keinem anderen Menschen anvertraut hatte. Die dunkelgrünen Augen schienen mehr zu sehen, als er bereit war zu zeigen.

Er verabschiedete sich von seiner Oma, verabredete sich für den morgigen Tag und legte auf. Aiden nahm seinen Mantel vom Stuhl und ging nach Hause. Er wollte keine Minute länger verstreichen lassen. In ihrem Treppenhaus nahm er zwei Stufen auf einmal, nicht hastig, aber einem inneren Sog folgend. Als er klingelte, wurde ihm wenige Sekunden später aufgemacht.

Stians Haare waren feucht, ein verheißungsvolles Lächeln lag auf den sündigen Lippen. Lässig lehnte er sich an den Türrahmen.

«Du hast den Weg zu mir gefunden.»

Ja, hatte er und er wollte das, was Stian ihm anbot. Anstatt einer verbalen Erwiderung trat Aiden an ihn heran, bis sich ihre Körper berührten. Hungrig schaute er ihn an. Sein ganzer Körper war gespannt. Atemlose Stille füllte den Raum zwischen ihnen.

Und dann antwortete Stian ihm: Hungrige Lippen prallten aufeinander, Zähne an Zähne, dann eine heiße Zunge, die ihm entgegenkam. Aiden schaltete den Kopf aus, ließ Hände über seinen Körper gleiten, den Mantel abstreifen und die Tür hinter sich zuknallen. Abgehaktes Keuchen vermischte sich mit hitzigen Küssen und gierigen Berührungen. Aiden trank von den anderen Lippen, kostete von der Haut am Hals, genoss den Schmerz auf seinem Kopf, als Stian ihm ins Haar griff. Verlangen kollidierte mit roher Lust.

Blindlings taumelten sie durch den Flur, durch eine weitere Tür. Mit einem Stoß landete Aiden rücklings auf einer Matratze, Stian rittlings über ihm. Der zog das Oberteil aus, schaute auf ihn hinab, in seinen Augen unverfälschtes Verlangen.

Aiden sog den Anblick auf. Er fand Stian in dieser Stellung unglaublich sexy. Er griff an dessen Hüften, krallte die Finger in den Stoff. Vergessen, Angst besiegen, er wollte alles von Stian.

«Komm her», raunte er erregt, schluckte, rieb seinen Unterleib an Stians Hintern. Dieser hob beide Augenbrauen.

«Du bist nicht in der Position, um Forderungen zu stellen.»

«Du willst Machtspielchen?»

«Nein.» Stian lächelte ihn vielsagend an. «Einen bleibenden Eindruck hinterlassen.» Er beugte sich hinunter und küsste Aiden verzehrend. Sein gesamter Körper zog verlangend. Ein Kleidungsstück nach dem anderen flog zur Seite. Stian war überall. Auf und unter seiner Haut, in seiner Lunge, um ihn herum. Haut an Haut raubte ihm den Atem, die Reibung zwischen ihren Leibern ließ seine Härte zucken. Kurzerhand griff Stian nach Gleitgel und verteilte es großzügig. Die trägen Streicheleinheiten brachten ihn zum Stöhnen.

«Ich will dich», stieß er aus, legte die Hände an Stians Hintern und knetete die Backen.

«Aiden.» Dieser Blick traf ihn irgendwo im Inneren. Die verwuschelten Haare, das verwegene Lächeln ... unweigerlich tauchte der Gedanke auf, dass dieser Mann so viel mehr für ihn war. Er schob diesen gedanklichen Fetzen rabiat beiseite, Angst trübte Lust, konzentrierte sich auf die Hitze zwischen ihnen.

«Hier möchte ich rein.» Mit dem Finger streichelte er über Stians Eingang, drückte leicht dagegen, drang mühelos ein. «Du bist vorbereitet.» Sein Satz ging in einem Keuchen unter, als Stian ihn durch die Faust trieb. Er presste den Hinterkopf ins Kissen, kratzte seine Beherrschung zusammen, weil er so aufgewühlt war, dass er beinahe kam. Aiden krallte die Finger ins Stians Taille, bäumte sich verlangend auf.

«Halt still!», befahl Stian rau. Dann, endlich, senkte er sich auf ihn hinab. Zentimeter für Zentimeter. Die Enge forderte angestrengte, lustvolle Atemzüge. Stian hielt den Blickkontakt, während er ihn vollständig aufnahm und sich schließlich langsam bewegte. Die Erregung nahm überhand, Aiden stöhnte gefangen. Stian ritt ihn besinnungslos.

«Ich komm gleich.» Aiden lachte fassungslos. Jeder Stoß trieb ihn näher dem Höhepunkt entgegen. Stian lehnte sich ein Stück zurück, stützte sich mit den Händen auf der Matratze ab, veränderte den Winkel, nahm Aiden die letzte Kontrolle. Das tiefere Eindringen ließ ihn aufbäumen.

Halt suchend presste er die Finger in Stians Oberschenkel und kam mit einem heiseren Stöhnen. Ekstatisch überstreckte er den Hals, spürte im gleichen Atemzug, wie schwallartig etwas Warmes auf seinem Bauch landete. Stian war mit einem kaum merklichen Keuchen gekommen.

Aiden starrte ihn an. Sein Gesicht war erhitzt, auf seiner Brust glänzte ein feiner Schweißfilm, Muskelstränge traten hervor, weil er noch in dieser wahnsinnigen Stellung auf ihm saß. Eine Hand ruhte an seinem Schaft, benetzt vom Sperma. Stian wirkte völlig losgelöst von der Welt.

Aiden schluckte.

Stian hatte sich längst in ihn eingebrannt.

Sie atmeten die letzten Züge der verklingenden Lust, Aidens Herz beruhigte sich allmählich. Langsam erhob sich Stian und legte sich an seine Seite.

«Ist dein Bedürfnis gestillt worden?», nuschelte dieser an seiner Brust, bettete den Kopf auf seinen Arm und schaute zu ihm auf.

«Vorerst.»

«Du bist ein hartnäckiger Fall. Hast Glück, dass ich dir gern zu Diensten stehe.»

Aiden verzog unwillkürlich das Gesicht. «Sag das nicht.»

«Was?»

«Ich will keine Dienstleistung von dir.»

«Das ist eine Redensart.»

«Ich weiß, aber ich kann der nichts abgewinnen.»

«Okay, verstanden. Hast du Hunger?»

Stian stand auf und klaubte seine Sachen zusammen. Er schlüpfte in sein Oberteil und schaute ihn abwartend an. Aiden kam nicht umhin, ihn
einen Moment zu betrachten. Etwas an Stians
Verhalten wirkte distanziert und das hinterließ
einen faden Beigeschmack nach den letzten Minuten. Hunger hin oder her, er hätte gern mit
Stian zusammen gelegen. Manchmal würde er
gern seine Gedanken kennen.

Obwohl Aiden seine Stimmungen benennen
konnte, fiel es ihm schwer, ihn zu verstehen. Er
konnte jeden Zentimeter seines Körpers lesen,
doch der Rest blieb ihm oft verborgen. Vielleicht
hatte Aidens vorheriges Verhalten mehr Schaden
angerichtet als angenommen, trotzdem sie sich
ausgesprochen hatten. Das tat ihm leid. Er mochte Stian. Dieser Mensch brachte ihn durcheinander, auf eine unbekannte Art und er liebte es, ihn
strahlen zu sehen.

«Ja.»

«Dann komm, ich habe gekocht.»

«Ist dieses Essen versalzen?», fragte Aiden
vorsichtig. Schwerfällig setzte er sich an die Bettkante.

«Noch nicht.» Leiser Schalk blitzte in Stians
Augen auf. Innerlich atmete Aiden auf.

«Du willst heute unbedingt spielen, oder?»
Aiden stand auf und trat nackt vor ihn, musterte
das ausdrucksstarke Gesicht, heftete den Blick auf

die leicht geröteten Lippen, die ihm unglaubliche Lust bereiten konnten. «Ich habe dich heute kaum angefasst», raunte er und saugte Stians Unterlippe ein. Dieser sog scharf die Luft ein. «Vielleicht sollte ich das ändern.»

«Ich bin nicht so ein Nimmersatt wie du. So schnell hintereinander kann ich nicht.» Stian lachte verlegen.

«Bist du sicher?» Aiden beugte sich zu seinem Hals und leckte über die Haut. Der Geschmack von Duschgel entfaltete sich auf seiner Zunge, gemischt mit ein wenig Salz. Spielerisch biss er in die Schulterbeuge, was Stian zucken und stöhnen ließ. Er presste sich an ihn, wanderte mit den Händen über seine Brust, die Seiten entlang, bis er am Hosenbund ankam. Ein erneuter Biss.

«Ich kann wirklich nicht», gab Stian abgehakt von sich und zog ihn im gleichen Atemzug wieder zu seinem Hals. Aiden folgte der Einladung, knabberte und leckte abwechselnd an der Haut. So lange, bis Stian ihn sanft von sich schob.

«Komm, wir wollten was essen.» Flüchtig küsste Stian ihn auf die Lippen und reichte ihm das Shirt vom Boden. Seinem Schicksal ergeben, nahm Aiden es entgegen und zog es über. Als seine Hose ebenfalls saß, folgte er Stian in die Küche. Überrascht blieb er in der Tür stehen. Der Tisch war elegant eingedeckt, mit akkurat gelegtem Geschirr und Servietten. In der Mitte stand ein kleiner Kronleuchter mit drei Tafelkerzen. Stian bemerkte sein Zögern.

«Ich dachte, ich mache es uns ein bisschen nett. Zu viel?»

Aiden besaß keinen Hang zur Romantik, doch er fand das Ambiente schön. Stian hatte sich Mühe gegeben, was er zu schätzen wusste, denn bisher hatte das niemand für ihn getan.

«Nein, es ist hübsch.»

«Du bist kein Romantiker, oder?»

Aidens Mundwinkel zuckte unwillkürlich. «Nein.»

«Soll ich abräumen?»

«Es ist alles gut. Ich mag das. Ich bezweifle allerdings, dass ich dir so etwas herrichten kann. Ich besitze kein Gespür dafür.»

«Das ist okay. Ich habe Flausen für zwei. Aber gewöhne dich nicht dran. Das habe ich arrangiert, weil du dich in letzter Zeit vernachlässigst.»

«Wie darf ich das verstehen?» Auffällig schnupperte er an seiner Achsel. Kein Geruch. Stian verdrehte die Augen.

«Du isst zu wenig und dein horrender Kaffeekonsum kann nur ungesund sein.»

«Ist das Bevormundung oder Sorge, die da aus dir spricht?»

«Sorge. Es ist mir schließlich nicht egal, wie es dir geht. Also habe ich penibel darauf geachtet, nicht zu viel Gewürz zu verwenden, damit du vernünftig isst.»

Stian behielt recht. Das Essen war lecker und er lief keine Gefahr, eine Elektrolytentgleisung zu bekommen, weil sein Natrium durch die Decke ging. Pappsatt lehnte Aiden sich zurück, während Stian die letzten Bissen aß.

«Das hat sehr gut geschmeckt, danke.»

«Gern. Ich verrate dir jetzt etwas: Ich kann tatsächlich kochen.»

Aiden lachte amüsiert. «Da bin ich beruhigt. Daran könnte ich mich gewöhnen.»

«Warum isst du so wenig?»

«Ich vergesse es einfach», gestand er. «Vor allem, wenn ich beschäftigt oder gestresst bin.»

«Ich erinnere mich. Als ich das erste Mal bei dir in der Wohnung war, hast du erwähnt, dass du selten entspannst. Vielleicht sollten wir daran arbeiten.»

«Woran denkst du genau?»

«Nicht daran!», beharrte Stian und erwiderte seinen Blick ernst. «Du solltest es besser wissen. Schließlich bist du Pflegekraft.»

Aiden winkte ab. «Ich glaube, es gibt keine Berufsgruppe, die schlechter mit sich selbst umgeht als unsere. Wir sind gut darin, anderen Ratschläge zu erteilen und helfend zur Seite zu stehen, aber oftmals hört die Pflege bei einem selbst auf.» Ernüchtert trank er einen Schluck. «Eigentlich haben wir doch alle eine Meise. Wir glauben daran, die Welt ein bisschen besser machen zu können, wertvolle Arbeit zu leisten, Dinge verändern und Leben retten zu können. Nach Dienstende versucht man abzuschalten, weil die einzelnen Geschichten manchmal zu viel sind oder das Bedürfnis, helfen zu wollen, an die Grenzen des

Systems stößt. Und für einen selbst bedeutet das Entbehrungen. Soziale Kontakte gehen zu Grunde, Rechtfertigungen gehören zum Tagesprogramm, Unverständnis, Schlafmangel, Applaus als Wertschätzung. Trotzdem gehen wir am nächsten Tag wieder zur Arbeit.»

«Weil wir lieben, was wir tun. Weil wir Gründe haben. Und die Menschen, für die wir da sind, sind dankbar.»

«Welche Gründe hast du?»

«Ich wollte die Welt ein kleines bisschen verbessern.»

Aiden schnaubte. «Hoffnungsloser Fall», meinte er humorlos und spielte am Rand des Wasserglases herum. «Wir beide.»

«Mag sein, aber ich kann mit Stolz behaupten, meinen Teil in diesem Leben beigetragen zu haben. Eigentlich wollte ich damals Kinderkrankenpfleger werden, weil ich wusste, wie schlimm es ist, einsam und allein oder von den Eltern ungeliebt und missverstanden zu sein. Ich wurde damals nicht angenommen.

Rückblickend bin ich froh, weil ich *a* glaube, nie die nötige Distanz hätte aufbringen zu können und es *b* genauso erwachsenen Menschen ergeht, die mitunter an ihrem Lebensende stehen und niemanden mehr haben. Solange ich es schaffe, jemanden zum Lächeln zu bringen, weiß ich, alles richtig zu machen.» Stian zuckte mit den Schultern. «Wir haben einen tollen Beruf.»

«Ich bewundere dich.»

«Wofür?»

«Für deine Leichtigkeit, mit Menschen zu kommunizieren.» Und das, obwohl Stian keine berauschende Kindheit gehabt zu haben schien. Dieser wirkte ziemlich überrascht. «Auch, dass du offen damit umgehst, schwul zu sein», ergänzte Aiden. Denn er tat es nicht. Natürlich war es irgendwann ans Licht gekommen und auch Stian gegenüber hatte er es bejaht, aber nie brachte er es selbst zur Sprache. Einst wäre er daran beinahe zugrunde gegangen. Ein Kapitel in seinem Leben, das durchweg schwarz war.

Dabei waren es weniger seine Mitmenschen als sein eigener Vater gewesen, der ihm eingebläut hatte, minderwertig und aussätzig zu sein. Aiden hatte zu oft gehört, Dreck zu sein.

Er wollte daran gar nicht denken, doch die Bilder waren plötzlich da, loderten in seinem Kopf auf, als wäre ein brennendes Streichholz gefallen.

Erinnerungen, klar und deutlich. Alte Gefühle in Fetzen, der Wunsch, sich wehren zu können. Gegen all das, was ihm angetan worden war. Jahre später hatte er Selbstverteidigung und Beherrschung gelernt, um nie wieder körperlich hilflos zu sein oder sich demütigen zu lassen. Seine Mauer war hochgezogen. Sein mentales Setting: perfektioniert.

«Aiden?»

Ein Blick aus dunkelgrünen Augen durchbohrte ihn. Nachdenklich, kryptisch. Sein Verstand wurde geflutet mit der Vergangenheit. Aiden war als Kind nicht nur einsam, sondern völlig verloren gewesen. Seine Mutter hatte ihn nicht retten können, denn sie hatte es nie geschafft, sich von ihrem Mann zu lösen.

Er atmete tief durch, unterdrückte das Zittern, das seinen Körper beherrschte. Mit dem nächsten Atemzug schob er die Gedanken beiseite und verdrängte die Hässlichkeit. Seine Hand war verkrampft.

«Woran denkst du?» Ruhig, eindringlich kam diese Frage, die Aiden nicht beantworten konnte – und wollte. Zu schwarz für dessen Seele, zu nah an der Oberfläche, die er deckeln musste.

«Nichts.» Resolut. Abgebrüht. Das konnte er, weil er es gelernt hatte. «Tut mir leid.» Eine schwache Annäherung, um die Abweisung zu mildern, die Aiden herbeigeführt hatte. Er hätte seine Gedanken nicht aussprechen dürfen. Doch er schätzte Stians Eigenschaften.

Aiden wollte ihm nette Dinge sagen, letzten Endes versagte er. Aus einem gedachten Kompliment war eine Abfuhr geworden. Das brachte keinen von ihnen weiter. Jedes Thema beherbergte die Gefahr, erinnert zu werden.

Er konzentrierte sich darauf, keine Regung zu zeigen, keine Mimik, die darauf hindeutete, was in ihm vorging.

Stian schaute ihn weiter an. Unergründlich verständnisvoll. Strahlte, war der Kontrast zu der Dunkelheit, die ihn umgab. Aiden hatte das Gefühl, die Luft wurde dünner.

«Weißt du, vielleicht ist die Art meiner Kommunikation der Weg, mit den Dingen umzugehen, die ich erlebt habe. Wenn ich eines immer wollte, dann zu mir selbst zu stehen. Du hast eine andere Wahl getroffen, die nicht schlechter ist», ging Stian auf ihn ein.

«Ich habe nichts von schlecht gesagt.»

«Das brauchst du nicht», entgegnete er. «Ich befürchte, wir sind uns sehr ähnlich.»

Aiden hob einen Mundwinkel. Stians feines Gespür für Menschen war gerade ein Problem.

«Was hat dir dein Vater angetan?»

Innerliche erstarrte er zu Eis. Aiden riss sämtliche Kontrolle an sich, um keine Mimik zu verziehen, obwohl das Blut arktisch durch seine Adern floss. Er durfte nicht zeigen, wie nah Stian der Wahrheit gekommen war, aus Angst, seine Fassade zu verlieren. Er konnte nicht antworten, weil er keine Worte für das fand, was er nicht sagen wollte. Nichts wäre gelogen gewesen, weil dieser Arsch sein verdammtes Leben zerstört hatte, und das seiner Mutter dazu.

Hässlichkeit war wie Feuer. Seine Haut brannte. Er atmete angestrengt ein – so lautlos wie möglich. Er wollte sie nicht nach außen dringen lassen, weil das bedeutete, ihr Gesicht und Raum zu geben.

«Wie kommst du darauf, dass da etwas sein könnte?»

Stian lachte trocken auf, trank einen Schluck,

beugte sich vor. «Möchtest du ernsthaft eine Aufzählung der Hinweise?»

«Nein.» Aiden wollte nicht vor Augen geführt bekommen, wo seine Maske Risse besaß. Stian sah zu genau hin.

So sehr er sich bemühte, anscheinend konnte Aiden nichts vor ihm verstecken. Natürlich hörte Stian ihm zu, las zwischen den Zeilen. So war er. Er sprang auf Zwischentöne an. Aiden hatte sich selbst hineingeritten.

«Wirst du mir die Frage beantworten?», hakte Stian nach, griff über den Tisch zu seiner Hand. Immer noch hielt diese verkrampft das Glas.

«Nein.»

Für einen Moment schwieg Stian, dann streichelte er zaghaft über den Handrücken. Aiden beobachtete die sanften Bewegungen der Fingerkuppen auf seiner Haut. Wie löschendes Wasser auf dem Brand.

«Manchmal hilft es, über Dinge zu sprechen.»

Ablehnend verzog Aiden das Gesicht. «Menschen sind unterschiedlich. Ich bin nicht du.»

«Also machst du alles mit dir aus?»

«Ja.»

«Wie funktioniert das in einer Beziehung?»

«Zweifelst du?»

Stian presste die Lippen aufeinander, nickte kurz.

«Ich werde dich niemals anlügen. Aber es wird Themen geben, die ich für mich behalte. Ich habe Gründe so zu sein, wie ich bin. So hast du mich kennengelernt. Über alles andere können wir reden.»

Stian starrte auf die Tischplatte, zog die Hand zurück, spielte an der Kante herum.

«Na los, frag», meinte Aiden sanft.

Stian holte Luft, seufzte. «Fühlst du dich in meiner Anwesenheit wohl? Ich meine ... abgesehen vom Körperlichen.»

Stian suchte nach Bestätigung. Das konnte Aiden verstehen. Dennoch überraschte ihn diese Unsicherheit. Er lehnte den Kopf an die Wand und sah den Mann am anderen Ende des Tisches offen an.

Er mochte Stians jungenhaftes Aussehen, seine leicht verpeilte Art, selbst die unersättlichen Fragen. Es gab keinen Menschen von außerhalb, dem er jemals so viel über sich preisgegeben hatte. Beruflich bewegten sie sich auf Augenhöhe, was ihr gegenseitiges Verständnis vertiefte – ein Miteinander zwar nicht einfacher, aber anders machte.

Wie schade, dass Aiden es nicht geschafft hatte, ihm zu zeigen, wie besonders er für ihn war. Dabei dachte er ständig an ihn. Aiden konnte nicht nachvollziehen, warum es niemanden gegeben hatte, der Stian sah. Es gab so viel an ihm, das liebenswert war. Aiden wusste, was er für ihn empfand und was er empfinden könnte, wenn er es zuließe. Letzteres jagte ihm Angst ein. Denn es bedeutete, sich verletzlich zu machen. Etwas, dass er nie wieder hatte sein wollen.

Stian hielt inne, den Tisch zu malträtieren und rang sich ein Lächeln ab.

«Vergiss, dass ich gefragt habe», erwiderte er, stand auf und wich seinem Blick aus.

«Hey, ich habe doch gar nichts gesagt!»

Frag mal, schien sein Blick zu sagen, bevor Stian die Küche verließ. Aiden schloss resigniert die Augen. Ein Moment, in dem er sich auf das Atmen konzentrierte.

Zwischenmenschliche Beziehungen waren die kompliziertesten, die es gab – Stian stellte ihn vor eine ganz persönliche Herausforderung. Ein weiterer Atemzug, bevor er aufstand und Stian folgte. Aiden fand ihn im Wohnzimmer sitzend vor, ein Bein an den Körper gezogen, den Kopf darauf gebettet, von ihm abgewandt. Er nahm neben ihm Platz.

«Was ist in den letzten zwei Stunden passiert?», fragte Aiden ruhig und strich ihm zärtlich durchs Haar. «Was habe ich übersehen?»

«Nichts. Schon gut.»

«Ich glaube nicht, dass alles gut ist.»

Stian seufzte schwer. «Ich benehme mich peinlich.»

«Nein. Aber du scheinst etwas empfindlich. Liegt es an gestern?»

Ein hartes, kurzes Auflachen, das in einem Schulterzucken endete. «Ich bin durcheinander.»

«Kann ich Ordnung in dein Chaos bringen?»

«Du bist doch der Grund dafür», stieß Stian

aus. «Ich bin immer derjenige, der bei anderen nach Bestätigung sucht. Egal, wie oft ich mir sage, dies zu unterlassen, bin ich im nächsten Moment wieder dabei. Ich ärgere mich über mich selbst. Fishing for compliments mal anders, als hätte ich das nötig. Und dann gibt es dich: hast die Kontrolle über jede Situation, nichts bringt dich aus der Ruhe. Weder körperlich noch emotional. Du brauchst keine Bestätigung – von niemanden.»

«Du wirst ein wenig unfair», bemerkte Aiden, streichelte träge über seinen Rücken. Aufgebracht wandte Stian sich ihm zu.

«Ich ...»

«Stopp», unterbrach Aiden ihn, sanft, aber bestimmt. «Das war eine einfache Tatsache. Nur weil ich es verbergen kann, bedeutet es nicht, dass ich keine Anerkennung möchte. Und um auf deine Frage zurückzukommen: Ich mag dich gern. Nicht nur körperlich, sondern menschlich. Also ja, ich fühle mich wohl bei dir.»

Stian fasste sich. «Ich will nicht, dass du dich dazu gezwungen siehst, mir das zu sagen.»

Aiden lächelte vielsagend. «Mich kann man nicht zwingen. Nimm es an. Das ist meine Antwort.»

Doch die Tiefe in seinen Augen wirkte keineswegs ruhiger. Stumm forderte Aiden ihn dazu auf, sich mit ihm hinzulegen. Aiden schloss ihn in die Arme, zog ihn dicht an sich, atmete den Duft frisch gewaschener Haare und Stians ganz eigenen Geruch ein. Er mochte diese Mischung.

«Tut mir leid, dass die Situation von gestern so nachwirkt», flüsterte Aiden an seinem Ohr und küsste ihn zärtlich dahinter.

«Macht nichts. Das eigentliche Problem daran ist, dass ich versuche, einen Schatten einzuholen.» Stian hielt kurz inne, schluckte. «Ich bin auf dem Weg, mich in dir zu verlieren – je weniger Licht, desto weniger Schatten.»

Kapitel 10 — Stian

Langsam wurde Stian wach. Vor ein paar Minuten war ein Geräusch an seine Ohren gedrungen, das er erfolgreich ignoriert hatte. Nun erinnerte er sich vage – und fragte sich, woher es gekommen war. Er rekelte sich unter der warmen Bettdecke, kuschelte sich mit dem Rücken an Aiden. Ein leises Brummen war die Antwort. Warum war ihm der andere Klang so bekannt vorgekommen?

Stian schlug die Augen auf. Wecker. Uhrzeit.

«Oh, fuck!»

Viel zu spät. Er musste zur Arbeit – Aiden auch. Hastig drehte er sich um und rüttelte an seinem Freund.

«Wach auf, wir müssen los!»

«Was?», nuschelte Aiden schlaftrunken ins Kissen.

«Wir haben verschlafen. In zehn Minuten beginnt der Frühdienst!»

Stian warf die Decke zurück und wühlte sich aus dem Bett. Das würden sie niemals schaffen. Wie blöd war das bitte? Hektisch klaubte er Kleidung vom Boden und warf sie über – Aidens Shirt, wie er feststellte. Er roch nur noch ihn.

Aiden war ebenfalls aufgestanden und zog sich wortlos an. Er schnappte sich das andere Shirt vom Boden – ein knallbuntes – ließ es jedoch unkommentiert. Stian hätte darüber gelacht, wenn sie mehr Zeit besessen hätten.

Fahrig griff er nach seinem Handy, wählte die Nummer der Station. Stella nahm ab.

«Guten Morgen», begrüßte Stian sie gehetzt. «Ich hab´ verschlafen.» Ein Blick zu Aiden – und Aiden auch, hätte er fast hinterhergeworfen, doch er bremste sich im letzten Moment. «Ich komme fünf Minuten später. Tut mir leid.»

«Macht nichts, passiert jedem. Hades ist auch noch nicht da. Vielleicht schaffst du´s vor ihm.»

«Danke, bis gleich.»

«Kein Problem.»

Stian legte auf, schnappte sich seine Sachen und wartete an der Tür, bis Aiden zu ihm aufschloss.

«Was sollen wir sagen?», fragte Stian atemlos, während sie beinahe rannten.

«Dass wir verschlafen haben?»

«Beide zeitgleich?»

«So haben wir uns kennengelernt, weißt du noch?»

Stian würde das niemals vergessen, doch das hier war anders. Ihre Kolleginnen wussten nichts davon, dass sie ein Paar waren.

«Ja, aber dieses Mal siehst du aus, als hättest du eine wilde Nacht hinter dir.»

Aiden brachten es fertig, ihn anzulächeln. Teuflisch, wie nur er es konnte. Stian stolperte über Asphalt, der durch eine Baumwurzel hochgedrückt worden war. Aiden griff nach seinem

273

Handgelenk und hielt ihn fest.

«Danke, Mann.» Dieses Lächeln war sein Untergang. Er liebte es. Er liebte den Ausdruck in Aidens Augen, wenn dieser ihm diesen ganz bestimmten Blick schenkte. Die letzte Nacht war intensiv gewesen – die letzten zwei Wochen. Sie waren sich vertrauter geworden. Aiden hatte sich ihm gegenüber ein wenig geöffnet. Ihre freie Zeit hatten sie miteinander geteilt, beieinander übernachtet, versucht, einen Alltag zu finden. Stian war sogar ein weiteres Mal mit zu Waltraut gekommen.

Es hatte gepasst.

Und mit jedem Tag verlor Stian sich mehr in ihm – in diesem stillen, faszinierenden Herrscher der Unterwelt.

«Lass uns sehen, was passiert», meinte Aiden, als sie den Personaleingang erreichten. Hastig stiegen sie die Treppe hinunter zu den Umkleiden. Keine drei Minuten später waren sie umgezogen und auf dem Weg zur Station.

«Sorry, sorry», begrüßte Stian seine Kolleginnen, als er die Tür zum Dienstzimmer aufriss. «Ich habe den Wecker ausgemacht.» Während er sich völlig aufgekratzt einen Stuhl suchte, schwebte Aiden in den Raum.

«Guten Morgen», sagte er vollkommen gelassen. «Tut mir leid, dass ihr warten musstet. Ich hatte ... eine kleine Diskrepanz mit der Uhrzeit.»

«Jetzt seid ihr ja beide da», meinte Stella freundlich. Hannah grinste und wackelte anrü-

chig mit den Augenbrauen. Stians Wangen glüh-
ten. Aiden setzte sich neben ihn.

Stian versuchte, sich auf die Übergabe zu konzentrieren, doch immer wieder ertappte er sich
dabei, wie einige Infos in der Leere seines müden
Hirns untergingen. Er würde Aiden später dringend fragen müssen, was er verpasst hatte – denn
er wirkte konzentriert wie immer. Stian nahm sich
fest vor, sich zusammenzureißen, aber die Hektik
hatte ihn komplett rausgerissen. Er hasste Stress,
vor allem morgens.

Nach der Übergabe holte er sich einen Kaffee.
Viel Zeit dafür blieb nicht, doch irgendwie musste
er funktionsfähig werden. Er schaute zu Aiden –
dessen Blick war starr auf den Übergabezettel
gerichtet, seine Haltung angespannt. Stian runzelte die Stirn.

«Wie wollen wir uns aufteilen?», erkundigte
sich Hannah. Drei examinierte Pflegekräfte, zwei
Auszubildende im zweiten Lehrjahr, Sarah im
Kerndienst – eine gute Besetzung.

«Mir ist das egal», murmelte Stian.

«Ich übernehme die Überwachung», wählte
Aiden entschieden, «Und einer von euch kann
mit mir laufen. Wer möchte?», richtete er an die
Auszubildenden. Jonas und Heike schauten sich
unsicher an. Aidens Präsenz schüchterte sie offenbar ein. Schließlich hob Heike die Hand.

«Ich komme mit.»

Hannah übernahm die Mitte, Stian den hinteren Flur. Jonas würde ihn begleiten, da sie viel zu

tun hatten. Als alle das Dienstzimmer verließen, hielt Stian Aiden kurz am Arm zurück.

«Alles in Ordnung?», flüsterte er.

«Nein», gestand Aiden und spannte den Kiefer an.

«Was ist los?»

Aiden schüttelte den Kopf. «Lass uns arbeiten.»

«Bitte», drängte Stian.

«Ich kann nicht», stieß Aiden hervor und verließ den Raum. Stian blinzelte verwirrt. Diese Schärfe war neu. Mittlerweile kannte er Aiden gut genug, um zu differenzieren, dass es nichts mit ihm zu tun hatte. Das war ein innerer Kampf, den Aiden mit sich selbst ausfocht. Nur hätte Stian gern gewusst, welchen.

Doch dafür blieb keine Zeit. Er musste sich schleunigst an die Arbeit machen. Die ersten Antibiosen warteten darauf, angehängt zu werden und sein Auszubildender auf Unterstützung. Jonas war bereits eifrig am Werk und maß Vitalzeichen, als Stian dazustieß und die Medikamente verteilte.

Der Vormittag war dicht getaktet: Waschen, zwei Patienten zum Herzkatheterlabor bringen, eine elektive Aufnahme, Visite, Jonas was beibringen – und zwischendurch immer wieder derselbe Patient, der klingelte. Sie liefen beinahe im Minutentakt in dieses Zimmer, während andere warteten. Stians Geduld war an diesem Morgen ohnehin nicht die stärkste.

Als Stian das nächste Mal zur Klingel lief, war er genervt. Er war kurz davor, seine sonstige Ruhe über den Haufen zu schmeißen. Freundlich bleiben. Atmen.

Er klopfte an und trat ein.

«Herr Hansen, was kann ich für Sie tun?»

«Hätten Sie noch einen Kaffee für mich?»

«Gern. Die Teeküche ist den Gang runter, nicht zu verfehlen. Kann ich Ihnen sonst noch behilflich sein?»

«Nein.»

«Gut. Dann möchte ich Sie bitten, diese Klingel künftig nur für Notfälle oder dringende Anliegen zu benutzen. Wie Sie wissen, ist dies ein Krankenhaus – wir möchten allen Patienten und Patientinnen gerecht werden.»

«Ich bin auch Patient und habe morgen einen schweren Eingriff! Hören Sie mal, Sie brauchen mich nicht zurechtzuweisen.»

Stian atmete kurz ein, sammelte sich.

«Es war eine höfliche Bitte. Ich weiß, dass Sie Ihre Gründe für den Aufenthalt hier haben. Aber stellen Sie sich mal vor, wir könnten morgen nicht regelmäßig für Sie da sein, wenn Sie aus dem OP kommen – weil wir ständig für Bagatellen gerufen werden. Deshalb meine Bitte. Bis später.»

Stian verließ das Zimmer. Er kochte. Es gab immer wieder schwierige Begegnungen, aber dieser Typ hatte ein Talent dafür, alle Knöpfe zu drücken.

Aufgebracht lief er zum Dienstzimmer, in dem

Hannah, Heike und Aiden zur Frühstückspause saßen.

«Du siehst wütend aus», meinte Hannah, als er ruppig die Kaffeekanne aus der Maschine nahm. Er schnaubte genervt.

«Ich habe das Glück, einen Patienten zu betreuen, der Jonas und mir den letzten Nerv klaut.»

«Lass mich raten: Zimmer 17?» Hannah kicherte. Heute konnte er nicht mitlachen.

«Ernsthaft, er klingelt für alles: wann es Frühstück gibt, ob wir Bademäntel haben, warum die Klinik keine Regulation der Raumtemperatur besitzt, dass das Wasser zu kalt ist, ob ihm jemand die Schuhe bindet. Ich platze gleich. Dieser Patient kann alles selbstständig! Können wir solche Patienten nicht rausschmeißen, Aiden?»

Als Stian einen Schluck vom Kaffee trank, verbrannte er sich auch noch die Lippe. Er fluchte und setzte die Tasse ab.

«Weil er nervt? Schwierig.»

«Nein, weil er das System missbraucht!»

«Er ist nicht der Erste und auch nicht der Letzte, der das tun wird.»

«Ich habe mit ein bisschen mehr Enthusiasmus und Rückdeckung gerechnet.»

Aiden schenkte ihm ein fades Lächeln. An ihm war heute auch was komisch.

«Wenn er weitermacht – könntest du mit ihm sprechen?», setzte Stian nach. «Vielleicht hilft es, wenn das von oben kommt. Nicht von einer einfachen Pflegekraft.»

«Mach dich nicht klein, Stian», meinte Aiden stoisch. Keine Regung im Gesicht. «Sarah kommt in zehn Minuten. Gib ihr das bitte weiter. Ich habe vorne viel zu tun.»

«Okay.»

Zufrieden war Stian damit nicht. Und kaum zu Ende gedacht, klingelte es wieder. Er drehte sich um und erblickte auf dem Monitor die Zimmernummer 17. «Das kann doch nicht wahr sein!» Gerade ausgesprochen, verstummte das Klingeln – offenbar war Jonas schon losgelaufen. Kurze Zeit später kam dieser auf ihn zu.

«Stian, Herr Hansen möchte wissen, welche Medikamente er heute Morgen explizit eingenommen hat.»

Stian entglitten die Gesichtszüge. «Das fragt er jetzt? Das war seine normale Regelmedikation.»

«Das habe ich ihm auch gesagt, er besteht jedoch darauf, die Tabletten einzeln durchzugehen.»

«Das meine ich», richtete Stian entrüstet an Aiden und folgte Jonas, um Herrn Hansen über die Medikamente aufzuklären. Dieser äußerte den Verdacht, ein Falsches erhalten zu haben, da es ihm schlecht gehe.

«Welche Beschwerden haben Sie?»

«Mir ist schwindelig.»

Stian holte aus dem Pflegewagen auf dem Flur eine Manschette und legte diese um den Arm des

Patienten. «Der Blutdruck ist in Ordnung. 130 zu 80.» Er maß den Puls. Leicht arrhythmisch bei bekannter Herzinsuffizienz. Die Pulsqualität war kräftig und normfrequent. «Ihr Puls liegt bei 80 Schlägen, was in Ordnung ist. Haben Sie außer Kaffee auch Wasser getrunken?»

«Jungchen, ich brauche kein Wasser!»

«Nennen Sie mich bitte nicht Jungchen. Pfleger oder Stian reichen völlig – oder gern beides.»

«Kann man hier eigentlich auch jemand Kompetenten verlangen? Ich glaube, Sie haben keine Ahnung von dem, was Sie tun!» Stian musste kurz innehalten. Konzentriert atmete er ein.

«Haben Sie weitere Beschwerden, außer dem Schwindel?»

«Ein Rauschen im Ohr.»

«Wie lange besteht das schon?»

«Seit zwei Jahren.»

Stian schluckte mühsam. «Ich werde den Stationsarzt informieren, dann werden Sie von diesem aufgesucht. Es könnte einen Augenblick dauern.»

«Endlich ein Arzt! Nicht auszudenken, was passiert, wenn Sie weiter an mir rumpfuschen!»

Stian verließ das Zimmer. Auf dem Flur lehnte er den Kopf an die Wand und haute leicht dagegen. Er fasste es nicht. Bei solchen Patienten zweifelte er an der Menschheit.

Er lief zum Dienstzimmer und informierte ihren Stationsarzt über das Beschwerdebild des Patienten. Anschließend dokumentierte er die

Werte und den bisherigen Versorgungsverlauf. Plötzlich legte sich eine Hand auf seine Schulter und drückte aufmunternd zu.

«Darf ich dich mal was fragen?», flüsterte Hannah.

«Klar. Warum so heimlich?», entgegnete er ebenso leise.

«Weil es privat ist. ... Läuft da etwas zwischen dir und Hades?»

Stian hörte auf zu tippen. Er hatte damit gerechnet, dass diese Frage irgendwann käme. Da Aiden ihm gesagt hatte, er würde zu ihm stehen, nickte er kurz. Es wäre ohnehin rausgekommen.

«Nein! Seit wann?»

Stian warf einen Blick zum Kalender, überflog gedanklich die letzten Wochen. «Ungefähr anderthalb Monate.»

«Unglaublich! Ich habe es nicht bemerkt. Normalerweise habe ich die sensibelsten Antennen, was das betrifft.»

«Nun weißt du es.» Stian musste unwillkürlich lächeln.

«Steht dir.»

«Was?», hakte er nach.

«Dieser Mann an deiner Seite. Ich wünsche euch alles Gute für die Zukunft.»

«Danke.» Seine Wangen wurden warm. Mit so viel Zuneigung hatte er nicht gerechnet.

«Bitte, und jetzt muss ich unseren Herrscher der Unterwelt auch mal aus der Reserve locken.» Er musste lachen. Niemand war so herzerwärmend wie Hannah.

«Sei bloß nicht zu gemein.»

Hannah gluckste fröhlich, als sie sich von ihm abwandte. Mit Sicherheit würde Aiden ihm später erzählen, wie seine Kollegin ihn malträtiert hatte. Doch vorerst schien Hannah ihn nicht zu finden, denn Aiden kam aus dem Medikamentenraum und stellte sich zu ihm.

«Kommst du voran?», erkundigte Stian sich und schaute kurz auf.

«Halbwegs. Du?»

«Geht so, werde abgehalten. Bin froh, Jonas zu haben.»

«Glaube ich. Sarah ist eben gekommen.»

«Danke. Geht's dir besser?»

«Aushaltbar.»

«War ein mieser Start, oder?»

«Abrupt.»

«Ja.»

«War schön neben dir», raunte Aiden und beugte sich ein Stück zu ihm. Flüchtig spürte er Fingerspitzen in seinem Nacken.

«Neben dir auch», flüsterte er zurück. «Ich mag es, wenn du bei mir bist.»

«Da habe ich dich!» Stian zuckte heftig zusammen, als Hannah von hinten kam und Aiden in Beschlag nahm. Der schien für einen flüchtigen Moment ebenso erschrocken, weil ihm sämtliche Gesichtszüge entglitten. Das bei Aiden zu schaffen, war hohe Kunst – beinahe unmöglich.

«Was habe ich getan?», stieß er aus und wurde

von seiner Kollegin zur Seite gezogen. Stian betrachtete das Spektakel amüsiert.

«Ich muss was mit dir klären, Freundchen.»

«Wie bitte?»

Stian hätte das Szenario gern weiterverfolgt, doch es klingelte erneut. Er ahnte, welches Zimmer es war. Seufzend ergab er sich seinem Schicksal, den innerlichen Drang verspürend, den Patienten bewusst warten zu lassen, weil der eine Privatbehandlung haben wollte, was sie definitiv nicht leisten konnten.

Stian hatte neun weitere Patienten, die ihn benötigten, doch den gesamten Vormittag waren sie in Zimmer 17 zugange.

Genervt öffnete er die Tür. «Herr Hansen, Sie haben geklingelt. Was benötigen Sie?»

«Wo bleibt der Arzt?», fuhr der Patient in erbost an und haute mit der flachen Hand auf die Bettdecke.

«Ich habe ihn informiert. Er kommt, wenn er Zeit hat. Derzeit ist er noch bei anderen Patienten.»

«Ich will ihn jetzt sofort sprechen!» Wieder haute er zu. Stian schluckte, doch er verlor seine Kontenance. Er baute sich auf.

«Herr Hansen, Sie hören mir jetzt mal zu! Sie klingeln hier im Minutentakt. Wir sind kein Hotel, sondern ein Krankenhaus, in dem es weitaus mehr Patienten gibt als Sie, und die dringend Hilfe benötigen. Stattdessen bin ich nonstop in ihrem Zimmer, weil sie für Nichtigkeiten klingeln. Es reicht! Sie haben genauso zu warten wie alle anderen!»

Wütend stürmte Stian aus dem Zimmer. Als er an Sarahs Büro vorbeilief, rief er dieser zu, dass er gleich mit ihr reden müsse. Er musste die Dokumentation vervollständigen und sich um eine Infusion bei einer Patientin kümmern. Rabiat tippte er auf den Tasten herum. Er hatte kein Problem damit, Menschen zu helfen, selbst wenn diese häufiger klingelten. Doch Herr Hansen toppte alles. Mittlerweile machte ihn dieser Patient nur noch fassungslos wütend.

Die Klingel ertönte erneut. Ein Blick auf die Anzeige bestätigte seine Vermutung. Der Patient würde eindeutig warten müssen, weil Stian bei den anderen zu nichts kam. Also zog er die Antibiose für die Patientin in Zimmer 15 auf, um die Zeiten der Gabe einzuhalten. Auf dem Flur fing er Jonas ab.

«Ich gehe zu Herrn Hansen, du brauchst nicht zu laufen. Ich habe eben ausdrücklich sein Verhalten thematisiert. Er möchte einen Arzt sprechen, den ich informiert habe. Aber er muss warten. Daran hält er sich nicht.»

«Ich habe selten einen so nervigen Patienten erlebt», gestand Jonas. «Er kann vieles selbstständig, will aber permanent bedient werden.»

«Wir sind Pflegekräfte, keine Bediensteten. Merke dir das für deine Zukunft», entgegnete Stian und klopfte an Zimmer 15 an. Er schenkte der Patientin ein Lächeln, ließ sich auf ein kurzes

Gespräch ein und begab sich anschließend auf den Weg zur Klingel.

«Stian, worüber wolltest du mit mir sprechen?», rief Sarah aus der Tür.

«Über Zimmer 17. Ich gehe kurz zur Klingel, dann komme ich zu dir.»

«Alles klar.»

Vor der Zimmertür atmete Stian kurz ein, um Geduld zu sammeln. Als er die Tür öffnete, zog er die Augenbrauen hoch. Herr Hansen war nicht im Bett. Er klopfte an die Badezimmertür, doch auch dort war der Patient nicht zu finden.

«Herr Hansen?»

Er trat weiter ins Zimmer. Hinter dem Bett ragten zwei Füße hervor.

«Scheiße!», stieß er aus, rannte zum Patienten und beugte sich hinunter.

«Herr Hansen? Hören Sie mich? Hallo?» Er schüttelte ihn. Keine Reaktion. In wenigen Sekunden prüfte er den Schmerzreiz. Wieder keine Reaktion. Überprüfte die Atmung. Keine vorhanden. Lippen zyanotisch. Er hechtete zur Klingel und löste den Notfallalarm aus. Wieder zurück beim Patienten begann er mit der Thoraxkompression.

«Ernsthaft, Herr Hansen», stieß er aus, während er rhythmisch und schnell drückte. «Das hier fehlte noch.» Die Tür zum Zimmer wurde aufgerissen, Aiden erschien.

«Herz-Kreislauf-Stillstand», informierte Stian ihn keuchend und behielt den Takt bei. Der

Brustkorb gab nach. Rippen brachen.

«Sarah, Rea-Team, Jonas, Notfallwagen», rief Aiden aus der Zimmertür. Das Bett wurde zur Seite geschoben. Stian konzentrierte sich auf einen gleichmäßigen Rhythmus.

«Hilfst du mir?» Kurz schaute er auf. Die Anstrengung zog in seine Arme. Eines Racheengels gleich stand Aiden über ihnen. Der Ausdruck auf seinem Gesicht ließ Stian beinahe aus dem Takt kommen. Abgrundtiefe Schwärze umgab ihn. Nur zögerlich ging Aiden in die Knie. Irgendetwas stimmte ganz gewaltig nicht.

«Übernimmst du?», fragte Stian drängend, weil die Kraft nachließ. Eisiges Kristallblau traf ihn heftig, bevor es zu dem leblosen Körper unter seinen Händen wanderte.

«Ich kann nicht.»

Diese drei Worte ließen ihn sich verzählen. «Was?» Erste Schweißperlen sammelten sich auf seiner Stirn, angestrengt atmete er. «Es ist jetzt nicht der Moment für falsche Bescheidenheit.»

Aiden stieß einen Laut aus, der beinahe an ein Lachen grenzte. Stian riss den Kopf hoch.

«Ich kann nicht», wiederholte Aiden eisig. «Das hier ... ist mein werter Vater.»

Ihre Blicke trafen sich. Die Zeit blieb stehen. Sekunden, schwer wie Blei, die einschnitten. Fassungslosigkeit, tiefgreifend, während Stians Körper automatisch die Befehle befolgte, weiter zu drücken.

«Scheiße, ernsthaft?» Stian versagte beinahe

die Kraft. Ein letzter Blick aus diesen kalten, blauen Augen, ein Lächeln, das ihm einen Schauer über den Rücken rinnen ließ, bevor Aiden aufstand und aus dem Zimmer ging. Entgeistert schaute Stian ihm hinterher.

In der nächsten Sekunde kamen seine Kolleginnen angelaufen. Dann ging alles schnell und effizient. Sarah kniete sich an seine Seite, er zählte laut. Am Rande bekam er mit, wie Hannah den Beatmungsbeutel vorbereitete, der Stationsarzt und dann das Reanimationsteam erschienen. Bei 30 robbte er atemlos zur Seite, damit Sarah übernahm. Seine Gedanken rasten, immer wieder schaute er zur Tür, aus der Aiden verschwunden war und zurück zu dem Menschen, der sein Vater sein sollte. Eine nicht verheilte Wunde in der Seele, die er zu lieben wagte.

«Wo ist Aiden?», erfragte Sarah, während sie drückte. Stian atmete ein.

«Kümmert sich um unsere Auszubildenden und um den Rest draußen.»

«Gut.»

Das wusste Stian nicht. Er wusste nicht mehr, was gut oder schlecht war, war sich nicht sicher, ob es Aidens Wunsch war, diesen Menschen zu retten oder nicht. Ihm wurde schlecht wegen seiner eigenen Gedanken.

Seine Finger zitterten, seine Knie schmerzten. Irgendwo klebte Blut. Herr Hansen hatte sich den Kopf angeschlagen, als er scheinbar von der Bettkante geglitten war.

Hatte er irgendetwas übersehen beim Vitalzeichenüberprüfen? Nein. *Oder?*

Außer Schwindel hatte der Patient keine anderen Beschwerden angegeben, der Arzt war informiert worden. Stian hatte alles der Situation entsprechend getan. Er hatte sich nicht künstlich Zeit gelassen, obwohl er es gern gewollt hätte. Hätte er Jonas doch hinschicken sollen? Scheiße. Ihm war schlecht.

«Löst du wieder ab?»

Er glitt an Sarahs Seite, übernahm, als sie anzählte und drückte mechanisch. Sein Blick heftete sich auf das Gesicht des Patienten, während um ihn herum alles wie ein Uhrwerk lief. Stian funktionierte nur, konnte nicht klar denken, weil sein Kopf übervoll war. Seine Gedanken überschlugen sich.

Dieser Mensch sah nicht aus wie Aiden. War nicht wie Aiden. Hatte nichts gemeinsam mit dem Mann, der ihm unter die Haut ging. Was war in dessen Vergangenheit vorgefallen?

Er machte eine Pause, als der Patient geschockt wurde. Kein Puls. Weiter. Immer weiter, bis seine Kraft aufgebraucht war, sein Kasak verschwitzt, seine Achseln feucht, Schweiß tropfend von der Stirn, seine Lunge brannte. Er konnte nicht mehr. Andere Kollegen wechselten Sarah und ihn ab, Hannah assistierte dem Reanimationsteam.

Schwere Atem, Rascheln von Verpackungen, pfeifende, knackende Geräusche von dem Körper, der versucht wurde, ins Leben zurückzuholen. Die Übelkeit in Stian wurde übermächtig.

Weiteres Schocken, wieder erfolglos.

Die Minuten verrannen. Minuten, in denen der Tod überragend über ihnen schwebte. Er war mächtiger. Mächtiger als ihre Anstrengungen, mächtiger als Menschlichkeit. Ein Riss in der Zeit. Sie verloren das Leben, das mit dem Tod aus dem Fenster floh.

Übrigblieben ein voller Kopf leerer Gedanken, ein regungsloser Körper, der mit vereinten Kräften ins Bett gehoben wurde. Mechanische, taube Abläufe, die Stian ausübte und nicht an sich heranließ. Außen Routine, innen Chaos. Als Stille einkehrte, lehnte er sich an eine Wand, ließ sich hinuntersinken und saß in dem Raum, in dem die Luft so schwer schien.

Starr blickte er an die gegenüberliegende Wand, an der Schmutzstreifen zu erkennen waren. Abgewetzte Farbe. Schleifspuren von Bettgestellen.

Das war´s also.

Seine Hände zitterten, Blut klebte an ihnen. Irgendwo musste er auf dem Boden hinein gefasst haben. Betroffene Stille legte sich über ihn. Sie hatten Aidens Vater verloren.

Hannah betrat das Zimmer, eine Waschschüssel und ein Handtuch dabei. Abrupt blieb sie stehen.

«Stian!» Sie kam auf ihn zu. «Alles in Ordnung?»

«Nein.» Erschöpft stand er auf, ging an ihr vorbei. Er lief ins Bad und wusch sich die Hände.

«Kann ich dir helfen?» Ablehnend schüttelte er den Kopf. «Hast du Aiden gesehen?», erkundigte er sich.

«Er war eben im Dienstzimmer.»

«Danke.»

«Warte kurz. Weißt du, ob Herr Hansen Angehörige hatte?»

Stian hielt inne. Er presste die Finger gegen den Nasenrücken und lachte humorlos auf. «Ist im Dienstzimmer.»

«Wie bitte?»

Doch er gab Hannah keine weitere Antwort, sondern verließ das Zimmer. Er musste Aiden sehen und der restliche Stationsbetrieb weitergehen. Glücklicherweise leisteten die Azubis ganze Arbeit und unterstützten sie tatkräftig. Alles andere war zum Stillstand gekommen. Er fand Aiden nicht im Dienstzimmer, sondern sah ihn am Ende des Flurs laufen, seine Tasche auf dem Rücken, im Inbegriff zu gehen.

«Aiden!», rief er über den Flur und rannte das letzte Stück zu ihm. Die Übelkeit zwang ihn beinahe in die Knie.

Keuchend kam Stian bei ihm an. Er wollte gerade etwas sagen, doch der Ausdruck in den anderen Augen ließ ihn stumm bleiben.

Aiden war komplett auf. Stian konnte Emotionen sehen, die noch nie an die Oberfläche gebrochen waren. Ungefiltert. Echt. Zerrissen.

«Was willst du?» Stian sah ihn überrascht an. Diese Feindseligkeit traf. «Mir wieder falsche

Bescheidenheit vorwerfen?»

Stian schluckte. Scheiße. Völlig verkehrt.

«Nein», entgegnete er. Sein Herz raste. «Ich wollte wissen, wie es dir geht.»

«Blendend und jetzt lass mich in Ruhe.»

«Aiden ...»

«Hör zu, ich will es nicht wissen. Ich brauche keine Beileidsbekundungen, ich brauche keine Entschuldigung oder sonst irgendetwas von dir! Ich gehe jetzt nach Hause.»

«Sehen wir uns nach dem Dienst?»

Aiden lachte harsch auf.

«Noch mal: Lass. Mich. In. Ruhe.»

Stian musterte ihn – suchte in den Worten nach der richtigen Bedeutung. Es klang ein bisschen wie: für immer. Doch das wollte er nicht glauben. Gab sein Freund ihm die Schuld für den Tod seines Vaters? Er schluckte.

Diese vehemente Ablehnung tat weh. Er wollte nichts auf die Goldwaage legen, selbst wenn Aiden ihm völlig fremd vorkam – es war ein Ausnahmezustand. Das durfte Stian weder an sich herankommen lassen noch beurteilen.

Er würde Aiden den Raum geben, den dieser brauchte, setzte auf das leise Vertrauen, das sie verband. Vielleicht sah das zwischen ihnen in ein paar Stunden oder Tagen wieder anders aus.

Noch nie war es ihm so schwergefallen, einen Menschen gehen zu lassen.

Kapitel 11 – Aiden

*A*iden hatte sich krankgemeldet. Er schaffte es nicht, auf Arbeit aufzutauchen. Was weniger an der Arbeit selbst lag als an ihm. Mit ihm stimmte etwas nicht. Er hatte die Kontrolle verloren. Über sich. Sein verdammtes Leben. Ohne Kontrolle konnte er nicht existieren.

Vor Jahren hatte er sich geschworen, nie wieder in die Situation zu kommen, sich machtlos zu fühlen oder unfähig zu sein, Hilfe zu leisten. Doch binnen weniger Sekunden konnte ein gesamtes Leben zerstört werden. Er stand vor dem Trümmerhaufen seines mühsam errichteten Seins.

Aiden hatte gehofft, ihn niemals wiederzusehen. Hätte niemals damit gerechnet, beruflich diese Konfrontation zu erleben.

Es war passiert.

Wovor er immer die größte Angst gehabt hatte.

Selbst wenn Aiden gewollt hätte, hätte er nicht gekonnt. Nichts hätte ihn dazu bringen können, zu drücken – und damit war seine Selbstbeherrschung gefallen.

Sein Erzeuger hatte ihm zum Schluss das genommen, worauf er stolz war. Hatte es auf seine Art zerstört, wie er alles zerstört hatte. Er hatte Aiden ethisch versagen, seinen Berufskodex beschmutzen lassen.

Als Pfleger durfte er nicht selektieren, nicht über lebenswürdig bestimmen, egal welche Vorgeschichte Menschen besaßen. Niemand hätte verlangt, einen Familienangehörigen selbst zu reanimieren. Das Problem daran war: Es hatte niemand gewusst.

Er hatte Stian im Stich gelassen.

Alles, was passiert war, hatte ihn niedergerissen. Seine Maske fallenlassen. Das, was in ihm wütete, konnte er nicht mehr beherrschen.

Aiden stand neben sich. Zu viele Emotionen. Zu viel, das seinen Kopf malträtierte. Erinnerungen an seine Kindheit und Jugend. Die letzte Begegnung mit seinem Erzeuger, die mit dem Tod endete.

Er schämte sich seiner eigenen Gefühle, keine Trauer zu empfinden, sondern Leere. Am ehesten empfand er Erleichterung und kam sich deshalb selbst wie Abschaum vor.

Der Tod eines Menschen sollte etwas mit ihm machen, doch das tat es nicht – außer den Hass auf diesen Mann zu bestärken, weil ihm alles genommen worden war.

Scheiße, er ging nicht über Leichen, aber er hatte keine Verbindung zu diesem Mistkerl besessen, der ihm eine grausame Kindheit beschert hatte.

All diese Bilder waren zu präsent, zu nah an der Oberfläche, als das er kontrolliert unter Menschen hätte gehen können. Alle zu aufmerksam. Und dann gab es da noch Stian ...

Seit einer Woche mied Aiden ihn. Wollte ihm nicht seine aufgerissene Seele zeigen. Diese Fetzen, die im Wind zu hängen schienen. Irgendwo. Verdorrte Wüste. Dabei sehnte er sich nach seinem Partner.

Aber Aiden konnte ihm gegenüber nichts verbergen. Das letzte Bisschen, das von seinem Ich übrig war, wollte er nicht verlieren. Krampfhaft versuchte er, die Stücke wieder zusammenzusetzen – wieder ein Mann, kein Weichei zu sein.

Überbleibsel.

Männer durften nicht schwach sein. Tränen waren für Feiglinge bestimmt. Obwohl er es besser wusste, kam er nicht gegen die Dogmen an, die ihm eingetrichtert worden waren.

Aiden war innerlich wie äußerlich völlig durcheinander. Er konnte nichts mehr halten. Keine Grenzen. Keine Mauer. Keine Kontrolle.

Die Truhe, die jahrelang verschlossen gewesen war, war aufgebrochen worden und die darin enthaltenen Bilder vermischten sich mit der Gegenwart. Schmerz. Verlorensein. Der Geschmack von Gewalt. Heiße Spuren auf seinem Gesicht. Seine Zähne im Kissen, damit niemand ihn hörte.

Stian hätte ihn verstanden. Hätte ihm eine Hand gereicht. Hätte ihm geholfen, Ordnung in das Chaos zu bringen.

Aiden wollte es nicht.

Er hatte es schon einmal allein geschafft und wollte es wieder schaffen.

Alles andere hätte bedeutet, an sich selbst gescheitert zu sein. Das konnte er nicht zulassen – es wäre Genugtuung für seinen Alten gewesen.

Also ignorierte er die Nachrichten, die er erhielt. Unter dem Türschlitz ein kleiner Zettel mit: «Ich denke an dich», zwei Nachrichten auf dem Handy mit: «Wenn du mich lässt, bin ich für dich da» und «Ich würde gern wissen, wie es dir geht».

Manchmal bildete er sich ein, Stians Präsenz vor der Haustür zu spüren. Er ließ ihn irgendwie in Ruhe und irgendwie auch nicht, was Aiden zwischen ´ihn zum Teufel schicken` und ´ihn in die Arme reißen` schwanken ließ. Er wollte Stian nicht verlieren, brauchte aber Zeit um zurückzufinden.

An einigen Abenden war er versucht, die Treppenstufen hochzusteigen und an seiner Tür zu klopfen. Den Mist loszuwerden, der ihn belastete, über das reden zu können, was vorgefallen war.

Doch er hatte Stian nie mit hineinziehen wollen. Dafür war es zu spät und er am Ende nicht stark genug, einfach den Mund aufzumachen. Es gab schlimmere Geschichten als seine, aber er wollte sie nicht erzählen, weil es bedeutete, sie gewissermaßen erneut durchleben zu müssen.

Aiden wollte keine echoenden Beleidigungen, keine Erinnerungen an Striemen auf seiner Haut, nicht den blassen Geschmack von Blut im Mund, nicht die vergangenen Schreie seiner Mutter hören. Noch so viel mehr, das sein Hirn zutage befördern würde.

Das Handy vibrierte neben ihm. Stian.

Gibst du mir die Schuld und redest deshalb nicht mehr mit mir?

Aiden las die Nachricht vom Display. Seine Kehle schnürte sich zu. Er nahm das Handy und wollte instinktiv ein *Nein* schreiben, doch mit einem Mal stand dort nur noch: *Die Nachricht wurde gelöscht.*

Es folgte nichts mehr. Aiden legte das Handy wieder zur Seite, vergrub das Gesicht in den Händen.

Die letzten Nächte hatte er kaum geschlafen, schleppte sich durch die Tage, konnte sich nicht mehr daran erinnern, wann er das letzte Mal etwas gegessen hatte.

Er sehnte sich nach einer Umarmung und hatte Angst, zu zerbrechen. Stian zerbrach vielleicht auch. Er hatte ihm das Licht genommen.

Aiden musste raus aus seiner Wohnung, hielt die gedankenvolle Stille nicht aus, die mit jeder Stunde erdrückender wurde.

Mit dem Tod seines Erzeugers konnte er nun das Erbe seiner Mutter antreten. Sie hatte ihm das Elternhaus vermacht, mit lebenslangem Wohnrecht für den Alten. Seit Jahren war er nicht mehr in diesem Dorf gewesen.

Vielleicht gab es noch Erinnerungsstücke von seiner Mutter. Mit dem Haus konnte er nichts anfangen, aber er sich vor Ort mit seiner Vergangenheit auseinandersetzen, um seine Wohnung nicht zu beschmutzen.

So weit er wusste, hatte sein Erzeuger nie eine andere Frau einziehen lassen, weitere Kinder gab es keine, weil er sich nach Aidens Geburt einer Vasektomie unterzogen hatte. Also kam er vielleicht mit dem Schlüssel rein, der damals unter dem Stein neben der Haustür deponiert worden war.

Ausgelaugt packe Aiden ein paar Wechselklamotten und den Kulturbeutel zusammen. Er zwang sich dazu, einen Schluck Wasser zu trinken, weil er sich schwach auf den Beinen fühlte. Zugrunderichten wollte er sich nicht, doch Essen und Trinken war seit Tagen für ihn nebensächlich geworden.

Aus dem Auto rief er Waltraut an. Auch seine Oma hatte er nicht mehr persönlich besucht, sondern nur telefonisch Kontakt gehalten. Er informierte sie darüber, dass er zum ehemaligen Elternhaus fuhr und das sie sich keine Sorgen zu machen brauchte. Aiden nahm sich fest vor – sobald er wieder bei Verstand war – ihr einen Besuch abzustatten.

Die Fahrt ging komplett an ihm vorbei. Leere breitete sich immer tiefer in ihm aus, je näher er der einstigen Wohngegend kam. Er fuhr an seiner alten Schule vorbei, dachte an die legendären Pausen und verhassten Lehrer, bog in die Straße, in der das Einfamilienhaus stand. Ganz am Ende.

Einige Vorgärten hatten sich in knapp zehn Jahren kein bisschen verändert, manche Hausfassaden waren gealtert.

Für Aiden war es eine Zeitreise. Mit der Gegend konnte er heutzutage nichts mehr anfangen, doch Bilder vergangener Tage schossen ihm in den Kopf.

Spielen mit den Nachbarskindern, Fußbälle in Fensterscheiben versenken und wegrennen, Klingelstreiche. Heiße Sommer und laue Nächte, das erste Mal bemerken, keinen Mädchen hinterherzuschauen, sondern die Jungs abzuchecken. Der erste, leicht bekiffte Kuss mit einem Jungen, irgendwie Mutprobe, irgendwie mehr. Den Arsch vollbekommen, als das rauskam.

Aiden stieg aus, blieb vor dem Haus stehen, das sich nicht verändert hatte. Es sah gepflegt aus. Eigentlich wunderte er sich, keine Bruchbude vorzufinden.

Er öffnete das quietschende Gartentor und schritt zum Eingang. Neben der Haustür stand ein Blumentopf und der dicke Stein, den sie damals dort deponiert hatten, lag noch immer da. Er hob diesen an. Kein Schlüssel. Unter dem Blumentopf ebenfalls nicht.

Aiden betrachtete den Eingangsbereich. Ohne Schlüssel kam er nicht rein. Auch wenn er vor Jahren der rechtmäßige Erbe geworden war, hatte er keine Lust, die Nachbarn auf sich aufmerksam zu machen und sich womöglich mit der Polizei wegen Hausfriedensbruch auseinandersetzen zu müssen.

Er bemerkte an der Vorstufe zum Eingang einen losen Ziegel. Einer Eingebung folgend hob er diesen hoch.

«Tja», meinte er leise zu sich selbst, «hab ich dich.»

Sein Herz pochte, als er den Schlüssel in das Schloss führte. Er wusste, dass ihn hinter der Tür rein theoretisch niemand erwartete, dennoch konnte es praktisch anders aussehen.

Als er das Haus betrat, war es dunkel und kalt. Für einen Moment lauschte er in die Stille, schaute auf das Klingelschild. Der Familienname war ausgeblichen. An der Garderobe deutete ebenfalls nichts daraufhin, dass mehr als eine Person in diesem Haus gelebt hatte. Ausschließlich Männerschuhe, keine Anzeichen auf weibliche Gegenwart.

«Hallo?», rief er vorsichtshalber in den Flur, doch ihm antwortete nur die Stille. Zögerlich schloss er die Tür hinter sich, schaltete das Licht an und bewegte sich schleichend vor. Aiden kam sich vor wie ein Einbrecher.

Obwohl er in diesen Wänden aufgewachsen war, waren sie ihm mittlerweile völlig fremd. Der Geruch war ein anderer als damals. Es roch nicht nach Blumen, sondern nach Zwiebeln und abgestandener Luft, vermischt mit einem leichten Holzgeruch.

In der Küche stand noch eine Tasse in der Spüle, die er automatisch in den Geschirrspüler stellte. Sein Erzeuger hatte bis vor Kurzem hier tatsächlich noch gelebt. Diese Erkenntnis sickerte zäh in sein Bewusstsein.

Aiden stützte sich an der Arbeitsplatte ab, schaute über den Tresen hinüber zur Essecke. Die Einrichtung war dieselbe. Es hatte sich nichts verändert, außer er. Ein Schatten legte sich über ihn.

Er würde mit diesem Kapitel abschließen und nie wieder seine Stärke verlieren. Danach würde er in sein eigenes Leben zurückkehren, geprägt, aber nicht verloren.

Langsam zog er seinen Mantel aus, legte ihn auf die Arbeitsplatte. Nach und nach würde er sich die anderen Räumlichkeiten ansehen, ebenso den Teil, in dem Waltraut gelebt hatte. Vielleicht fand er auf seiner Suche irgendetwas, selbst wenn er kein bestimmtes Ziel besaß.

Die letzten Tage waren an ihm vorbeigezogen. Zwischendurch war Aiden losgefahren und hatte lieblos ein paar Lebensmittel aus dem nahegelegenen Discounter geholt, in dem ihn ein paar Einkäufer erstaunt angesehen hatten.

Aiden war immer auffallend gewesen, doch er vermutete eher, Altbekannten über den Weg gelaufen zu sein, ohne diese zuordnen zu können. Das Dorf, in dem er aufgewachsen war, war nicht groß und selbst in den umliegenden Läden kannte man einander.

Lustlos aß er einen Apfel, während er in seinem ehemaligen Zimmer die Schränke durchforstete. Es wunderte ihn, dass dieses Zimmer so belassen worden war. Er hätte seinem Vater zugetraut, es mit einem Molotowcocktail auszulöschen. Wahrscheinlich hatte der es unterlassen, weil der Rest des Hauses ebenfalls mit drauf gegangen wäre.

Es gab kaum persönliche Sachen. Das meiste davon hatte Aiden damals mitgenommen – oder es war in der Feuerschale gelandet, als sein Vater das Zimmer aufgeräumt hatte.

Aiden fand ein altes Matheheft, in das Gleichungen gekritzelt waren, die er nicht mehr verstand. Wahrscheinlich hatte er sie damals schon nicht kapiert. Mehr zu finden, gab es nicht.

Ausgeblichene Poster hingen an den Wänden, die an den Ecken eingerissen waren, und das Bett war gemacht. Vielleicht lag die Bettwäsche ebenfalls schon zehn Jahre.

Doch es war der einzige Raum in diesem Haus, abgesehen vom Wohnbereich seiner Oma, in dem er nicht das Gefühl hatte, zu ersticken. Vielleicht, weil dieser Raum immer noch er selbst war, obwohl die Sachen fehlten.

Das einzige Zimmer, das er bisher nicht betreten hatte, war das Schlafzimmer. Aiden brachte es nicht über sich, hineinzugehen.

Als würde ein Damoklesschwert über dem Türrahmen hängen. Dort erwartete ihn sicherlich das ausgereifte Böse.

Ihm blieb noch die große Schrankwand im Wohnzimmer. Bisher hatte er nichts gefunden, womit er etwas anfangen konnte. Bilder gab es keine. Es schien, als habe sein Erzeuger einige

Bereiche komplett ausrangiert, während andere nicht angerührt worden waren. Aiden verstand das nicht.

Er schaute auf das Handy, um nach der Uhrzeit zu sehen. Auch dieser Tag war beinahe wieder rum. Obwohl er kaum etwas tat, raste die Zeit.

Pausenlos suchte er nach Beschäftigung, um nicht denken zu müssen. Er klammerte sich an die Leere in seinem Kopf, hielt sie zwanghaft aufrecht. Manchmal durchbrachen Gedanken diesen Raum und drängten sich ihm auf. Wie jetzt.

Zehn Tage. Zehn Tage hatte er Stian nicht mehr gesehen. Er vermisste ihn. Wenn Aiden nachts wach lag, dachte er daran, wie es war, ihn zu atmen, ihn berühren zu können. Tagsüber schlich sich manchmal der Gedanke in seinen Kopf, was er Stian zeigen könnte. Doch es blieben mentale Ideen, weil Stian nicht da war.

Sein Freund hatte es aufgegeben, ihn zu kontaktieren. Endlich ließ dieser ihn in Ruhe, doch Aiden hatte das Gefühl, etwas verloren zu haben. Er wollte ihm schreiben. Mit jeder Stunde wurde das Bedürfnis größer. Das Problem daran war, dass Aiden keine Ahnung hatte, wie er anfangen sollte.

Vielleicht: Ich vermisse dich.

Vielleicht: Ich möchte mich entschuldigen.

Vielleicht: Kannst du vorbeikommen?

Stian fehlte ihm. Sehr. Sein Daumen schwebte über dem Chat-Symbol – wollte tippen. Konnte es nicht.

«Gib mir noch etwas Zeit», flüsterte Aiden in die Stille. Er schaffte es noch nicht, ihm gegenüberzutreten, fühlte sich wund, war ein wandelnder Schatten in diesem Haus.

Er verließ sein ehemaliges Zimmer, durchquerte den Flur und blieb einen Moment vor der geschlossenen Schlafzimmertür stehen. Die Wände schienen zu wispern. Als hätte der Raum all das gespeichert, was Aiden so lang verdrängt hatte. Er schloss die Augen.

Aiden hielt die Luft an.

Sein kleines Herz raste.

Ganz still presste er sein Ohr gegen das Holz der Tür, bemüht, keinen Laut von sich zu geben. Die Stimmen dahinter klangen dumpf, doch er konnte ein paar Worte verstehen. Zuvor hatten sich seine Eltern gestritten – wegen ihm. Er hatte eine Vase kaputt gemacht. Also war er ein böser Junge, der bestraft werden musste.

«Du bist an seiner Zeugung ebenso beteiligt wie ich!»

Das war seine Mutter. Sie klang aufgebracht.

«Du hast diesen Bengel auf die Welt gebracht. Der taugt nichts!»

Sie sprachen von ihm, er wusste das. Er wusste auch, dass er immer an allem schuld war. Immer wenn sich seine Eltern zankten und fürchterlich schrien, war er der Auslöser. Aiden wollte das nicht sein, wollte nicht, dass sich seine Eltern wegen ihm stritten. Sein kleines Herz flatterte schneller. *Es war nicht gut, wenn sie dachten, er würde nichts taugen. Ihm war die Bedeutung dieser Worte nicht ganz klar, aber sie hörten sich doof an.*

«Es ist unser Sohn!»

«Das ist ein verkorkster Bastard! Sowas habe ich bestimmt nicht gezeugt!»

«Willst du mir unterstellen, ich wäre fremdgegangen?»

«Jeder weiß doch, was du im Dorf treibst.»

Dann passierte etwas. Die Geräusche, die Aiden hörte, waren wild und klangen, als würde jemand klatschen. Plötzlich hörte er Schritte. Erschrocken japste er nach Luft und versuchte, zurückzuweichen.

Zu spät.

Die Tür wurde aufgerissen. Sein Vater stand vor ihm. Groß. Dunkel. Er machte ihm Angst.

«Na, hat die Missgeburt gelauscht?»

Sein Vater kam näher. Eklig riechender Atem traf Aiden im Gesicht. Seine Augen brannten. Wenn sein Papa so komische Worte benutzte, bedeutete das nichts Gutes.

«Papa, bitte. Ich habe nicht ...»

Irgendwo hörte er die Stimme seiner Mutter. Der Schmerz in seinem Gesicht war so präsent, dass er nicht mehr verstand, was sie sagte ...

Aiden schlug die Augen wieder auf. Dieses Haus trug zu viele solcher Situationen in sich. Es hatte ein paar Jahre gedauert, bis er gemerkt hatte, dass das Klatschen kein Applaus, sondern Schläge gewesen und das sowohl Missgeburt als auch Bastard keine Komplimente waren.

Sein Erzeuger hatte nie ein Kind gewollt. Seine Mutter war blind vor Liebe gewesen. Eine toxische Mischung, die genau zu dem geführt hatte, was sie gelebt hatten. Er hatte Glück gehabt, dass er zu seiner Oma hatte flüchten können. Doch selbst sie hatte ihn nicht vollständig schützen können. Vieles war ihr entgangen.

Aiden ließ das Schlafzimmer hinter sich, stieg die Treppe hinunter und ging in den ehemaligen Wohnbereich seiner Oma. Hier besaß er schöne Erinnerungen, hier schlief er. Weil er keine Angst haben musste, dass die Bilder ihn holten.

Er ließ sich aufs Sofa sinken und zog sein Handy hervor. Keine Nachricht. Er öffnete den Chat. Schluckte.

Diese Nachricht wurde gelöscht, prangte dort noch immer.

Hallo Stian.

Löschen.

Ich vermisse dich.

Ganz schnell löschen.

Wieder schreiben.

Ich brauche dich.

Die Buchstaben brannten in seinen Augen. Er schloss die App und rief stattdessen seine Oma an.

«Aiden, mein Schatz, wie schön, dass du anrufst!»

«Hallo Oma ... wie geht es dir?» Er brauchte

305

einen Moment, um seine Gedanken zu sammeln. Weg von Stian. Weg von der Sehnsucht.

«Das sollte ich dich fragen», meinte sie mit beruhigender Stimme. «Mir geht es soweit gut. Ich hatte heute ganz netten Besuch von der älteren Dame zwei Zimmer weiter. Wir haben geklönt und Kaffee getrunken. Und du?»

«Die meiste Zeit geschwiegen und Sachen aussortiert.»

«Wann kommst du zurück?»

«Weiß ich nicht. Irgendwie kann ich mich noch nicht lösen, obwohl ich nicht hier sein möchte. Zuhause wäre es wahrscheinlich keineswegs besser.»

«Suchst du nach etwas Bestimmten?»

Nach sich selbst. Nach einer Möglichkeit, nie wieder von Erinnerungen überrannt zu werden.

«Nein ... nach allem und nichts. Das erschwert das Finden.»

«Du weißt, dass hier Menschen auf dich warten, die dich lieben, oder?»

«Oma, natürlich liebst du mich. Das weiß ich.»

«Du vergisst da jemanden.»

Aiden schwieg. Ob Stian ihn liebte, wusste er nicht. Wahrscheinlich war dieser zurecht sauer auf ihn. Oder ... er schon zu weit weg. Seine Brust zog sich zusammen. Er wünschte sich nichts sehnlicher, als in diesen grünen Augen zu versinken, das gelöste Lachen zu hören und seine Unbeschwertheit zu genießen. Er brauchte Licht.

«Ich bin bald wieder da. Versprochen.»

«Darf ich dich was fragen?»

«Sicher.» Nachdenklich runzelte Aiden die Stirn.

«Hast du Stian eigentlich mal gefragt, wie es ihm nach der Sache geht?»

«... Nein», gab er zu. Dann stutzte er. «Er war bei dir», stellte Aiden fest.

«Sei bitte nicht wütend.»

Ein tonloser Laut entwich seinen Lippen. «Bin ich nicht. Wann?»

«Gestern.»

«Wie geht´s ihm?»

«Das nehme ich dir nicht ab, mein Lieber. Wenn du das wissen möchtest, musst du ihn schon selbst fragen.»

«Und was wollte er?»

«Wissen, wie es dir geht.»

«Hast du´s ihm gesagt?»

«Nein! Obwohl ich kurz davor war. Denn: Bei ihm ist die Sachlage eine andere als bei dir.»

«Danke Oma.» Sie hatte ja recht.

«Morgen kommt er noch mal vorbei und bringt ein paar Einkäufe mit.»

«Tut mir leid, dass ich momentan nicht für dich da bin.»

«Es ist alles gut. Ich verstehe das.»

Aiden rieb sich die Stirn. Er musste mit Stian reden. Dieser konnte die Zusammenhänge nicht nachvollziehen – nicht, solange er schwieg. Vielleicht hatte er es längst vermasselt. Wenn Stian seine Oma aufsuchte, war er verzweifelt.

«Ich rufe dich morgen wieder an. Ich bin müde und lege mich jetzt hin. Hab dich lieb.»

«Ich dich auch. Pass auf dich auf.»

«Mach ich. Tschüssi.»

Aiden legte sich auf die Couch, zog die Decke bis zum Kinn und knipste die Stehlampe aus. Lange Zeit schaute er in die Dunkelheit, das Handy auf dem Wohnzimmertisch liegend.

Er könnte Stian anrufen …

Vielleicht lag er wach.

Vielleicht schlief er schon.

Vielleicht …

Sein Herz pochte. Er griff nach dem Handy, unschlüssig. Er war kaputt. Alles an ihm war einfach nur kaputt. Mit einem Tippen erschien Stians Nummer auf dem Display. Aiden wählte. Wartete atemlos. Lauschte dem Freizeichen. Wartete weiter. Dann legte er auf.

Vielleicht war das besser so. Aber in den Stunden, in denen er wach lag, konnte er sich davon nicht überzeugen.

Kapitel 12 – Stian

Stian hatte es nicht mehr ausgehalten.

Die Ungewissheit, ob Aiden noch lebte – oder ihn schlicht ignorierte. Die letzten dreizehn Tage waren die reinste Hölle gewesen. Kein Lebenszeichen. Kein Wort. Stian wusste nicht einmal, ob er ihn noch Freund nennen durfte.

Aiden hatte ernst gemacht.

Stian hatte ihn in Ruhe lassen sollen. Auf unbestimmte Zeit. Alles, was zuvor gewesen war, schien bedeutungslos. Nur noch eine Erinnerung an ein Wunschdenken: Gemeinsam durchs Leben, gemeinsam durch Schwierigkeiten.

Aiden hatte ihn gewarnt.

Er machte Dinge mit sich allein aus.

Stian fand das nicht mehr fair. In den vergangenen Tagen hatte er sich das tragische Ereignis wieder und wieder in Erinnerung gerufen, versucht, Aidens Verhalten weiterhin nicht zu beurteilen. An Tag elf war er gescheitert. Weil er Antworten brauchte, weil er sich im Nirgendwo ausgesetzt fühlte.

Es tat weh.

Aidens Verhalten ließ ihn nicht mehr schlafen. Er aß wenig, schleppte sich zur Arbeit, erntete sorgenvolle Blicke. Er fühlte sich zurückgeworfen. In eine Rolle, die er nicht wollte: verliebt in jemanden, der nichts von ihm wissen wollte.

Denn Aiden hätte sich melden können. Ein Ich brauche noch Zeit oder irgendetwas anderes, hätte ihm gereicht. Stattdessen waren seine letzten Worte *Lass mich in Ruhe* gewesen, an die er sich hielt. Vielleicht hatte diese unbestimmte Ahnung gepasst.

Er starrte auf den verpassten Anruf. Nach dreizehn Tagen hatte Aiden sich gemeldet. Einen Tag, nachdem er aus Verzweiflung bei dessen Oma gewesen war.

Er hatte nicht viel erfahren, aber jemanden zum Reden gefunden. Waltraut hatte ihn gesehen. Flennend hatte er bei ihr auf dem Bett gesessen, halb erstickt an einem Keks, weil sich Kauen und Schluchzen nicht vertrugen.

Er hatte niemanden mehr.

Die vergangenen Tage schleppte er den Gedanken mit sich herum, Mitschuld an dem Tod zu tragen, obwohl er sicher war, sein Bestes gegeben zu haben. Manchmal war das nicht genug. Und selbst wenn er es nicht glaubte, andere könnten es tun – weil das einfach war.

Also hatte er darüber gesprochen. Seine Hilflosigkeit benannt und die Tränen nicht mehr zurückgehalten.

Dass der Anruf von Aiden danach kam, war sicher kein Zufall. Vielleicht hatte er nur angerufen, um ihm zu sagen, er soll auch seine Oma in Frieden lassen. Es tat Stian in der Seele weh, dass er so dachte.

Stian wollte sich an ihre Verbindung klammern, wollte auf seine Gefühle vertrauen, aber alles war durcheinander. Er konnte sich an nichts mehr festhalten, stand mit leeren Händen auf einer verlassenen Straße.

Im Laden packte er Kekse und einen Liter Milch in den Wagen. Ein Gefallen, den er Waltraut tat, weil Aiden nicht in der Gegend oder in der Lage zu sein schien, seine Oma zu unterstützen. Das war okay, Stian half gerne. Aber wahrscheinlich würde selbst das für Ärger sorgen.

Er entschied sich dazu, den verpassten Anruf vorerst nicht zu beantworten. Weder mit einem Rückruf noch mit einer Nachricht. Es war früh am Morgen und er wollte sich nicht streiten. Dafür reichte seine Energie nicht.

Der Anruf war spätabends gekommen. Mit etwas Glück schlief Aiden noch, sodass er etwas Zeit rausschlagen konnte.

Das Traurige war, dass sich alles in Stian nach ihm verzehrte. Nach seiner Stimme. Nach seinem heiseren Lachen. Nach seinem Atem.

Alles Geräusche, die Stian mochte und die ihm fehlten. Und wenn es weiter so ging, vielleicht nie wieder hören würde.

Bei der Seniorenresidenz angekommen, nahm er die Einkaufstüte und trug sie zu Waltrauts Zimmer. Zaghaft klopfte er. Nicht sicher, ob Aiden nicht doch plötzlich auftauchte. Es kostete ihn Überwindung. Das hier war gefährliches Terrain. Emotional. Körperlich.

«Herein!»

Vorsichtig schaute er ins Zimmer. Nur Waltraut.

«Guten Morgen», begrüßte Stian sie mit einem Lächeln, das ihn anstrengte. Momentan brachte er keine gute Laune zustande. Die tat genauso weh wie Aidens Ignoranz.

«Stian! Guten Morgen. Du warst ja schon unterwegs.»

«Ich bin früh aufgestanden. Wo soll ich dir die Sachen hinstellen?»

Die Wahrheit war, dass er so gut wie gar nicht und dazu schlecht geschlafen hatte. Statt weiter ruhelos im Bett zu liegen, hatte er entschieden, aufzustehen und seine Zeit sinnvoll zu nutzen. Doch er war todmüde und die Menschen auf der Straße hatten ihn genervt.

«Ach weißt du, eigentlich könntest du mir noch einen Gefallen tun», meinte Waltraut. «Natürlich nur, wenn es dir nichts ausmacht, denn die Kekse sind nicht für mich.»

Stian unterdrückte ein Gähnen. Er brauchte dringend einen Kaffee.

«Was meinst du?»

«Könntest du die Sachen zu dieser Adresse bringen? Ein alter Freund von mir, den ich ewig nicht mehr gesehen habe. Er freut sich bestimmt über diesen kleinen Gruß. Die Frischmilch kann ich leider nicht verschicken.»

Stian runzelte die Stirn. Schon klar, dass Waltraut keine Milch verschickte, aber dieser Gefallen klang schräg.

Es waren x-beliebige Kekse, die Adresse lag am Arsch der Welt, wie er mit einer schnellen Suche feststellte. Eine gute Stunde Fahrt.

«Ähm ...» Er dachte angestrengt nach. «Ich könnte dich dorthin fahren. Dann kannst du ihn selbst besuchen. Mich kennt derjenige gar nicht.»

«Ach papperlapapp», winkte sie ab. «Überraschungen sind schön. Und ich kann leider nicht, weil ich heute einen Termin beim Sitzsport habe.»

«Und morgen?»

«Ich kann dich, junger Mann, nicht jeden Tag einspannen, auch wenn ich das natürlich gern würde. Ich bin sehr dankbar für deine Hilfe. Würdest du das für mich tun?»

Stian starrte auf die Kekse und die Milch. Eine Stunde Fahrtzeit ... für das? Gut, vielleicht kam er dadurch auf andere Gedanken. Er zuckte mit den Schultern. «Von mir aus. Aber sag deinem Enkel nichts davon. Er wirkt wenig begeistert, dass ich bei dir war.»

Aidens Namen konnte er nicht aussprechen. Das hätte ihn in den Raum geholt. Stian zerfiel schon Stück für Stück.

«Hat er sich bei dir gemeldet?» Waltrauts Augen leuchteten auf.

«Ja und nein. Er hat angerufen, aber ich hab´ geschlafen.»

«Und wie kommst du darauf, dass es ihn stört?»

«Weil er sich erst meldet, nachdem ich bei dir

war.» Stians Stimme war rau. «Ist schon okay. Ich fahre jetzt die Kekse und die Milch spazieren. Wenn du noch etwas brauchst, rufe mich an. Soll ich deinem Freund noch irgendetwas ausrichten?»

«Warte kurz.»

Waltraut zog Schreibmaterial hervor. Kritzelte flink ein paar Wörter, faltete den Zettel und verschloss ihn in einem Briefumschlag. «Den kannst du ihm geben.»

«Wie heißt er denn?»

«Nedia.»

«Nedia?»

«Ja.»

Stian runzelte die Stirn. «Das wird immer verrückter», nuschelte er, sein Hirn noch in den Sphären der Müdigkeit gefangen. Waltraut schaute ihn offen an. Sein Nacken kribbelte leicht. Er rieb sich über die Stelle und versuchte, dieses komische Gefühl abzuschütteln. «Ich fahre dann mal.»

«Vielen Dank und fahr vorsichtig!»

«Mach ich.»

Mit der Einkaufstüte lief Stian zurück zum Auto. An der nächstgelegenen Tankstelle besorgte er sich einen Kaffee, der bedeutend zu stark war auf nüchternem Magen.

Er gab die Adresse ins Navi ein. Die Straßen schienen frei zu sein, das Ziel war ihm fremd. Von dem Dorf hatte er in all den Jahren noch nie etwas gehört. Die Fahrt dorthin würde spannend werden und die Bekanntschaft mit diesem Nedia sicher lustig.

Er sah aus wie ein Penner. Seit mehreren Tagen war Stian unrasiert, trug Augenringe bis zum Bauchnabel und Schlabberklamotten vervollständigten seinen Used-Look. Seine Haare sahen aus, als wäre er an der Steckdose aufgewacht.

Aber wen interessierte das eigentlich?

Er brauchte derzeit niemandem zu gefallen, am allerwenigsten sich selbst. Immerhin stank er nicht.

Die Strecke, die er fuhr, zog sich. Der Kaffee brachte kaum Verbesserung seines Müdigkeitslevels. Es war ein trüber Morgen, der mit Grau in Grau glänzte, was nicht dazu beitrug, fitter zu werden.

Von diesem Gedanken konnte Stian sich ohnehin verabschieden.

Er wünschte, es wäre vorbei. Das Warten. Das Zerbrechen. Dass er wusste, wie Aiden zu ihm stand – ob da noch was war oder endgültig vorbei. So wie die Dinge standen …

Stian war nicht blöd. Manches sprach für sich. Doch sein dummes Herz hoffte. Hoffte darauf, dass sein dämliches Hirn maßlos übertrieb und es wirklich an dem war, dass Aiden einfach den Abstand brauchte.

Aiden und sein Vater, ein schwieriges Thema. Stian hatte einmal nachgefragt und war abgeblockt worden. Einige Dinge schienen vorgefallen zu sein, die Aiden hatten hart werden lassen. Seine

Vermutung war häusliche Gewalt. Es hätte einiges erklärt.

Aidens Beschützerinstinkt, seine Selbstbeherrschung, seine Schweigsamkeit. Worte konnten genauso zerstören wie körperliche Gewalt.

Es war reine Mutmaßung. Vielleicht würde er nie wissen, was passiert war. Stian hatte in den letzten Tagen viel nachgedacht. Die Reanimation in Dauerschleife abgespult, nach Fehlern gesucht, Aidens Reaktion analysiert. Damals hatte er seine Mutter reanimiert – seinen Vater nicht.

Vielleicht hatte er es nicht gekonnt.

Aber das passte nicht. Nicht zu Aiden.

Vielleicht ... hatte er es nicht gewollt.

Stian rieb sich übers Gesicht. Das brachte alles nichts. Ohne ein Gespräch würde er nie weiterkommen. Dabei wollte er verstehen, was in Aiden vorging. Er musste die Dinge nicht mit sich selbst ausmachen und das raubte Stian den Verstand. Aiden war verflucht konsequent in seinem Handeln.

Stian erreichte die Ortschaft. Ein verschlafenes Dorf, in dem sich Einfamilienhaus an Einfamilienhaus reihte. Mittendrin ein Schulgebäude, ein Bäcker und eine Bank. Die Vorgärten sahen wie geleckt aus und die Autos an den Bordsteinkanten schienen erst gestern in der Waschanlage gewesen zu sein. Er bog in die nächste Straße und fuhr diese bis zum Ende durch. Das Navi erzählte ihm, er habe den Zielort erreicht. Kurz nach neun. Vielleicht war dieser Nedia überhaupt nicht wach.

«Du bist mir wirklich was schuldig», nuschelte er vor sich hin, während er die Kekspackung und die Milchtüte aus der Tasche zog. Den Brief stapelte er obendrauf. Er schaute noch mal auf die Adresse, bevor er ausstieg und zu dem Haus lief, in dem kein einziges Licht brannte.

Stian passierte das quietschende Gartentor, schaute auf das Klingelschild, auf dem kein Name mehr stand, weil die Feuchtigkeit die Buchstaben hatte verblassen lassen. Dennoch klingelte er. Es war die richtige Hausnummer. Je schneller er das hinter sich brachte, desto besser.

Er ließ den Blick schweifen. Der Name auf dem Klingelschild war zwar vollständig verblichen, doch er fand ihn auf dem Briefkasten. *Hansen.* Für einen Moment erstarrte er. Schluckte. Dieser Name schien ihn zu verfolgen.

Nedia Hansen ... Wer dachte sich bitte so einen bekloppten Namen aus? Er wog ihn im Kopf hin und her, als hätte er irgendeine verdammte Bedeutung. Irgendetwas stimmte daran nicht. Das Kribbeln in seinem Nacken wurde stärker.

Im Haus regte sich jemand. Er hörte Schritte. Er starrte auf die Tür. In diesem Moment stellte er die Buchstaben um. *Aiden.*

«Sie hat mich verarscht!», stieß er aus und stand plötzlich vor ihm. Aiden schien gerade aus dem Bett gefallen. Müdes Eisblau traf ihn, wirkte für Sekunden überrascht, bis sein Blick neutral wurde.

«Stian.»

Die Stimme heiser, kratzend.

Stian war gefangen.

Von der Stimme, von diesem Mann, dessen Aura so anders wirkte, als er sie kannte: tiefer, dunkler, schmerzerfüllt.

Es war fast zwei Wochen her, dass er Aiden gesehen hatte. Der Anblick tat ihm weh, schnitt wie Glas in ihn hinein. Obwohl Aiden im Vergleich zu ihm gepflegt aussah, wirkte er eingefallen.

Die Schatten unter seinen Augen waren dunkler als Stians, er schien dünner und blasser. Aiden ging es nicht gut. Er hätte blind sein müssen, um das zu übersehen. Aber was ihn zerstörte, war dieser Blick. Keinerlei Anzeichen von Freude.

«Deine Oma ist schuld. Bedanke dich bei ihr», meinte er kraftlos. «Hier.» Er drückte Aiden die Mitbringsel in die Hände. «Das sollte ich ihrem alten Freund Nedia vorbeibringen.» Da hatte sie ihn wunderbar auflaufen lassen. Aidens Mundwinkel zuckten. Wegen seiner Dummheit oder Waltrauts ausgeklügeltem Plan – er wusste es nicht.

«Tut mir leid. Ich verschwinde.»

Hastig drehte Stian sich um. Sein Herz raste. Das war zu viel Überraschung. Waltraut hatte unrecht. Es gab auch welche, die keineswegs schön waren. Diese gehörte dazu. Und nun zwang er sich zum Gehen. Weil sich jeder Schritt weg von Aiden vollkommen falsch anfühlte.

Eigentlich wollte Stian zu ihm. Ihn umarmen,

halten. Einfach nur halten.

Verdammt.

Seine Augen brannten und das dumme Gartentor quietschte nicht nur, sondern klemmte. Mit verschwommenem Blick rüttelte er daran herum.

«Stian, warte», ertönte es hinter ihm.

«Willst du mir erklären, wie man dieses Ding aufbekommt?», krächzte er und wischte sich mit dem Ärmel unwirsch über die Augen. «Das schaff ich schon.» Notfalls stieg er darüber hinweg und würde sich auf die Schnauze legen. War auch egal.

«Nein. Eigentlich ... Würdest du bleiben?»

Stian hielt inne, an dem Schließmechanismus zu rütteln. Seine Schultern sanken hinab. Er schloss die Augen, atmete leise ein, dann aus. Noch einmal. Hatte er sich das eingebildet? Diese Worte – so leise und unsicher. Ein zaghaftes Entgegenkommen nach all der Zeit?

«Ist das eine Bitte?», fragte er. Er starrte auf den grauen Asphalt vor sich, der genauso trostlos aussah, wie er sich fühlte.

«Ja.»

Langsam drehte Stian sich um. Aiden stand noch immer in der Tür, den Blick unergründlich auf ihn gerichtet. Die Mitbringsel hatte er zur Seite gestellt, die Hände in den Hosentaschen vergraben.

Das lange, schwarze Haar rahmte ihn ein. Hinter ihm die Dunkelheit eines fremden Hauses, die ihn verschluckte. Aiden wirkte verloren. Er gehörte hier nicht her.

Zögerlich ging Stian auf ihn zu. Jeder Schritt brachte ihn den Untergang näher. Es gab kein Zurück. Auch er war verloren. Weil sein Herz diesem Mann gehörte.

Unmittelbar vor ihm blieb Stian stehen, atmete seit einer Ewigkeit den Hauch des Mannes, dessen Geruch bei ihm zuhause längst verflogen war. Er wollte die Hand nach ihm ausstrecken, ihn berühren. Zitterte, weil er gegen diesen Drang ankämpfte.

Er wusste nicht mehr, was er durfte, was gewollt war, was Aiden ablehnte. Das schnürte ihm die Kehle zu.

Kristallblau musterte ihn intensiv, glitt über ihn hinweg wie eine verdammte Berührung, die er kaum ertrug. Stian spreizte die Finger, spürte der Dehnung der Muskulatur nach, ließ wieder nach, wiederholte die Bewegung. Schluckte hart.

«Sag was», krächzte er, diese Stille nicht ertragend. Aiden schüttelte kaum merklich den Kopf. Dann trat er vor – und zog ihn in die Arme.

Stians bröckelige Fassade fiel komplett in sich zusammen. Er atmete zittrig ein, vergrub das Gesicht an Aidens Hals, kämpfte gegen das Beben.

Als sich Hände in seinen Rücken krallten, gab er auf. Verzweifelt presste er sich an Aiden, musste ihn spüren, sich vergewissern, dass er sich diesen Moment nicht einbildete.

Der Körper vor ihm war physisch, warm, festhaltbar. Es war viel zu lange her.

Stian sog alles in sich auf. Die Nähe. Den Geruch. Das Gefühl. Sein Herz klopfte schnell. Sekundenlang standen sie in dieser Umarmung, in der sich Aiden genauso an ihn klammerte, wie Stian an ihn. In denen er heißen Atem an seinem Hals spürte, warme Feuchtigkeit auf seiner Haut.

Die Umarmung verlor an Verzweiflung, wurde inniger, fühlte sich nach Bedürfnis an. Stian löste sich sanft. Er betrachtete das wunderschöne Gesicht vor sich und strich Aiden zitternd eine Haarsträhne aus der Stirn.

«Nedia kam dir nicht merkwürdig vor?», meinte dieser leise, seine Stimme belegt.

Stian verzog das Gesicht. «Doch. Ich war nur zu müde, um es zu bemerken.»

Aiden nickte. «Ich freue mich, dass du da bist.»

«Sicher?», fragte er. Nach den letzten zwei Wochen konnte er sich auf eines verlassen: seine Zweifel. Denn die waren begründet.

«Ja. Lass uns reingehen. Ich bin noch nicht wach und es wird kalt.»

Stian folgte ihm zögerlich in den dunkeln Hausflur. Im Haus selbst war es nicht wesentlich wärmer als draußen.

«Was ist das hier?» Seine Stimme hallte leicht. Er schaute sich langsam um. Der Flur mündete in einer offenen Küche, die in ein Wohnzimmer überging.

Die Einrichtung war dunkel gehalten, durch

die Fenster drang kaum Licht. Die Stimmung des Hauses wirkte bedrückend.

«Willkommen in meinem Elternhaus.» Keine herzliche Einladung. Eine bittere Feststellung. Stian runzelte die Stirn.

«Warum bist du hier?»

«Weil es mein Erbe ist. Seit meine Mutter gestorben ist.» Stians Stirnrunzeln wurde tiefer. Er folgte Aiden durch einen schmalen Zwischengang, bevor sie in einem weiteren Wohnzimmer standen, von dem mehrere Türen abgingen. Scheinbar eine Wohnung im selben Haus.

«Nein», wiegelte Stian ab. «Deshalb bist du nicht hier.» Erneut betrachtete er die Räumlichkeit, drehte sich um die eigene Achse.

Die Einrichtung dieser Wohnung war anders. Ein bisschen heller, länger unbewohnt. Auf dem Sofa lag eine zerknüllte Decke, auf dem Tisch davor stand ein Glas mit Wasser. Die Wände waren kahl, doch an vergilbten Rändern konnte er erahnen, dass dort einst Bilder gehangen hatten. Aiden hielt sich hier auf.

«Ich denke, du könntest mir ein paar Dinge erklären.» Aiden schwieg. Doch es war kein Nein. «Einliegerwohnung?»

«Ja.»

«Von wem?»

«Waltraut.»

«Ah.»

Er schaute zurück in den Flur, der in den Zwischengang überging. Das machte Sinn. Er hatte sich oft gefragt, wie Aiden bei seiner Oma hatte aufwachsen können, wenn er zeitgleich bei seinen Eltern gelebt hatte. An diese Möglichkeit hatte er nie gedacht.

«Wie lange warst du nicht mehr hier?»

«Knapp zehn Jahre.»

Stian schüttelte kaum merklich den Kopf. Wahnsinn. Er strich mit dem Finger über die Staubschicht einer Kommode. Die Zeit war eindeutig stehengeblieben. Dieses Haus erinnerte ihn an einen Lost Place. Irgendjemand hatte diese Wände bewohnt, doch die Seele war längst verschwunden.

Vielleicht mit Aidens Mutter.

Vielleicht mit ihm. Oder Waltraut.

Vielleicht hatte es nie eine Seele gegeben.

In den Spuren der Vergangenheit schien Aiden nach etwas zu suchen.

«Welche Antworten willst du finden?», fragte Stian leise und warf ihm einen Blick über die Schulter zu. Stoisch stand Aiden in der Mitte des Wohnzimmers. Fehl am Platz. Seine Präsenz kollidierte mit der des Hauses. Sie war zu lebendig, zu viel, zu stark. Ein kurzes Schulterzucken war alles, was er bekam.

«Möchtest du einen Kaffee?»

«Ja.»

Stian begleitete ihn in die Küche. Er setzte sich an einen kleinen Esstisch und schaute Aiden dabei zu, wie er Tassen aus dem Schrank nahm. Sein enganliegendes Oberteil verbarg nichts von seinem Körper. Was Stian sah, gefiel ihm nicht.

«Hast du in den letzten Tagen etwas gegessen?»

Wieder nur ein Schulterzucken. Stian stand auf und nahm Aiden wortlos die Kaffeedose aus der Hand.

«Setz dich», sagte er ruhig, aber bestimmt. Stian kümmerte sich ums Kaffeekochen, dann spähte er in den Kühlschrank. Dort gab es wenig Essbares. Wenigstens frisch und nicht ebenfalls zehn Jahre alt.

Zwischen ihnen lag eine angespannte Stille. Stian hatte unzählige Fragen. Wie es Aiden wirklich ging. Was aus ihnen wurde. Ob da überhaupt noch was war. Er konzentrierte sich auf den Kaffee, presste die Lippen aufeinander. Und schwor sich, Aiden zu helfen. Selbst wenn es das Letzte war, was er für ihn tun konnte. Wärme, Schlaf, Nahrung – für Aiden völlig irrelevant. Oder gleichgültig, weil er seine Energie auf andere Sachen verwendete.

Stian wusste zu wenig, um es zu verstehen. Warum Aiden nach zehn Jahren an diesen Ort zurückkehrte, wo doch sein Vater sein persönliches Armageddon darstellte. Es klang nicht nach Selbstfindung. Er war der Auffassung, dass Aiden sich längst gefunden hatte.

Er goss den Kaffee in die Tassen und reichte Aiden eine davon. Schwarz, wie immer. Stian blickte skeptisch in seine Tasse.

«Nimm die Milch, steht auf der Anrichte.»

«Danke.» Dann setzte er sich auf den Stuhl ihm gegenüber, nahm einen vorsichtigen Schluck. Immerhin schmeckte der Kaffee besser als von der Tankstelle.

«Ich habe deine Oma nicht nach deinem Aufenthalt gefragt», begann Stian. «Ich wollte wissen, ob du noch lebst. Dafür werde ich mich nicht entschuldigen.»

«Das habe ich nicht verlangt.»

«Aber deshalb hast du angerufen, oder?»

Aiden schloss für einen Moment die Augen, rieb sich den Nasenrücken.

«Nein», sagte er schließlich. Stian wartete auf eine Ergänzung, doch die kam nicht. Er blieb so unwissend wie zuvor. Er hätte Aiden gern zum Reden gezwungen, um ihn endlich zu verstehen. Aber das ging nicht. Also schwieg er – und fragte sich, was er hier eigentlich sollte. Warum Aiden ihn nicht einfach hatte gehen lassen.

«Ich würde dieses Gespräch gern auf später verschieben», meinte Aiden leise. «Wenn ich in der Lage dazu bin, mich in Ruhe mit dir zu unterhalten.»

Stian lauschte in die Stille hinein, spürte die Spannung, die zwischen ihnen schwang.

«Klar. Gibt es hier eine Aufgabe für mich?» Er hielt es nicht aus, vor Aiden sitzen zu bleiben. Die Nähe war zu viel für die Distanz, die zwischen ihnen herrschte. Er stellte die Tasse zur Seite.

«Möchtest du dich umsehen?», schlug Aiden vor. Stian überlegte, doch dann schüttelte er den

Kopf. Etwas anderes erschien ihm sinnvoller.

«Ich würde Einkaufen fahren.» Immerhin war er darin heute schon erprobt. Und nervige Menschen waren ihm lieber als dieses laute Schweigen. «Brauchst du etwas?»

Lange heftete sich Aidens Blick auf ihn. Stumm, mehrdeutig. Stian wollte nicht in dem Blau ertrinken, sich keine Sehnsucht einbilden oder die Hoffnung geschürt bekommen, dass Aiden später wirklich mit ihm reden würde. Deshalb wandte er sich ab, registrierte am Rande das verneinende Kopfschütteln.

«Ich lege dir den Schlüssel unter den Stein, rechts neben dem Eingang.»

Stian nickte und verließ das Haus. Auf der Straße orientierte er sich gedanklich. In der Nähe der Schule hatte er ein Hinweisschild gesehen, das auf einen Discounter hindeutete. In weniger als fünf Minuten kam er bei dem Geschäft an. Er ließ sich Zeit, durch die Regale zu gehen und nutzte den Abstand als kurze Atempause.

Aidens Anwesenheit traf ihn härter als das Schweigen der letzten zwei Wochen – in denen seine Gedanken unaufhörlich gekreist waren und er sich die immer gleiche Frage gestellt hatte, warum Aiden ihn ignorierte. Doch jetzt – diese fassbare Nähe, war bedeutend schlimmer. Weil Stian ihm ansah, wie schlecht es ihm ging und doch keinen Schritt herankam.

Zielstrebig füllte er den Einkaufswagen – Brot, Butter, Gemüse, Obst – Dinge, die Aiden gut gebrauchen konnte. Und natürlich Süßigkeiten. Wahrscheinlich wären die als Erstes weg.

An der Kasse wurde Stian ungeniert von der Verkäuferin angestarrt – wahrscheinlich dachte sie, er würde sie überfallen. Sein Bart war struppig und sah keineswegs gepflegt aus, wenn dieser länger als vier Tage wuchs. Mittlerweile wucherte er zehn. Unbeeindruckt starrte Stian zurück, bis sie den Blick senkte. Er bezahlte, räumte die Einkäufe in den Kofferraum und fuhr zurück zu Aidens Elternhaus.

Es war keine Gegend, in der Stian gern aufgewachsen wäre. Und doch war er es – in einem Dorf wie diesem. In dem der Schein nach außen hin stärker war als das eigentliche Sein, ein schwuler Sohn aus der Reihe getanzt war. Kein Platz für Entartete – vielleicht war es bei Aiden ähnlich gewesen.

Mit vollgepackten Händen versuchte er, den Schlüssel unter dem Stein hervorzufischen. Es wäre einfacher gewesen, hätte er eine Hand frei gemacht. Doch er war zu stur, um der Einkaufstasche den Sieg zu gönnen – selbst wenn der Henkel sich tief in sein Handgelenk schnitt. Mit einem Fluch auf den Lippen schaffte er es. Stille Düsternis empfing ihn. Mit einem dumpfen Laut landeten die Sachen auf der Küchentheke.

«Aiden?», rief er lautstark. Das Haus schien seine Stimme zu schlucken. «Aiden?» Keine Antwort. Stian seufzte und räumte die Lebensmittel ein. Utensilien fürs Frühstück ließ er draußen und machte sich anschließend daran, es vorzubereiten. Die Küche war pedantisch sortiert, dennoch war nichts dort, wo er es vermutete.

Es fühlte sich unwirklich an, in den Räumen eines Menschen zu stehen, der vor Kurzem gestorben war. Zudem war es ein fremder Haushalt. Ein fremdes Leben. Vorbei. Stian rang diesen Gedanken nieder. Manchmal war es von Vorteil, ahnungslos zu sein.

Stian konzentrierte sich wieder aufs Frühstück: belegte Brötchen, Apfelschnitze, frischer Kaffee. Mit einem Brett, auf dem die Lebensmittel angerichtet waren, lief er in Waltrauts ehemaliges Wohnzimmer.

In der Tür hielt er inne.

Aiden lag auf dem Sofa, das Gesicht zu ihm gewandt, die Augen geschlossen. Leise stellte er das Frühstück auf dem Tisch ab und ging neben ihm in die Hocke. Sein Herrscher der Unterwelt wirkte friedlich, sah jedoch aus, als wäre er tot. Die blasse Haut, die bläulichen Schatten, diese sanfte, kaum sichtbare Atmung. Instinktiv glitten seine Finger zu dessen Handgelenk, fühlten den Puls, der gleichmäßig und kräftig schlug.

«Hey Schneewittchen», flüsterte Stian. Für einen Moment zögerte er. Dann strich er ihm über die Augenbraue. «Frühstück ist fertig.» Aiden antwortete mit einem Stöhnen.

«Du weißt, dass ein gestörter Schlaf-Wachrhythmus nicht förderlich für die Gesundheit ist, oder?», wisperte er. «Das Risiko für chronische

Erkrankungen steigt, er hat Auswirkungen auf die Psyche, begünstig Depressionen, kann zu Stoffwechselstörungen führen», zählte er leise auf. «Hast du Verdauungsprobleme? Die kommen davon. Nachts wach zu liegen und sich den Kopf zu zerbrechen, bringt dich nicht weiter, weil die meisten Probleme am Tag existieren. Ich ...»

«Stian», nuschelte Aiden verschlafen und rieb sich übers Gesicht. «Nicht so viel reden.» Aber das musste Stian. Er musste sich von all den Dingen ablenken, die zwischen ihnen nicht in Ordnung waren.

«Ich kläre dich über die Folgen für deinen Körper auf. Die solltest du kennen. Wenn du erste Anzeichen bemerkst ...»

«Was, wenn ich an dich denke?»

Stian verstummte. Sein Brustkorb zog sich schmerzlich zusammen. «Ist das auch nicht gut», wisperte er. «Weil das auf den Magen schlägt. Also ... vielleicht. Ich weiß nicht, was in deinem Kopf vorgeht. Wenn du nachts wachliegst und ... an mich denkst, ändert das nichts.»

«Stian?»

«Mh?»

«Hast du die letzten Tage mal in den Spiegel geschaut?»

«Heute Morgen – sah schlimm aus.»

Aidens Mundwinkel zuckte. «Das meinte ich nicht», erwiderte er rau. «Willst du mir ernsthaft erzählen, dass du gut geschlafen hast?»

«Ich rede ja nicht über mich, sondern über

dich.»

«Ah, Doppelmoral.»

«War einen Versuch wert.» Stian hob die Schultern. «Komm, das Frühstück ist fertig. Iss was, ich will dein Geripppe nicht aus diesem Haus tragen müssen.»

«Ich hoffe, ich werde nie dein Patient», nuschelte Aiden und richtete sich langsam auf. «Du bist Schwester Rabiata – nur mit Bart.»

«Bisher hat das keinem geschadet.» Stian schob sich ein Apfelstück in den Mund und kaute lustlos darauf herum. «Außer denen, die gestorben sind.»

Aiden erstarrte, dann verzog er das Gesicht. Eine Mischung aus stummem Lachen und Fassungslosigkeit. «Das war makaber.»

«Bringt der Beruf mit sich.»

Dann wich sämtliche Belustigung aus ihm. Ernst geworden schaute Aide ihn an. «Ich gebe dir nicht die Schuld.»

Achso.

«Diese Nachricht hast du also gelesen», stellte Stian fest. Er nahm eine Brötchenhälfte.

«Die anderen auch.»

«Trotzdem ignorierst du mich zwei Wochen und lässt mich in dem Glauben, etwas falsch gemacht zu haben.» Unwirsch biss er ab, kaute, schluckte. Fingerspitzen glitten zaghaft über seinen Nacken. Die Berührung tat weh.

«Es tut mir leid. Ich stehe neben mir.»

«Weißt du, was das Schlimme daran ist? Ich

verstehe dich. Ich weiß, wie beschissen es dir geht und das die Situation für dich die Hölle gewesen sein muss. Rational betrachtet ergibt dein Rückzug Sinn, aber irrational hast du mein Herz zerfetzt.»

«Sag das nicht», flüsterte Aiden. Stian schmiss das Brötchen zurück aufs Brett und wandte sich ihm zu. «Warum nicht? Weil es dir wehtut? Hast du dich ein einziges Mal in den letzten vierzehn Tagen gefragt, wie es mir geht? Oder was es mit mir macht, plötzlich wieder allein dazustehen?»

Stian stoppte und verfluchte sich innerlich. Schluckte, schloss die Augen. «Das kam falsch rüber. Ich wollte dir keinen Vorwurf machen, streich das.» Er stand auf und schaute sich suchend um. «Gibt es hier so etwas wie einen Garten?» Luft zum Atmen, die brauchte er jetzt. Sein Verhalten war kindisch, doch er musste dem Drang zum Flüchten nachgeben. Stumm deutete Aiden auf eine Terrassentür, die ihm bis dahin nicht aufgefallen war. Stian trat hinaus.

Vor ihm lag ein großzügig geschnittenes Grundstück, das in der Mitte einen Teich aufwies. Der Garten war gepflegt, beinahe genauso säuberlich wie die Küche. Er schritt zu einer Bank, die in der Nähe des Teiches stand und ließ sich darauf nieder. Er war ein verdammter Idiot. Sauer auf sich selbst kickte er einen Stein ins Wasser. Zu spät erkannte er, dass darin Goldfische schwammen.

«Sorry Leute», raunte er. «War keine Absicht.» Er betrachtete die gekräuselte Wasseroberfläche, die kleinen, flinken Farbkleckse darunter. Ein verdammter Goldfischteich. Natürlich. Spießig ohne Ende. Diese winzigen Lebewesen konnten nichts für seine miese Laune.

Es war sein Pech, das Herz auf der Zunge zu tragen und alles auszusprechen, was ihn belastete. Das wollte er gar nicht. Er wollte sich nicht einmal mit Aiden streiten oder ihm tatsächlich Vorwürfe machen. Die Situation war für beide Seiten schwierig genug.

Stian stieß den Atem aus. Er war so, so dämlich. Als sich eine Hand auf seine Schulter legte, zuckte er zusammen. Irgendwann würde ihn der Schatten zu Tode erschrecken.

«Wann gewöhnst du dich an meine Anwesenheit?» Aiden nahm neben ihm Platz.

«Wahrscheinlich nie.» Weil sich das zwischen ihnen immer noch unwirklich anfühlte. Dabei hatte Stian geglaubt, sie wären auf dem richtigen Weg. Vor zwei Wochen – bevor er ignoriert worden war und Aiden nicht über das gesprochen hatte, was ihn belastete. Stian spannte den Kiefer an.

«Willst du wissen, was meine Oma auf den Zettel geschrieben hat, den sie dir mitgab?», meinte Aiden fragend. Sein Körper war ... zu nah.

«Klar», Stian schaute auf das Wasser, das sich allmählich beruhigte. Er war dankbar für die dargebotene Ablenkung und hielt es Aiden zugute, nicht auf seinem Vorwurf herumzutrampeln.

«Mein lieber Aiden, gern geschehen.»

Stian benötigte einen kurzen Augenblick, bis die Worte in seinem Hirn ankamen. Unwillkürlich kitzelte Belustigung in seiner Kehle. «Mehr nicht?»

«Nein.»

Unbeabsichtigt lachte er auf. Diese Aktion passte zu Waltraut – und er nahm ihr es ein bisschen weniger übel, ihn hinters Licht geführt zu haben. Sie hatte Aiden genauso vor vollendete Tatsachen gestellt.

«Ich mag sie», gestand er und schaute über den Teich hinweg. «Sie liebt dich abgöttisch», setzte er nach. Aiden zu lieben war prinzipiell nicht schwer. Er hatte wunderbare Seiten, aber andere Dinge sorgten dafür, dass es als Partner herausfordernd und elendig schmerzhaft war, dieses Gefühl zu empfinden.

«Das Problem daran ist, dass ich nicht gut darin bin», erwiderte Aiden und klang ... sanft.

«Du liebst sie auch. Das merkt man in jeder deiner Handlungen.» Mit dem Fuß scharrte Stian über das Gras, hinterließ Spuren, Feuchtigkeit setzte sich auf seiner Schuhspitze ab.

«Das meinte ich nicht.»

Stian zog die Augenbrauen zusammen. «Was willst du mir sagen?»

«Gefühle machen einen Menschen angreifbar. Du kannst sie entstehen lassen, sie manipulieren, sie ausnutzen und manchmal trüben sie dein Urteilsvermögen. Aber sie sind das, was uns ausmacht.» Aiden hielt inne, richtete den Blick nach vorn, starrte in die Umgebung. Obwohl er komplett stillsaß, bemerkte Stian, dass innerlich ein Sturm wütete. Es waren feine Nuancen in der Körpersprache, die Aiden verrieten. Ein Blinzeln. Ein Beben seiner Lippe. Ein kaum merkliches Aufrichten.

«Vor ein paar Jahren habe ich gelernt, mich selbst zu beherrschen. Was andere mit mir tun konnten, würde ich selbst können. Gefühle unterdrücken, sie steuern, mich nicht angreifbar machen. Das war für mich überlebenswichtig.»

Stian ließ die Worte sacken. Das klang furchtbar.

«Weil?», fragte er zögerlich nach und ahnte, in welche Richtung dieses Gespräch verlief. Sein Herz klopfte schnell. Aiden schaute auf den Teich, ein feines, abfälliges Lächeln im Mundwinkel hängen.

«Weil ich einen Vater hatte, der mich von Geburt an hasste. Er misshandelte meine Mutter und mich. Wann immer es ihm passte, wann immer einer von uns etwas Falsches tat. Bis ich mich verteidigen konnte. ... Und nach außen hin ... waren wir immer die perfekte Familie.»

Aiden legte den Kopf in den Nacken, als bräuchte er den Himmel über sich. Er schaffte es nicht mehr, seine Emotionen Stian gegenüber zu verbergen. Tiefe, triefende Abneigung schwappte zu ihm herüber, irgendwo ein Anzeichen von Schmerz. Die Mauer war endlich niedergerissen.

«Was war mit deiner Mutter?», fragte Stian

leise nach, wollte die zerbrechliche Blase der Offenheit nicht zerstören.

«Sie hat ihn geliebt. Ich weiß bis heute nicht wieso, aber sie hat ihn wirklich geliebt. Es war vollkommen egal, ob er sie als Hure beschimpfte oder ins Gesicht schlug. Sie hat sich immer schuldig bekannt und ihrem Mann alles recht gemacht.»

Stian runzelte die Stirn. «Und deine Oma?»

«Konnte ihm nichts entgegensetzen, bekam nicht alles mit. Wir planten auszuziehen, sobald ich mit der Schule fertig war.»

Stian erinnerte sich an das einschneidende Erlebnis, von dem Aiden ihm erzählt hatte. «Und dann starb deine Mutter.»

Aiden nickte und schwieg sekundenlang. Atmete. Bewusst. Tief. Aus und wieder ein. Er zitterte. «Ich habe das nie jemanden erzählt», gestand er schließlich.

Das verwunderte Stian nicht. Diese Geschichte war schlimm. Und sie gab so viel über Aiden preis, dass es wehtat. Er konnte den fremden Schmerz greifen. Diese Wut. Das Unverständnis. Und dennoch – es änderte nichts mehr. Aber er nahm diesen Teil, den Aiden ihm schenkte, hielt ihn behutsam in den Händen.

«Ich habe dir mal gesagt, dass all die Dinge, die du mir anvertraust, bei mir sicher sind. Das meinte ich so. Ich bin vielleicht das komplette Gegenteil von dir, was das Reden anbelangt, aber ich kann verstehen, warum du das für dich behalten hast.»

Aiden schenkte ihm ein blasses Lächeln, das beinahe sofort wieder verschwand. Seine Hände waren auf die Bank gepresst, die Fingerknöchel traten weiß hervor. Er kämpfte so sehr gegen sich selbst, dass Stian dieses Fechten in sich spürte.

Da gab es noch etwas anderes. Vielleicht ...

«Du konntest und wolltest nicht, oder?», fragte er zaghaft.

Aiden zögerte. Kämpfte ... und verlor. Dann nickte er.

«Es hätte keiner von dir verlangt.»

«Ich weiß», krächzte Aiden. Zittrig atmete er ein. «Am Ende habe ich gegen ihn verloren. Er hat es wieder geschafft, mich unfähig zu machen, beherrschte wieder meine Gefühle, steuerte mein Handeln.

Ich wollte, dass er starb. Für all den Dreck, den er uns über Jahre hinweg angetan hatte. Zeitgleich stand mir diese Entscheidung nicht zu, weil ich alle Menschen gleich behandeln muss. Er zog meine Berufsehre in den Schmutz, ließ mich an mir selbst zweifeln. Ich habe mich gefragt, ob ich ein schlechter Mensch bin, weil ich diesen Gedanken hatte.»

Angestrengt atmete Aiden wieder aus. Stian legte eine Hand auf seine, die sich nach wie vor auf das Holz presste. Mit einem Mal verstand er, dass das der eigentliche Grund für die letzten zwei Wochen war. Nicht der Tod seines Vaters oder potenzielle Schuldzuweisungen, sondern der Widerstreit in ihm. Sein Herz wurde schwer. Aiden litt. Er wollte ihm all die Zweifel und dunklen Gedanken nehmen und wusste zum ersten Mal im Leben nicht, wie.

«Ich weiß nicht, wie ich in deiner Situation gedacht hätte», gestand er. «Aber du hast gehandelt. Hilfe geholt, dich rausgenommen. Das war richtig.»

«Ich habe dich nicht abgelöst.»

«Nein, aber dafür gesorgt, dass andere kommen. Mal angenommen, wir hätten alle von der familiären Verbindung gewusst: Du wärst niemals so nah rangekommen. Davor hätte ich dich geschützt.»

«Ich wollte es nicht.»

«Ich weiß, weil du dieses Thema mit dir selbst ausmachst.»

Der Kreis schloss sich, sie waren wieder am Ausgangspunkt angekommen. Stian starrte auf den Boden, in den Teich, sah die schwirrenden Farbkleckse im Wasser. «Darf ich ehrlich zu dir sein?»

Er ließ die letzten Tage Revue passieren, dachte an seine Empfindungen, an all das, was er nicht verstanden hatte und an das, was er sich von Aiden gewünscht hätte. Mehr Zugeständnis, mehr Offenheit, mehr von dem einstigen Wir.

«Immer.»

«Dieses Thema ist dir auf die Füße gefallen.» Er musste aufrichtig sein, konnte keine geschönten Worte finden. «Dein Vater bekommt von alldem nichts mehr mit, aber alle anderen. Deine Station, deine Oma, ich. Damit will ich nicht sagen, dass dein Rückzug falsch gewesen ist, der war wichtig für dich. Nur sind wir diejenigen, die dich unterstützen können.

Ich weiß, dass möchtest du nicht, doch betrachte das aus einer anderen Perspektive. Wenn du dich weiter zurückziehst, erreichst du das, was du nie wolltest. Du gibst ihm Macht über dich, weil er dich über den Tod hinaus beeinflusst.»

Aiden schaute ihn unergründlich an. Vielleicht war Stian zu weit gegangen. Doch er hielt zu viel von ihm, als das er dabei zusehen wollte, wie er sich weiter zugrunde richtete.

«Du bist mental stark und weißt, dass du von diesem Haus und diesem Leben hinter uns kein Teil mehr bist. Also tue es dir nicht an. Lass´ die Erinnerungen Vergangenheit bleiben. Du kannst sie nicht ändern. Aber du kannst Einfluss darauf nehmen, wie du jetzt lebst.

Dein Vater hat deine Berufswahl ins Lächerliche gezogen? Sei der beste Pfleger auf der Welt. Er fand es abartig, einen schwulen Sohn zu haben? Stehe dazu und genieße es. Er hat dich als Bastard beschimpft? Bitte, sei der geilste Bastard auf der Welt. Am Ende sagt dieses schändliche Verhalten so viel mehr über ihn aus als über dich. Das ist alles nicht einfach, aber du wirst es können. Du hast es schon gekonnt. Und ernsthaft, du bist wertvoll. Für alle in deinem Umfeld.»

Aiden schloss die Augen und saß statuengleich

neben ihm. Er schien innerlich ruhiger geworden. Vielleicht hatte er sich wieder im Griff, die Kontrolle über seine Fassade. Doch Stian wünschte sich, ihn erreicht zu haben – mit irgendeinem Teil seiner Worte.

Er berührte Aiden vorsichtig und strich ihm sanft das Haar über die Schulter. Die Strähnen waren weich und kräftig. Zu gut erinnerte er sich daran, wie es war, die Hand darin zu vergraben oder drauf zu liegen.

Sehnsucht flutete ihn. Sehnsucht nach Zweisamkeit, die Aiden ihm einfach weggenommen hatte und die zwischen ihnen nicht geklärt war.

So blieb ihm nur das Ansehen dieses unsagbar schönen Mannes. Selbst mit Augenringen und noch blasserer Haut, selbst mit diesem bleischweren Thema zwischen ihnen. Der anschließend kristallblaue Blick war intensiv, schimmerte wie die Farbkleckse im Teich.

«Danke.» Ein Wort, so bedeutungsvoll. So heiser, so warm gesprochen.

Stian nickte und schluckte die Enge im Hals hinunter. «Um es mit den Worten deiner Oma zu sagen: gern geschehen», flüsterte er. Diese Äußerung entlockte Aiden ein kleines, zaghaftes Lächeln. Stians Brust zog sich schmerzvoll zusammen.

Er wollte Aiden in den Arm nehmen und ihn sanft küssen, die Wunden zum Heilen bringen. Aber die Wahrheit war, er traute sich nicht. Eine weitere Ablehnung hätte ihn zerrissen. Also ließ er die Hand wieder sinken und brachte Abstand zwischen sie.

«Mir wird langsam kalt. Kommst du mit rein und wir frühstücken gemeinsam?»

«Gibst du mir einen Moment? Dann komme ich.»

«Natürlich.» Stian drückte ihm zum Abschied kurz die Schulter, bevor er in der Dunkelheit des Hauses verschwand. Das Erste, was er tat, war überall in der unteren Etage das Licht anzuschalten. Diese beklemmende Atmosphäre machte ihn wahnsinnig.

Der Kaffee war kalt, sodass er neuen kochte und abwartend in der Küche stand. Er schaute dem braunen Wasser beim Einlaufen in die Kanne zu, während er versuchte, sein Sehnen einzudämmen. Das war leichter gedacht als umzusetzen, wenn sich der Grund dafür in seiner unmittelbaren Nähe befand.

Die Sache mit Aiden ließ ihn schwermütig werden. Er war dankbar für das Gespräch, doch wahrscheinlich würde es einige Zeit dauern, bis Aiden sich mental lösen konnte.

Stian wusste genau, wann dieser das Haus betrat. Es war seine Präsenz, die den Raum füllte und die Luft veränderte. Vielleicht besaß Stian auch einen siebten Sinn, der auf diesen Mann fokussiert war. Zumindest, was geschlossene Räume betraf. Aiden war ein stiller, dunkler Schatten. Immer noch.

Er wandte sich um: «Kaffee ist gleich fertig.»

«Ich hätte den anderen noch getrunken.»

«Kalt?»

«Ja, ändert nichts am Koffein.»

«Du bist merkwürdig», erwiderte Stian und schenkte den frisch gebrühten Kaffee in die Tassen. Aiden trat neben ihn. Ihre Armen berührten sich und seine Nackenhärchen stellten sich auf. Er war sich dem musternden Blick durchaus bewusst. Konzentriert schob Stian die Tasse zu ihm herüber.

«Weißt du, was wirklich seltsam ist? Dich in dieser Küche stehen zu sehen. Das irritiert mich ehrlich gesagt.» Die Worte waren zu dicht, Aiden zu nah. Stian wusste, würde er den Kopf heben, wären sie kaum eine Handbreite voneinander entfernt. Sein Herz schlug schnell.

«Soll ich wieder gehen?»

Aiden schwieg einen Moment, in dem sich Stian verbissen darauf fokussierte, in die Tasse zu schauen und dem Schwappen des Kaffees zuzusehen. Die Stille neben ihm war nachdenklich und schwer.

«Nein. Ich wollte darauf hinaus, dass du der Erste bist, der dieses Haus jemals betreten hat.»

«Ich fühle mich hier nicht wohl», offenbarte Stian und verzog das Gesicht. «Aber danke, dass du mich reingelassen hast.»

«Ich hätte dich nie weggeschickt.»

Stian beging den Fehler und schaute auf. Der Ausdruck im Kristallblau ließ keinen Zweifel zu. Er wollte die Worte glauben, doch da gab es die

Erinnerung an eine andere Szene und den Zweifel in ihm selbst.

«Komm, lass uns frühstücken. Zweiter Versuch», wich er aus, nahm die Tasse und ging in den anderen Teil des Hauses.

Stian aß, weil er es als Notwendigkeit erachtete, aber schmecken tat es ihm nicht. Nach zwei Brötchenhälften verlor er endgültig die Lust. Wenigstens nahm Aiden sein Angebot an und bediente sich vom Essen, was ihn ungemein erleichterte. Nach einem weiteren Kaffee beschloss er, die restlichen Zimmer vom Haus anzusehen, während Aiden duschte.

In die obere Etage führte eine geschwungene, alte Holztreppe, die bei einigen Stufen knarzte und knackte. Vom lang gezogenen Flur grenzten drei Türen ab. Eine am anderen Ende, die weiteren beiden linksseitig von ihm.

Hinter der Ersten befand sich ein geräumiges Bad mit Eckbadewanne. Auf der Ablage vom Spiegelschrank waren Rasierutensilien fein säuberlich aufgereiht, in der Luft lag eine Spur von Aftershave. Unverkennbar, dass hier ein Mann gelebt hatte. Stian rieb sich den Nacken. Herr Hansen war ein Ekelpaket gewesen und nun in dessen Behausung zu stehen, hatte einen Touch von Hausfriedensbruch, obwohl sein Sohn anwesend war.

Er schloss die Tür und öffnete die nächste. Schlafzimmer. Bedrückend dunkel. Aftershave. Hässlich gemusterte Bettwäsche, ein riesiger

Schrank. Vorsichtig betrat Stian den Raum. Das Kribbeln in seinem Nacken wurde stärker.

Was auch immer in diesem Zimmer vorherrschte, es bedrückte Stian so sehr, dass er postwendend wieder hinaustrat. Er rieb beide Arme, um die Gänsehaut loszuwerden, und ging zur letzten Tür.

Wenn er sich nicht täuschte, musste das Aidens ehemaliges Zimmer sein. Er öffnete es und blieb verdutzt stehen. Schneeweiße Einrichtung. Die stand in hartem Kontrast zu Aiden selbst.

Ungläubig lachte Stian kurz auf. Mit allem hätte er gerechnet, aber nicht damit. Zu dem Weiß der Möbel gesellte sich das Licht aus einem Dachfenster.

Die Sonne hatte einen Weg durch die Wolken gefunden, sodass zaghafte Strahlen in den Raum fielen und vereinzelte Sonnenflecken auf dem Boden sichtbar waren.

Stian trat weiter hinein, sah sich um, versuchte, sich vorzustellen, wie Aiden in diesem Zimmer gewirkt haben musste.

Eine dicke Staubschicht ruhte auf Regalbrettern und Bettwäsche, Fingerspuren zeugten davon, dass jemand vor Kurzem hier gewesen war. Ein zerfleddertes Matheheft lag auf dem Boden, durch das er flüchtig durchblätterte. Auf dem Umschlag stand Aidens Name krakelig geschrieben, ansonsten zeugte absolut nichts davon, dass dies sein Reich gewesen war.

Stian legte das Heft beiseite, trat ans Fenster

und schaute hinaus. Vor ihm erstreckte sich die Aussicht auf gepflegte Vorgärten, doch wenn er den Winkel des Kopfes veränderte, sah er nur Himmel.

Er hielt diese Position und genoss die Wärme auf seinem Gesicht. Die Atmosphäre in diesem Raum war eine andere als im restlichen Haus. Es war der Einzige, der hell und leicht wirkte.

«Es war mein Aufbegehren gegen die Dunkelheit», ertönte es von der Tür. Stian genoss für einen Moment den rauen Klang der Stimme, bevor er blinzelte und sich Aiden zuwandte. Dieser lehnte am Türrahmen, das Haar offen und feucht, ließ Stians vorherige Vorstellung vage Realität werden.

«Das ist der einzige Raum, der mich nicht denken lässt, eingesperrt zu sein», erwiderte er und schaute wieder hinaus. Nicht zuletzt, weil ihm Aidens Anblick wehtat.

Wolken schoben sich vor den Fetzen sichtbarer Sonne und verdeckten das Licht. Grau hielt Einzug, die Wärme verschwand auf seinem Gesicht. Stian seufzte innerlich.

«Eigentlich habe ich eine Gruft erwartet. Aber ich verstehe den Gedanken, für Helligkeit zu sorgen.»

«Den hast du jedenfalls umgesetzt. Ich glaube, ich habe hier nie eine Zeit erlebt, in der wirklich jedes Licht brannte.»

«*Mein* Aufbegehren», kommentierte Stian nüchtern.

Manchmal war die Dunkelheit ihm willkommen, dann genoss er sie. Er liebte die Finsternis, die Aiden ausstrahlte. Aber der große Unterschied dazu war, dass er eine Wahl hatte und nicht in die Schwärze gezwungen wurde. Dieses Haus lebte jedoch von ihr. «Was hast du eigentlich mit diesem Haus vor?»

«Ich werde es verkaufen.» Aiden trat zu ihm ans Fenster und schaute ebenfalls hinaus. Sein Geruch, durch das Duschen frisch und stark, drang Stian in die Nase. Er mochte diesen Duft gern, zeitgleich machte er ihn traurig.

«Das klingt nach einer vernünftigen Entscheidung.»

Er spürte den musternden Blick auf seinem Gesicht, intensiv, nah. Konzentriert richtete er seine Aufmerksamkeit auf die Umgebung, die Aussicht, tat alles, nur um Aiden nicht in die Augen zu schauen.

Stille senkte sich zwischen ihnen hinab, doch sie war ohrenbetäubend. In ihr hingen ungestellte, drängende Fragen. All jene, die ihm den Schlaf raubten und ihn schwermütig machten, die Kluft zwischen ihnen tief und unüberbrückbar erscheinen ließen.

«An anderer Stelle habe ich nicht vernünftig entschieden», gestand Aiden leise. Aus dem Augenwinkel nahm Stian wahr, dass sich etwas auf ihn zubewegte. Fingerspitzen glitten sachte über seine stoppelige Wange, als wäre er zerbrechlich. Stian wollte sich in die Berührung hineinlegen.

Zu lang her, zu viel Distanz, doch er wagte es nicht. Stattdessen schluckte er mühsam und versuchte, sein wummerndes Herz niederzuringen.

«Ja, hast du nicht», brachte er krächzend hervor, weil der Schmerz in seiner Kehle ruhte. Er wagte es und schaute auf. Bedauern hing in dem anderen Blick, der unerbittlich auf ihm lag und jede Regung, jedes Zucken von ihm wahrzunehmen schien. Stian war verloren. Aidens Nähe nahm ihm den Atem. Sein ganzer Körper war erfüllt von der Sehnsucht, sich in die Hände des anderen zu begeben und gehalten zu werden.

Es waren diese Hände, in denen er sein Herz gebettet hatte. Sie hatten sich unbedacht zu Fäusten geschlossen und seine Gefühle zerquetscht. Aiden hatte recht. Gefühle machten verletzlich.

Manchmal wünschte er sich, jemand zu sein, der nicht mit Leidenschaft bei jeder Sache dabei war. Denn die Intensität seiner Empfindungen verursachte einen Schmerz, den er kaum händeln konnte.

«Ich wollte dir niemals dein Strahlen nehmen, Stian. Durch deine Anwesenheit ist mir die Tragweite meines Handelns bewusst geworden. Es tut mir unfassbar leid.»

«Was von dem Ganzen?», hakte er leise nach. «Das du mich plötzlich alleine hast dastehen lassen, dass es dir egal war, wie es mir ging oder das du mich zwei Wochen ignoriert hast?» Seine Vorwürfe waren kraftlos. Es lag nicht in seinem Interesse, sich mit Aiden zu streiten, doch das waren die Dinge, die ihn beschäftigten. Aiden lehnte den Kopf an das Glas der Fensterscheibe, schloss für einen Moment die Augen, schluckte. Langsam blinzelte er.

«Habe ich das zwischen uns unwiederbringlich zerstört?» Sekundenlang betrachtete Stian diesen überirdisch schönen Mann, der mit seinen eigenen Dämonen kämpfte. Er hatte Verständnis dafür. Auch, dass er den Abstand gebraucht hatte. Doch es war kein wertschätzender Umgang mit ihm gewesen und das tat weh.

«Ich weiß es nicht», meinte er ehrlich und seine Stimme klang brüchig. «Ich wollte eine Beziehung, die auf Gegenseitigkeit beruht. Doch mein Stellenwert in deinem Leben scheint ein anderer zu sein, als du ihn in meinem hast.» Traurig lächelte er, blinzelte mehrfach, seine Sicht verwässerte. «Ich wünschte, es wäre anders. Also sag du es mir.»

In diesem Augenblick schien Aiden bewusst zu werden, welchen Schaden er tatsächlich angerichtet hatte. Es war ein Flackern in seinem Blick, ein Zucken am Mundwinkel, der Ausdruck in seinen Augen, der von Reue und Verlust sprach. Er überwand den letzten Abstand zwischen ihnen, ruhig und aufmerksam, umfasste Stians Gesicht und hielt seinen Blick fest.

«Du warst immer bei mir», flüsterte Aiden und schaute ihn tief an. «Ich habe ständig an dich gedacht. Zu keinem einzigen Zeitpunkt warst du mir egal.» Aiden schluckte, strich mit den Daumen über sein Kinn. «Es gibt keinen Menschen, den ich in den letzten Tagen dringender gebraucht hätte. Doch die schlichte Wahrheit ist, dass ich Angst hatte. Angst, dass du siehst, was in mir vorgeht, weil ich die Kontrolle über mich verloren habe. Angst, nicht mehr zurückzufinden. Ich habe den Abstand gebraucht, für mich selbst, aber nicht, weil ich dich aus meinem Leben streichen wollte.»

Seine Worte fanden einen Weg ins Stians ramponiertes Herz. Der ersten, warmen Träne folgten weitere und deren Spuren auf der Haut hinterließen ein klebriges Gefühl von Kälte.

Aiden zog ihn an seine Brust, strich ihm über den Rücken und legte die Lippen auf seine Stirn. Der Kuss war federleicht und sorgte dafür, dass er aufschluchzte.

Stian krallte die Finger in Aidens Oberteil, musste sich festhalten, weil er zerfiel und zeitgleich wollte er ihn von sich stoßen, weil er der Grund für diesen erbärmlichen Schmerz war.

Sein Griff wurde fester, er presste den Kopf in Aidens Schulterbeuge, atmete zittrig ein, inhalierte diese Mischung aus Duschgel und frischer Kleidung. Der Stoff wurde Tränen getränkt, feuchte Hitze sammelte sich zwischen ihnen.

«Warum hast du mir das nicht gezeigt?», brachte Stian mühsam hervor.

«Ich weiß es nicht», flüsterte Aiden an seinem Ohr. «Vielleicht, weil du mir nie fern warst und ich nicht so weit gedacht habe.» Er hielt kurz inne, legte die Lippen auf seinen Scheitel, griff in den Stoff auf seinem Rücken. «Ich habe Fehler gemacht, Stian, aber ich will dich nicht verlieren.»

Stian wischte sich über die Augen und hob den Kopf. «Ich habe gar keine andere Möglichkeit», meinte er und lächelte wankend. Aidens Ausdruck veränderte sich, erschien weicher. Er hob eine Hand und legte sie Stian an die Wange, strich zärtlich mit dem Daumen über seine kratzige Haut.

«Du hast immer eine Wahl», entgegnete er rau.

«Ja.» Stian besaß keine Kraft mehr, um gegen das anzukämpfen, was er für diesen Mann fühlte. Sein Herz war längst verloren und er hatte nie vorgehabt, die Beziehung zu beenden. Er wollte sie. Wollte sie leben und Aiden wieder zuhause haben. «Aber manchmal ist man gegen sein eigenes Herz machtlos.»

Aiden hielt inne, bevor dessen Finger wieder federleicht über seine Haut strichen. Kurz senkte er den Blick, schaute wieder auf. Sein Mundwinkel zuckte.

«Unglücklich ... verliebt?», fragte er und schien das erste Mal unsicher. Stian stieß den Atem aus.

«Könnte man so sagen.»

Er war mehr als das. Nicht nur unglücklich, sondern heftig verliebt, was die letzte Zeit nicht besser gemacht hatte.

Nach Wochen der Abstinenz legten sich zaghaft Lippen auf seine. Unbeschreiblich sanft ruhten sie auf seinem Mund und gaben ihm das Gefühl, willkommen zu sein. Zittrig hob er die Hände an Aidens Gesicht, spürte kühle Haut unter seinen Fingern und erwiderte den Kuss.

Sein gesamter Körper stand unter Strom, Aiden zu schmecken war elektrisierend und verzweifelt schön. Er wurde näher an ihn herangezogen, berührt und gehalten. Als er Aidens Zunge spürte, seufzte er leise und ließ die Hände auf seinen Oberkörper gleiten.

Unter der rechten Hand spürte er das kräftige, gleichmäßige Pochen seines Herzens. Ihr Kuss war intensiv und hinterließ eine innige Wärme.

«Ich habe dich vermisst», flüsterte Aiden, lehnte die Stirn an seine, schaute ihn an. «Und wenn du noch möchtest, gib mir eine Chance. Damit aus dem unglücklich vielleicht ein glücklich werden kann.»

Ein unsagbar schönes Lächeln erschien auf seinem Gesicht, was Stian schlucken ließ.

«Das würde ich gern», erwiderte er rau. Das erste Mal im Leben kämpfte jemand um ihn. «Wann wirst du zurückkommen?»

«Morgen. Lass mich endgültig Abschied nehmen von diesem Teil meines Lebens.»

«Brauchst du Hilfe?»

Aiden überlegte einen Moment, ließ ihn nicht los. Stattdessen strich er wieder federleicht mit den Lippen über seine Stirn.

«Tatsächlich ja. Würdest du mich ins Schlafzimmer begleiten?»

«Ja. Aber er ist mit Abstand der kälteste Raum.»

Aiden verstand seine Äußerung. Er würde ihn begleiten, was auch immer er dort suchte. Vielleicht konnten sie danach an ihrer Beziehung arbeiten.

«Danke», flüsterte Aiden und gab ihm einen sanften Kuss. In diesem Wort lag so viel Gefühl, dass es nicht nur das Danke für seine Hilfe war.

Kapitel 13 — Aiden

D as gleichmäßige Aufkommen seiner Füße
auf dem Asphalt war ein Rhythmus, der
seinen Körper durchdrang. Sein Laufshirt war
durchgeschwitzt, auf der Brust hatte sich ein
dunkler Fleck gebildet, an den Schläfen lief der
Schweiß entlang.

Aiden joggte seit einer Stunde, weniger auf Kon-
dition bedacht als darauf, sich vollständig auszu-
powern. Den Stress der letzten Tage abbauen, die
Empfindungen kanalisieren. Die harten Bässe der
Musik beschallten ihn, blendeten die Umwelt
aus, drehten die Gedanken leise.

Es gab nur ihn und das Lauftempo, das Brennen seiner Lunge, das Ziehen der Muskulatur. In
der alten Umgebung hatte er keinen Sport gemacht, war mit anderen Dingen beschäftigt gewesen, hatte so wenig Menschen wie möglich sehen
wollen.

Nun war er zurück, joggte bekannte Strecken
an einem Stück. Aber er lief nicht, um anzukommen, sondern um hinter sich zu lassen.

Er hatte abgeschlossen. Mit dem Haus, mit den
Ereignissen, hatte letzte Vorbereitungen mit dem
Bestattungsinstitut getroffen, weil er als einziger
Hinterbliebener dazu verpflichtet war.

Sein Erzeuger hatte immerhin vorgesorgt und
die Beerdigung zu Lebzeiten organisiert, sodass

mit etwas Glück keine oder nur geringfügige Kosten auf ihn zukamen.

Wenn das hinter ihm lag, konnte er die Kiste mit den Bildern vergangener Tage vollständig schließen. Er musste seine Energie auf andere Menschen verwenden. Personen, die wichtig und ein Teil seines Lebens waren. Stian hatte recht. Er würde seinem Vater nicht über den Tod hinaus einen Nährboden bieten. Aiden war emotional eingebrochen und hatte bitter daraus gelernt. Das er nicht unberührbar war, dass Vergangenheit ihn einholen konnte. Doch er konnte entscheiden, wie er weitermachen wollte.

Keuchend stieß Aiden den Atem aus, gab noch mehr Tempo. Die Seniorenresidenz kam in Sicht, die übrigen fünfhundert Meter sprintete er. Seine Lunge schien zu bersten und jeder seiner Beinmuskeln begehrte protestierend auf. Er gab alles, lief über seine Grenzen hinaus, spürte jede Faser seines gebeutelten Körpers.

Vor dem Eingang wurde er langsamer, rang hektisch nach Luft, wischte den Schweiß von der Stirn und stützte sich mit den Händen auf den Knien ab. Ihm war ein wenig schlecht und seine Kehle trocken. Mühsam schluckte er und verzog angestrengt das Gesicht.

Raubbau zu betreiben war keine gute Idee gewesen. Der Nährstoffmangel machte sich bemerkbar, ihm fehlte die Energie.

Nach einer kleinen Erholungspause, in der er sich mehr sterbend als lebendig fühlte, führte

Aiden ein paar Dehnungen durch, bevor er die Einrichtung betrat.

Seine Beine glichen Pudding und der Boden, auf dem er lief, einem Wasserbett. Aiden hatte Mühe, das Gleichgewicht zu halten. Nach den letzten zwei Wochen war Dauerlauf eine enorme Anstrengung für seinen Körper.

Im Vorbeigehen grüßte er das Pflegepersonal, das gerade im Pausenraum saß, bemüht um einen sicheren Gang. Er lief immer geschmeidig, heute bekam er einen Geschmack darauf, wie es im Alter bei ihm aussehen könnte. Aiden atmete tief ein. Bis dahin hatte er noch ein bisschen Zeit.

Auf seine ganz bestimmte Art klopfte er gegen die Zimmertür seiner Oma. Gedämpft drang ein «Herein!» durch. Waltraut saß in ihrem angestammten Sessel und sprang vor Freude auf.

«Aiden, mein Schatz! Wie schön, dass du da bist!»

«Hallo Oma.» Er trat lächelnd auf sie zu, hielt jedoch kurz vorher inne. «Ich bin verschwitzt.»

«Das ist mir egal, mein Junge. Lass dich drücken.»

Waltraut drückte kräftig zu und zerquetschte ihn beinahe. Aiden japste nach Luft, als der Griff um seine Rippen schmerzhaft wurde. «Ich habe dich auch vermisst», presste er hervor und gluckste.

Es tat gut, sie im Arm zu halten. Auch sie hatte er vernachlässigt, was er bereute, weil seine Oma auf Hilfe angewiesen war. Sie würde ihm niemals einen Vorwurf daraus machen und zeigte Verständnis, dennoch war Aiden keineswegs stolz darauf.

«Ich habe dich eine Ewigkeit nicht gesehen.»

«Ich weiß, es tut mir leid.»

Mit seiner Oma hatte er immerhin regelmäßig telefonisch in Kontakt gestanden. Im Vergleich zu seinem Verhalten gegenüber Stian war das eine Glanzleistung.

Noch jemand, den er vernachlässigt hatte. Sogar weitaus mehr als seine Oma. Der Gedanke an ihn dämpfte ein wenig die Freude, die Aiden über Waltrauts Begrüßung empfand. Die Tatsache, ihn beinahe verloren zu haben, hatte ihm nachhaltig zugesetzt.

«Möchtest du dich setzen und einen Keks essen? Du siehst ganz abgemagert aus.»

Aiden willigte ein. Er nahm auf der Bettkante Platz und krümelte das vollgeschwitzte Shirt voll. Kekse bei seiner Oma zu essen war wie nach Hause kommen.

Ein schönes Zuhause, in dem er willkommen war und sein durfte. Mit all seinen Fehlern und Eigenheiten. Das wusste er zu schätzen. So lange er denken konnte, waren Kekse ein Ritual zwischen ihnen und derzeit konnte Aiden die zusätzliche Energie gebrauchen.

Zu seinem Leidwesen hatte er fünf Kilo abgenommen. Seine Hüftknochen stachen deutlich hervor, was er nicht mochte und sein Gesicht sah eingefallen aus. Momentan war der Blick in den

Spiegel keineswegs zufriedenstellend.

«Hast du alles regeln können?», hakte seine Oma nach. Kauend nickte er. «Ja. Deine Gaben sind ebenfalls angekommen.»

Waltraut lächelte verschmitzt und griff in die Kekspackung. «Ich dachte, du könntest Milch gebrauchen.»

Aiden tat schwer daran, sich nicht zu verschlucken. Diese Unterhaltung hatten sie einst in der Eisdiele geführt und er erinnerte sich allzu gut daran, dass die besagte Milch zweideutig zu verstehen war.

«Bitte sprich nie wieder von Milch, Omi.»

«Papperlapapp, du bist zu empfindlich. Hat sie dir gemundet?»

Aiden stieg aus. Er hörte auf zu kauen und lachte fassungslos. Glucksend hielt er sich den Nasenrücken und versuchte zu verdrängen, dass Waltraut völlig andere Vorstellungen besaß. Er rief sich Stian ins Gedächtnis, wie dieser farblos vor ihm gestanden und der grauen Umgebung Konkurrenz gemacht hatte. Sämtliche Belustigung verschwand.

«Danke, dass du ihm gesagt hast, wo ich bin», meinte er ernst geworden. Er hätte mit Stian anders umgehen müssen. Das war ihm deutlich und schmerzhaft bewusst geworden. Fast hätte er es komplett versaut.

Seit Stians Abreise dachte er pausenlos an ihn und beschäftigte sich mit der Möglichkeit, was gewesen wäre, wenn Waltraut nicht die Initiative ergriffen hätte.

Dieser Gedankengang änderte nichts am Resultat, doch führte ihm vor Augen, wie fern er sich tatsächlich gewesen war. Es war keine Entschuldigung für sein Verhalten. Stian hatte mehr verdient als das.

«Stian hat sich große Sorgen gemacht, ich konnte nicht tatenlos zusehen. Sicherlich hattest du deine Gründe, warum du es ihm nicht erzählt hast, aber ich wollte ihm helfen. Er hat sich rührend um mich gekümmert und deine Privatsphäre immerzu respektiert. Er war so traurig.»

Aiden lächelte humorlos und blickte auf seine ineinander verschränkten Hände, die auf seinem Schoß ruhten. Die Schilderung seiner Oma tat ihm unglaublich weh.

Er hatte Stian nie absichtlich verletzen wollen, doch es wieder und wieder getan. Aiden hätte jedes Verständnis der Welt, sollte dieser eines Tages aufwachen und feststellen, dass er nicht der Richtige für ihn war.

«Du brauchst dich nicht zu rechtfertigen. Ich bin nicht böse.»

«Ist zwischen euch alles gut?»

Aiden hoffte es. Hoffte, dass er einen Weg fand, um die geschlagenen Wunden heilen lassen zu können und Stian zu beweisen, wichtig für ihn zu sein. Obwohl Aiden es ihm gesagt hatte, war Stian zu sehr der Meinung, niemand würde ihn wollen oder lieben können. Dabei bot er alles dafür. Mehr als irgendjemand anderes.

«Wir haben miteinander geredet», umging er eine tiefgreifende Antwort, weil er sich dafür nicht bereit fühlte. Die Wunden waren zu frisch und ob alles gut war, würde die Zukunft zeigen.

«Das freut mich. Wenn du in den nächsten Tagen Zeit hast, würde ich mich gern länger mit dir unterhalten. Ich habe gleich einen Termin bei der Ergotherapie.»

«Dann halte ich dich nicht länger auf. Ein Treffen bekommen wir auf jeden Fall hin. Ich bin wieder zurück.»

«Du verschwindest nicht?»

«Nein, Oma, ich bleibe.»

Das war das einzig Vernünftige, was er tun konnte, denn in dem Dorf, in dem er großgeworden war, hatte er nichts mehr verloren. Es war ein Teil von einem anderen Leben, das in irgendeiner Form mit ihm zu tun hatte, aber nicht mehr er war. Das hatte er verstanden. Er brauchte nicht in der Vergangenheit nach sich selbst zu suchen, weil sie hinter ihm lag.

Sie verabschiedeten sich herzlich voneinander und Aiden joggte den restlichen Weg zum Wohnblock. Seine Beine waren müde und seine Muskeln überreizt. Sein Körper schrie nach einer Dusche.

Das heiße Wasser war eine Wohltat für seinen Körper. Länger als sonst blieb er unter dem Wasserstrahl, genoss die Wärme, spürte dem Nachgeben der Verkrampfungen nach. Es vertrieb nicht vollständig den Schmerz, der in seinem Körper innewohnte, aber stimmte ihn ruhiger.

Er hatte sich mit Stian für später verabredet, beschloss jedoch, diesen von der Arbeit abzuholen. Als Aiden gestern zurückgekommen war, hatte er sich kurz bei ihm gemeldet, war aufgrund der Erschöpfung jedoch nicht in der Lage gewesen, länger zu bleiben.

Zudem hatte er unnötige Dinge wie Einkaufen und Putzen erledigen müssen, die ihm die restliche Kraft ausgesaugt hatten.

Am Tag zuvor hatten sie das elterliche Schlafzimmer auf den Kopf gestellt, einen einzigen Schuhkarton mit vereinzelten Bildern gefunden, der Rest war eine fehlende Persönlichkeit in einem viel zu großen, dunklen Haus gewesen. Stundenlang hatte Stian ihm geholfen, bevor er am Abend nach Hause aufgebrochen war.

Er vermisste seinen Freund. Die Nähe, den Geruch, die Stimme. Das kurze Wiedersehen hatte nicht gereicht, um die vergangenen zwei Wochen nachzuholen. Dieses Bedürfnis war übermächtig.

Frisch geduscht entschied Aiden sich dazu, Pizza für sie beide zu bestellen. Er nannte dem Lieferdienst die gewünschte Zeit und gab die Bestellung durch. Es glich einer Mammutaufgabe, zurück in den Alltag zu finden, weil er die vergangenen Tage alles an sich hatte vorbeiziehen lassen. Zum Kochen fehlte ihm die Motivation.

Danach war es an der Zeit, sich zum Krankenhaus zu begeben. Aiden wartete am Personaleingang, um Stian nicht zu verpassen. Sein feuchtes Haar zog die Kälte magisch an und sorgte dafür, dass er ein wenig fror. Er schob die Hände tief in die Jackentaschen und zog die Schultern nach oben. Obwohl die Sonne schien, fehlte die Wärme.

Die ersten Mitarbeiter verließen das Gebäude, denen er bei Erkennen kurz zunickte oder sie unbedacht an sich vorüberziehen ließ. Es dauerte lang, bis er durch die Glasschiebetüren im Gang einen verstrubbelten Haarschopf erspähte.

Stian lief allein, den Blick auf den Boden geheftet, kein Strahlen um sich herum. Das hatte Aiden ihm genommen.

So sehr er sich diesem Gedanken verwehren wollte, es war eine unwiderrufliche Tatsache. Vielleicht würde er es schaffen, es ihm zurückzubringen.

Als Stian durch die Tür trat, hob er den Kopf und richtete die Aufmerksamkeit auf ihn. Ein warmes Lächeln erschien auf den leicht geröteten Lippen.

«Muss ich mir Gedanken machen, wenn der Herrscher der Unterwelt persönlich auf mich wartet?»

«Kommt darauf an», erwiderte er rau. Er beugte sich nach vorn und küsste die lächelnden Lippen, die unter seiner Berührung überrascht nachgaben.

Federleicht glitten seine Fingerspitzen über Stians rasierte Wangen, betasteten ihn zärtlich. Er schmeckte nach Minze und Kaffee und sorgte dafür, dass ihm wärmer wurde.

«Hallo», flüsterte Aiden und rieb die Nase an Stians, genoss diesen fragilen Moment der Zweisamkeit.

«Hey», raunte Stian zurück. Stirn an Stirn standen sie einige Sekunden lang in der Kälte und atmeten einander. Aidens Körper zitterte. Verursacht durch die Mischung aus eisigen Temperaturen und Stians Nähe. Ihn anzufassen und zu halten war alles, was er wollte und brauchte.

Der Blick aus diesen dunkelgrünen, aufgeweckten Augen ging ihm unter die Haut. Stian sah alles. Sah ihn, wie er war und was er zu verbergen versuchte, erkannte seine hässlichen und guten Seiten. Er war der umsichtigste Mensch, den Aiden kannte.

«Ich wollte dich abholen.» Aiden machte eine kurze Pause, atmete leise ein, kam nicht gegen den Drang an, Stian erneut zu küssen. Kurz. Sanft. Er sehnte sich nach ihm. «Ist das okay für dich?»

«Ja. Ich freue mich, dich zu sehen.»

«Das ist gut.» Ein unsicheres Lächeln kitzelte Aidens Mundwinkel. Aufmerksam betrachtete er seinen Freund. Ein wenig erschöpft, leichte Schatten unter den Augen, aber sein Blick funkelte und das war Bestätigung.

«Hallo ihr zwei Hübschen», trällerte plötzlich eine Stimme neben ihnen, wodurch sie auseinanderfuhren und Aiden in das freudestrahlende Gesicht von Hannah schaute. Leicht versetzt hinter ihr stand Sarah, die ihm freundlich zunickte.

«Lass dich umarmen. Ich habe dich ewig nicht gesehen.» Hannah schlang mütterlich die Arme um ihn und drückte ihn fest. Eine weitere Umarmung, die ihm beinahe die Rippen brach. «Wie geht es dir?» Ernst geworden musterte sie ihn.

«Besser. Am Montag wandle ich wieder unter euch.»

«Wirklich? Oh, dass freut mich zu hören. Wir vermissen dich.»

«Ich war lang genug weg», meinte Aiden etwas ausweichend.

«Dann lass dich bis dahin von deinem Schatz gut umsorgen.» Sie zwinkerte erst Stian, dann ihm schelmisch zu. Aiden lächelte, schwieg jedoch. Dass die Sachlage anders aussah, musste Hannah nicht wissen.

«Ich reihe mich mal ein. Schön, dich zu sehen.» Sarah umarmte ihn flüchtiger. Es erwärmte sein Herz, dass seine Kolleginnen Anteilnahme zeigten, auch wenn die vielen Umarmungen ungewohnt waren. Er musste sich daran gewöhnen, dass andere auf seine Verletzlichkeit reagierten. Unangenehm berührt, strich er sich verirrte Haarsträhnen nach hinten.

«Konntest du für dich alles regeln?», hakte sie nach.

«Ja.»

«Gut. Wenn noch etwas sein sollte, gib Bescheid, ansonsten wollen wir euch nicht länger aufhalten. Der Dienst war anstrengend. Das kann dir Stian ja erzählen.» Sarah schenkte ihm ein ehrliches Lächeln. «Bis Montag.»

«Danke und einen schönen Feierabend euch beiden.»

Winkend gingen ihre Kolleginnen weiter. Aiden wandte sich Stian zu, der merkwürdig still neben ihm stand.

«Spuck´s aus.»

«Nichts.»

«Dieses nichts klingt nach allem, Stian.»

«Ich bin nur überrascht. Ich hätte nicht gedacht, dass dir Umarmungen schwerer fallen als die Tatsache, dass Sarah jetzt von uns weiß.»

Aiden schob die Hände in die Jackentaschen. «Ich habe dir gesagt, dass ich zu uns stehe.»

«Ja», antwortete Stian gedehnt. Dennoch wirkte er, als hätte er sich die Situation eingebildet. Was in Anbetracht der letzten zwei Wochen vielleicht nicht verwunderlich war.

«Ist das schlimm für dich?»

Stian neigte den Kopf leicht zur Seite, seine Augen glänzten. «Nein.»

«Prima. In diesem Fall hätte ich nämlich nicht gewusst, wie ich es rückgängig hätte machen sollen.»

Stian schaute ihn einen Moment verblüfft an, dann lachte er. Aiden mochte diesen Klang furchtbar gern. Kopf schüttelnd setzte Stian sich in Bewegung. «Komm, lass uns gehen. Dein Haar sieht aus, als solltest du nicht stundenlang in der Kälte stehen.»

«Du sorgst dich immer, oder?», erkundigte sich Aiden, während er neben ihm lief und nach seiner Hand griff. Automatisch verflochten sich ihre Finger miteinander.

«Mein Laster. Ich kann nicht anders.»

Gemeinsam gingen sie den Weg zum Wohnblock. Aiden war bergauf deutlicher langsamer als sonst, da seine Beine keine Kraft mehr besaßen. Er hatte es mit dem Laufen definitiv übertrieben.

Bevor Stian endgültig dazu überging, ihn als Patienten zu betrachten, erzählte er ihm, was er den Tag über gemacht hatte. Es war nach wie vor ungewohnt für Aiden, über sich zu sprechen, doch nachdem Stian beinahe sein gesamtes Leben kannte, fiel es ihm leichter. Missmutig gestand er sich ein, dass er auch in dieser Hinsicht recht behalten hatte.

«Und ihr hattet einen anstrengenden Dienst?», griff er Sarahs Vorlage auf. Stian zuckte die Schultern.

«Wir waren die gesamte Schicht am Laufen. Viel am Waschen, langgezogene Visiten, kleinere Missgeschicke und ein Notfall. Also eigentlich nichts Besonderes. Wir waren ein eingespieltes Team. Das ist viel wert.»

«Definitiv. Fühlst du dich denn wohl auf Station?»

«Ja, allerdings fehlt mir mein Arbeitsbuddy.» Stian warf ihm einen Seitenblick zu. «Ich freue mich, dass du Montag wieder anfängst.»

«Ich mich auch. Wird Zeit für Normalität und geregelte Abläufe.»

Sie betraten das Treppenhaus und anschließend seine Wohnung. Es tat gut, Stian mit in die eigenen vier Wände zu nehmen, ohne tiefgreifende Dunkelheit, ohne die Schatten seiner Geschichte. Er nahm diesem die Jacke ab und hängte sie an den Haken.

«Möchtest du etwas trinken?»

«Ja, aber viel lieber als das würde ich essen. Für uns ist das Frühstück ausgefallen.»

«Der Pizzabote kommt gleich», bemerkte Aiden mit einem Blick aufs Handy.

«Ehrlich?»

«Ja.»

«Dich hat der Himmel geschickt.»

«Ich bin ja schnell aus der Unterwelt aufgestiegen», kommentierte Aiden belustigt. Der Lieferdienst klingelte und er nahm die Bestellung entgegen. Es waren genau die Sorten ihres ersten, richtigen Treffens. Aiden wollte ihm zeigen, dass er sich erinnerte. An all die kleinen Momente, die sie bereits geteilt hatten. Keinen davon wollte er missen.

Gemeinsam setzten sie sich ins Wohnzimmer. Der Duft von frisch gebackenem Teig stieg Aiden in die Nase und Stian stöhnte genussvoll, als er einen Karton öffnete. Als er die Pizzen sah, tauchte ein wissendes Lächeln auf seinen Lippen auf. Kommentarlos nahm er Hawaii und schob die anderen Kartons in Aidens Reichweite.

In einvernehmlichem Schweigen begannen sie zu essen und tauschten ein paar Stücke untereinander. Es war pure Genugtuung, Stian beim Essen zuzusehen. Lange Käsefäden wurden geschickt mit Zunge und Lippen eingefangen, was Aiden unwillkürlich an andere Dinge denken ließ.

Er vermisste ihn, nicht zuletzt körperlich. Er schluckte, warf einen zu stark gebackenen Rand zurück in die Schachtel und konzentrierte sich aufs letzte Stück.

«Danke. Das war gut», meinte Stian einen Augenblick später und schob den Karton von sich.

Aiden kaute den Rest und lächelte kaum merklich. «Gern.»

Bevor die Verpackungen restlos durchsuppten, stand er auf und entsorgte sie in der Küche. Als er wiederkam, hatte Stian sich in die Polster sinken lassen und schaute ihn unter gesenkten Lidern an. Für einen intensiven Moment verlor er sich in dem Dunkelgrün. In diesen tiefen Seen, von denen er gedacht hatte, er könne sich selbst verbergen. Es hatte nicht funktioniert. Zum Glück, gestand Aiden sich ein. Denn mit Stian hätte er mehr verloren als sich.

«Was ist?», fragte er mit belegter Stimme.

«Ich versuche herauszufinden, wie es dir geht.»

«Seit wann fragst du nicht mehr?»

«Ich dachte, ich probiere etwas Neues. Dich mit meinen unsagbar scharfen Augen scannen, bis ich meine Antwort habe.»

«Mit diesem Blick erreichst du etwas anderes», erwiderte Aiden und setzte sich neben ihn.

«Und was?»

Aiden lächelte ihn bewusst an. Lasziv. Spielerisch. «Gehört nicht hierher», meinte er leise, bevor er ernst wurde.

«Um dir eine Antwort auf diese ungestellte Frage zu geben: Die Sache mit meinem Vater ist okay für mich. Ich werde wahrscheinlich noch ein paar Mal daran denken, aber der gröbste Schaden ist beseitigt.

Ich hoffe, dass ich meinen Beruf in Zukunft komplikationslos ausüben kann. Andere Schattenflecken besitze ich in dieser Hinsicht nicht, also gehe ich stark davon aus.»

«Ich rechne damit», erwiderte Stian. «Weil ich denke, dass du deinen Umgang gefunden hast.»

«Woher nimmst du sie?»

«Was meinst du?»

«Deine Überzeugung. Als wärst du unbeirrbar.»

«Die habe ich nur bei Dingen oder Menschen, an die ich glaube», erwiderte Stian. «An dich glaube ich fest.»

Er betrachtete Stian einen Moment lang, sah dessen Ernsthaftigkeit.

«Und an uns?»

Stian richtete sich auf. Der Ausdruck in seinen Augen war nachdenklich. Behutsam hob er die

Hand und legte sie Aiden an die Wange. Er schmiegte sich in die Berührung, schloss die Augen.

«Warum bist du unsicher?», hakte Stian nach. «Ich bin hier.» Er nahm die Hand von seiner Wange. «Passt der hier», er tippte ihm gegen den Kopf, «mit dem hier gerade nicht zusammen?» Stian pikte ihm in Herzhöhe leicht in die Brust. Aiden stieß die Luft aus.

«Meine Gedanken fahren ein bisschen Achterbahn.» Er schluckte, spürte seinen Puls hart und schnell in seinem Hals, hielt den intensiven Blick aus diesen ausdrucksstarken Augen fest. «Und mein Herz ... schlägt ziemlich schnell für dich.»

Stian wirkte einen Moment erstarrt, bevor er sanft lächelte. «Na also», erwiderte er rau. «Ist doch alles gut.» Er beugte sich vor, strich zärtlich mit den Lippen über seine. Sein Atem zitterte. «Ich liebe dich auch.»

Ihr Kuss flutete ihn mit einer unsagbaren Wärme. Nach Tagen irrender Kälte hatte sein Herz einen tieferen Takt gefunden.

Und auch wenn er glaubte, Stians Strahlen genommen zu haben, hatte es dazu beigetragen, seine Dunkelheit heller werden zu lassen.

Ende

Nachwort

Puh! Das war ja was. Seid ihr genauso atemlos und durcheinander wie ich? Schlägt euer Herz ein bisschen schneller?

Für mich war die Reise von Stian und Aiden sehr intensiv. Sie zu schreiben, sie zu fühlen, eigene Erfahrungen aus dem Pflegealltag mit einfließen zu lassen: ein Spagat zwischen Menschlichkeit und Ohnmacht, Grenzüberschreitungen und Zwischentönen.

Dieses Buch stimmt vielleicht nachdenklich.
Wenn ja, dann freue ich mich darüber.
Denn ja: all diese Dinge passieren da draußen.

Ich hoffe, Heartbeating Darkness hat bei euch genau zu dem geführt, was der Titel verspricht – aber auch, dass die Leichtigkeit nicht zu kurz gekommen ist.

Lasst mir doch gern eine Bewertung da! Ob auf Amazon, Facebook oder Instagram – wie ihr möchtet.

Ich freue mich!

Eure *T.S. Nightsoul*